사냥꾼 이야기

임정희 장편소설

사냥꾼 이야기

더픽션
ThE Fiction

차
례

"사냥꾼이라고, 들어본 적 있어요?"

형사가 물었다. 계산대에 앉은 나는 눈만 끔뻑일 뿐 아무런 대꾸도 하지 못했다. 무슨 소리인가 싶었다. 그는 헌책방을 눈으로 훑으며 계속 주절거렸다.

"인터넷에서 유명하던데. 이 동네, 그 퍽치기범, 말이에요."

거슬리는 말버릇을 가졌다. 반말 섞인 시건방진 말투로 말을 토막 내 느리게 뱉어내더니 참을 수 없다는 듯 키득키득 웃음을 흘린다. 웃음이 들러붙을 만한 이야기는 아니지 싶은데. 그렇다고 형사에게 얼굴을 찌푸릴 용기는 없어서 슬쩍 시선을 피하는 것으로 대답을 대신했다.

"뭐지…. 이상하게 관심이 없네? 사람이 죽었다는데?"

웃음기 가득했던 형사의 눈빛이 돌연 서늘하게 바뀌었다. 감정이 얼굴에 금방 드러나는 유형인 듯했다. 저래서 무슨 경찰 구실을 한다고. 못마땅했지만 애써 표정을 감췄다.

퍽치기범 이야기는 아침저녁으로 지겹게 전해 듣고 있다. 다만 그놈을 사냥꾼이라고 부르는 줄은 몰랐다.

최근 동네 사람들은 마주칠 때마다 그 이야기만 해댄다. 늦은 밤마다 정체불명의 범죄자가 혼자 걷는 사람을 노린다는 이야기다. 여러 달째 소문이 돌았으나 잡히지 않아 경찰이 골치를 앓는다더라. 결국 사람까지 죽었으니, 형사가 예민하게 구는 이유를 알 것도 같다.

고등학생 여자애가 알몸 시체로 발견되었다던가? 뒤통수가 처참히 으깨져 있었다던가? 누구는 퇴비로 쓰려고 모아둔 나뭇잎 속에, 누구는 공원 배수구에 깨끗이 씻긴 시체가 들어 있었다고 호들갑을 떨었다. 어느 쪽이 믿을만한 이야기인지는 알 수 없다. 텔레비전 뉴스도 자세한 이야기는 전해주지 않는다.

"어째 책방에 손님이 하나도 없네? …뭐 하러 문은 열어두는지."

뜬금없이 선을 넘어온 이야기에 흠칫, 마음이 흔들렸다. 별생각 없이 뱉어낸 말일 수도 있다. 하지만 장사 못하는 자영업자로서 듣기 좋은 소리는 아니다. 내 가게 사정은 내가 알아서 할 노릇이지 제깟게 참견할 일은 아니잖은가?

"안 무서워요? 이런 골목에, 혼자, 있는 거요."

형사가 의자를 끌어와 옆에 붙어 앉으며 말했다. 부담스러울 정도로 가까웠다.

"사람들이 여길 귀신 골목, 이라고 부르던데."

그의 눈동자가 이번에는 호기심으로 반짝인다.

"골목 입구부터 분위기 죽이던데. 왜 귀신 골목인지 알겠더라고요."

더는 참지 못하고 얼굴을 찌푸렸다. 귀신 골목. 정말 듣기 싫은 말이다. 언제부턴가 사람들이 제멋대로 이곳을 귀신 골목이라고 부른다.

"사장님도 귀신 본 적, 있어요?"

무슨 말 같지 않은 소리인지. 고개를 가로젓자, 형사가 실망한 얼굴로 자리에서 일어섰다.

"여기서 장사한 지는 얼마나 됐어요?"

"이십 년 했지요."

이번에는 형사와 눈을 맞추며 답했다. 조사든 뭐든, 잡담만 늘어놓을 거라면 그만 가줬으면 좋겠다. 형사랍시고 거들먹대며 들어와서는 내내 이 지랄이니 말이다.

"사장님은 왜 골목에 남아 있어요? 다른 가게는 죄다 문 닫았던데."

"…뭐 딱히 갈 데도 없고요."

"못 떠나는 이유가 있는 거 아니고?"

뭐에 마음이 상한 건지 갑자기 신문하듯 묻기 시작한다. 아니, 애초에 이쪽이 목적이었나? 나는 마른침을 삼켰다.

"게다가 여기, 귀신도, 나온다면서요?"

“나는 귀신 같은 거 본 적 없다니까요.”

“누군가는 봤단 얘기잖아요. 뭐라도 봤으니까, 귀신이 어쩌고저쩌고 그런 말이 나왔겠지. 얘기 좀 해줘 봐요.”

속으로 혀를 찼다. 손님 중에도 종종 있다. 어디서 귀신 이야기를 주워듣고 와서 원하는 대답을 듣기 전까지 도무지 갈 생각 안 하는 이런 고집쟁이들이.

“모르죠. 나는 해지면 바로 곯아떨어지니까. 그 사이에 뭐가 튀어나올 수도 있겠죠. 귀신이든 도깨비든.”

“도깨비?”

그냥 던진 말을 형사가 덥석 붙들었다. 바짝 얼굴을 들이댄, 형사의 번득이는 눈동자에 기가 죽었다.

“사장님, 애 같은 면이 있으시네?”

그러고는 자지러지게 웃어댔다. 나는 그의 앳된 얼굴을 마주 보며 말했다.

“뭐가 그렇게 웃깁니까?”

나도 모르게 말에 짜증이 담겼다. 형사의 표정이 굳었다. 그의 시선이 천천히 내 정수리부터 다리까지 훑고 지나갔다.

“밤에요. 문단속 잘해요. 아무래도 사람은, 잘 안 다니는 데니까, 조심하라고요.”

명함을 한 장 꺼내 계산대 위에 올려놓는 그 손을 말없이 바라보았다.

"무슨 일 있으면 꼭, 나한테, 연락해요. 112보다 빠를 거니까."

무슨 일이 일어나기를 바라는 듯한 말투다.

"의심 가는 놈 있어도 전화하시고."

톡톡, 검지 끝으로 제 명함의 휴대전화 번호를 짚으며 형사가 또 한 번 말했다.

"사냥꾼이든, 도깨비든, 인간 새끼든, 뭐든 보면 전화하라고요. 아이씨, 왜 대답이 없지? 알겠냐고."

나는 천천히 고개를 끄덕였다. 형사는 만족한 얼굴로 헌책방을 떠났다. 한숨이 새어 나왔다. 그놈의 뒤통수를 노려보는 것 말고는 아무것도 할 수 없는 게 분했다. 시시각각 표정이 변하던 그놈의 얼굴이 내게는 도깨비보다 섬뜩했다.

귀신이라니? 도깨비라니! 참으로 웃긴 소리다. 이 골목에 그딴 건 없어. 여기서 지내온 세월을 걸고 헌책방도 걸고 이야기할 수 있다.

명함을 구겨 계산대 서랍 속에 던져 넣었다. 다시는 저 기분 나쁜 면상을 마주할 일이 없기를 바라지만, 나는 알고 있다. 사는 게 어디 뜻대로 되던가. 서랍을 닫고 나서도 오래도록 찜찜한 기분이 사라지지 않았다.

김서방 이야기

*

금요일 늦은 저녁이었다. 가뜩이나 스산한 귀신 골목에 겨울 소낙
비가 내렸다. 후드득, 공격적인 빗줄기에 술집 슬레이트 차양이 흔
들렸다. 그 아래 반쯤 열린 미닫이문 사이로 중년의 남자 둘이 빠끔
히 얼굴을 내밀었다. 체격도 표정도 전혀 다른 두 사람은 좁은 골목
을 사이에 둔 이웃이다. 모두가 떠나버린 골목에 유일하게 남은 두
가게, 헌책방을 운영하는 홍사장과 술집 주인 고씨가 사이좋게 비
오는 골목을 내다보는 중이다.

양쪽 가게 모두 손님이 없어 한가한 차에 늦은 저녁 식사를 함께하
려고 자리를 만들었다. 홍사장은 막 고씨의 가게에 들어섰다가 거센
빗소리에 놀라 골목을 향해 얼굴을 내밀었다.

'겨울에 웬 비가 이렇게 오나?'

홍사장의 얼굴에 근심이 가득하다. 그가 걱정하는 것은 헌책방의

책들이 아니다. 그의 정수리에 얼마 남지 않은 얇고 힘없는 머리카락이 바람에 휘청댔다.

"김서방이 오려나 봐요."

술집 주인, 고씨가 말했다. 헌책방 홍사장의 자그마한 머리 위로 고씨의 커다란 머리가 자리 잡고 있다. 문틈 새로 튀어나온 두 개의 머리는 마치 벌어진 콩깍지 사이로 낱알이 드러난 강낭콩 같다. 홍사장은 체구가 아담하지만 고씨는 지나가던 이가 돌아볼 정도로 덩치가 크다. 둘은 함께 있으면 더욱 도드라지게 작거나 커 보였다.

"김서방이라니?"

"도깨비 같은 거 말여요, 형님. 우중충헌 게 꼭 이상한 게 튀어나올 것 같은 날이잖아요."

"난 또 뭐라고. 이 사람, 또 괜한 소릴 하는구먼."

뭘 알고 하는 소리인가 싶어 놀라 물었던 홍사장이 고개를 가로저었다.

"우리 형님이 도깨비 무서운 줄을 모르시네."

고씨는 원래 잔말이 많은 사람이라 홍사장은 웬만해서는 그의 말을 귀담아듣지 않는다.

'길게 얘기해 봤자, 남는 게 없지.'

홍사장은 제 머리 위, 고씨의 얼굴을 올려다보았다. 고씨가 장난기 가득한 눈으로 골목을 바라보고 있다. 그의 얼굴에 새로 생긴 상처가 홍사장의 눈에 들어왔다. 얇은 입술 아래부터 시작돼 턱 끝까지 이어진, 꼭 손톱에 긁힌 듯한 자국이다.

'또 어디서 쌈박질했구먼. 뭘 하고 다니는 건지.'

홍사장은 고씨의 허연 얼굴에서 눈을 돌렸다. 고씨에게는 특별하지 않은 일상이다. 그의 얼굴과 몸에는 이미 숱한 흉터가 있다.

'저 덩치를 누가 자꾸 건드리는 거야.'

남다른 체격도 위협적이지만, 형님 대접을 받는 홍사장도 대하기가 불편할 정도로 고씨는 사나운 인상을 가졌다. 특히 길게 뻗은 가늘고 긴 눈꼬리는 한껏 성난 사람처럼 하늘로 향해있는데 커다란 눈 속에서 유난히 작은 눈동자가 스륵 움직일 때면, 뱀의 얼굴을 마주한 듯 등골이 오싹하다.

"날이 참 수상하네요, 형님. 겨울에 여름비가 쏟아지네."

젖은 손을 초록색 앞치마에 쓱쓱 문지르며 고씨가 말했다. 그는 어느새 가게 안쪽으로 이동해 음식을 준비하고 있다. 이번에는 홍사장도 고개를 끄덕였다. 정말 그랬다. 뭐든 튀어나올 것처럼 음침한 날씨다. 귀신이든 도깨비든 이질적인 것이 모여들 것 같다. 이런 날 일부러 책방을 찾는 손님은 거의 없다.

'오늘 장사는 다 했네.'

홍사장이 빗줄기에 넋 놓은 사이 고양이 한 마리가 불쑥 그의 다리 사이를 지나 가게 안으로 들어왔다.

"어이쿠! 이게 뭐야!"

놀란 홍사장이 소리를 질렀다.

"형님은 참 겁도 많지. 우리 고 선생이잖아요."

며칠 전부터 고씨네 가게에 터를 잡고 눌러앉은 검은 털을 가진 고양이였다. 고양이가 몸을 흔들어 물기를 털어냈다. 녀석이 자연스럽게 벽에 걸린 민속화 아래로 향하는 것을 아저씨 둘이 멍하니 보았다. 고양이는 사람의 시선은 아랑곳하지 않고 방석 위에 둥글게 몸을 말아 누웠다.

"고 선생? 이름도 지어줬어?"

"그럼요. 고양이 선생이라, 고 선생이에요. 잘 지었죠?"

'선생이라니, 누굴 놀리려고 그런 이름을 붙여?'

홍사장은 못마땅한 얼굴을 했다.

"그만 서 있고 여기 앉아요, 형님. 얼른요."

고씨가 테이블 아래 밀어둔 파란색 플라스틱 의자를 꺼냈다. 고씨의 재촉에 홍사장이 마지못해 문을 닫고 자리에 앉았지만, 그의 시선은 유리창 너머의 헌책방에 묶여 있다. 고씨가 음흉하게 웃으며 물었다.

"대체 아까부터 누굴 기다리는 거예요? 목 빠지겠어요, 형님."

"기다리긴 무슨."

홍사장이 수줍은 목소리로 중얼댔다.

"손님이 올 것 같아서 그래."

"하늘에 구멍 난 것처럼 비가 쏟아지는데 손님이요? 장사 하루이틀 해요?"

보통은 기분 상할 말투지만, 홍사장은 개의치 않았다. 고씨는 원래 말본새가 다정하지 못하다. 산만하기까지 해서 관심 없는 이야기에는 금세 흥미를 잃고 딴소릴 해대니, 평화롭게 긴 대화를 이어가기 어렵다. 그가 좋아하는 주제는 괴담, 술, 여자와 같은 자극적인 것뿐이다.

"궁금한 손님이 있어서 그래. 한동안 못 봐서 걱정도 되고."

"그 음침한 친구 말하는 거예요?"

고씨도 몇 번 홍사장네 단골손님과 마주친 적이 있다. 가게가 마주 보고 있으니 당연한 일이다.

'음침하다니?'

홍사장은 언짢았다.

'그 친구가 말수가 적고 표정이 굳어 그렇지. 그런 말 들을 인상은 아니라고. 자기 면상은 훌륭한 줄 아나?'

홍사장의 속마음도 모르고 고씨는 수다를 이어갔다.

"그 손님, 꽤 오래 본 거 같은데. 한 십 년 드나들었죠?"

"아니. 김선생이랑은 벌써 이십 년 된 사이야."

홍사장의 단호한 말투에 고씨가 입을 삐죽거렸다.

"십 년이나 이십 년이나."

홍사장은 엄연히 다르다고 말하고 싶었다. 이십 년이면 강산을 두 번이나 뒤엎고도 남을 시간이다. 하지만 그는 불편한 마음을 속으로 삼켰다. 괜히 말을 보탰다가 또 어떤 사설이 이어질지 알 수 없다. 상대는 고씨다. 말로도 이길 수 없는 상대다.

'우리 김선생은 그냥 손님이 아니라고.'

책방의 오랜 손님. 홍사장은 그를 김선생이라고 불렀다. 김선생은 쉰일곱 살이 된 홍사장보다 스무 살이 어리다. 둘의 관계는 김선생이 고등학생일 때부터 시작되었는데, 나이답지 않게 행동이 반듯하고 누구에게든 깍듯이 굴어 애어른 같다고 부르게 된 별명이 '김선생'이었다.

고씨에게 단골손님이라고 소개했지만, 홍사장과 김선생 사이는 사연이 겹겹이 쌓인 관계다. 홍사장에게 김선생은 아들이고 친구이며 든든한 동업자였다.

한때는 일주일에 한 번씩 보던 사이였지만 김선생의 일이 바빠지면서 만남이 뜸해졌다.

'언제부터였지?'

홍사장은 가만히 지난 시간을 더듬었다. 이십 년 세월 동안 눈에 담아둔, 책방 문을 열고 들어오는 김선생의 모습이 짧은 영화처럼 스쳐 지나갔다. 일가친척 하나 없이 홀로 책방에서 생활하는 홍사장에게 김선생은 유일하게 마음을 터놓을 수 있는 사람이었다.

'그래도 한 달에 두어 번은 책방에 왔었는데.'

궁금해질 때쯤 얼굴을 들이밀던 사람이 벌써 석 달 가까이 소식이 없다. 안부를 물으려 해도 홍사장은 김선생의 연락처를 몰랐다. 십여 년 전에 받아둔 번호로 전화를 걸었지만 '없는 번호'라는 안내음이 흘러나왔다.

'연락처도 사는 곳도 모르고 여태 지나왔다니.'

핑계를 대자면 늘 그가 먼저 찾아왔기에 전화 통화할 이유도 기회도 없었다. 홍사장은 무심했던 자신이 원망스러웠다.

'도대체 어디서 뭘 하고 지내는 거야? 설마 오늘 책방에 오려던 건 아니겠지?'

때아닌 폭우까지 쏟아지니 김선생이 오던 발길을 돌릴까, 홍사장은 마음이 좋지 않다. 그가 고씨네 술집에 앉아서도 창밖만 내다보는 이유다.

고씨는 김선생 이야기에 흥미가 떨어졌는지 조용히 하던 일에 집중했다. 그는 주전자에 든 술을 판매용 플라스틱병에 나눠 담는 중이다. 오늘 마개를 뜯어낸 고씨가 직접 담근 술이다. 잘 익은 술 냄새가 가게를 가득 채웠다. 고씨네 술집은 안주와 술을 대접하는 주점보다는 직접 빚은 술을 판매하는 양조장에 가깝다. 홍사장의 입맛에는 세상의 많은 술 중에 고씨네 것이 최고인 것 같다. 주인장의 말본새와 강한 인상 덕에 손님이 많지 않은 게 안타까울 뿐이지만.

"그 얘기 들었어요, 형님? 저기 아파트 단지 뒤에 공원이 하나 있잖아요."

비밀 이야기를 하듯 고씨가 나지막이 속삭였다. 가뜩이나 험상궂은 얼굴로 이런저런 오해를 사는 사람이 눈을 부릅뜨며 인상을 써대니 홍사장도 마주 보기 꺼려진다.

‘저 사람 얼굴이 꼭 귀신 얼굴 같구먼.’

귀신 골목이라는 듣기 싫은 이름이 고씨 때문에 들러붙은 게 아닐까. 홍사장은 매일 보던 고씨의 희멀건 얼굴에서 새삼, 기이함을 느꼈다.

“여자애 시체가 배수로에 끼어 있었다잖아요. 홀딱 벗겨져서….”

하늘이 으르렁대는 듯한 우렛소리가 길게 이어졌다. 고씨의 말소리는 그에 가려졌지만, 눈동자는 호기심으로 가득 차 있다. 홍사장은 거북했다.

‘그놈의 시체 얘기.’

며칠 전 책방에 다녀간 건방진 형사가 생각났다. 마주 보고 얘기할 때는 몰랐으나 가고 나서 곰곰이 생각해 보니 아무래도 홍사장, 자신을 의심했던 것 같다.

‘나를 왜? 얌전히 책방에만 있는 사람을!’

생각할수록 분했다. 자신의 가느다란 팔다리는 스스로 생각해도 사람을 죽이긴커녕 시체를 옮길 힘도 없어 보인다. 홍사장은 살인 사건에 열변을 토하는 고씨의 얼굴을 천천히 뜯어보았다.

‘저 친구야말로 의심받을 면상 아닌가?’

“왜 그렇게 봐요, 형님?”

홍사장이 우물쭈물하는 사이 고씨는 또 새로운 플라스틱병을 꺼내 들었다.

“혹시 말이야. 가게에 형사가 찾아오지 않았어?”

"형사가 왜요?"

홍사장은 괜한 소릴 했다고 생각했다.

"아니, 요즘 그 살인 사건을 조사한다고 경찰들이 왔다 갔다 한다더라고."

홍사장은 대충 얼버무렸다. 형사가 책방에 찾아와 문초하듯 묻고 갔다는 걸 고씨가 알게 된다면, 내일 아침에는 홍사장이 경찰에 잡혀갔다는 거짓 소문으로 이웃 동네까지 들썩일 것이다.

"형님도 조심해요. 형사가 찾아다닐 정도면 진짜로 뭔 일이 있다는 얘기잖아요. 형님은 혼자 지내는 데다가…."

고씨가 갑자기 말을 끊고 홍사장을 위아래로 훑어봤다. 기시감이 느껴지는 불편한 시선이었다.

"…여기가 그 유명한 귀신 골목 아닙니까?"

'누구랑 똑같은 소릴 하네.'

홍사장은 협박하듯 명함을 던지고 간 그놈, 형사의 얼굴을 떠올렸다.

그때 가게 문이 덜컹거렸다. 누군가 거칠게 가게 문을 밀어젖혔고, 한껏 열린 문으로 빗줄기가 들이쳤다. 이야아옹! 겁먹은 고양이가 울며 튀어 올랐고 덩달아 놀란 홍사장도 그만 손에 든 잔을 떨어뜨리고 말았다. 어두운 골목에 천둥 번개가 요란한데 커다란 그림자가 문 앞을 가로막듯 서 있다.

"에헤이! 이 아까운걸!"

놀란 홍사장의 귀에는 고씨의 탄식이 들려오지 않았다.

"이게 누구야?"

홍사장이 자리에서 벌떡 일어섰다. 문 앞에 서 있는 사람은 홍사장이 애끓으며 기다린 김선생이었다.

"사장님. 여기 계셨네요?"

홍사장에게 먼저 아는 체를 한 김선생이 고씨를 보고는 어색하게 눈인사만 했다. 탁자에 쏟아진 술을 닦아내던 고씨도 못마땅한 얼굴로 성의 없이 고개만 살짝 까딱였다.

"책방에 불은 켜져 있는데 안 계시길래, 혹시나 해서 와봤어요."

뒤집어쓰고 있던 검은 우비를 벗자 헌칠한 모습이 드러났다. 김선생이 등에 지고 있던 검은 가방을 내려놓는 동안 홍사장은 바쁘게 그의 모습을 살폈다. 머리칼은 덥수룩하게 자라 눈을 가렸고 그간 바깥일만 한 모양인지 겨울바람에 쓸린 얼굴 가죽이 전보다 훨씬 거칠어 보였다.

'어디가 아팠나?'

광대 아래가 움푹 팰 만큼 야윈 김선생의 모습에 속이 상했다.

"별일 없으셨어요?"

"별일은 그쪽에 있었나 보네. 얼굴이 왜 그 모양이야?"

김선생이 조용히 미소 지었다. 무슨 일이 있었는지, 잠은 제대로 자는지, 오늘 끼니는 제대로 챙겼는지, 홍사장이 궁금한 것을 쏟아내는 통에 김선생은 어정쩡한 자세로 계속 서 있어야 했다.

"내 정신 좀 봐. 사람을 한참 세워뒀네. 여기 와서 앉아."

홍사장과 김선생이 서로를 쓰다듬으며 자리를 잡는 동안, 고씨는 두어 걸음 떨어진 자리에서 그들을 지켜보았다. 홍사장은 눈치채지 못했지만 두 사람을 보는 고씨의 눈동자는 전에 없이 싸늘했고 한시도 쉬지 않던 입술은 굳게 닫혀 있었다.

**

"책방 손님은 힘이 장사네요. 웬만한 도깨비도 울고 가겠어."

가게 문이 부서질 뻔했다며 고씨가 웃었다. 그의 뼈 있는 농담에 홍사장은 어찌할 바를 몰랐다.

'그깟 오래된 문짝 하나에 이렇게 심술을 부린다고?'

고씨네 가게 문은 원래 뻑뻑해서 처음 여닫는 사람은 고생할 수밖에 없다. 홍사장은 애먼 사람을 잡아대는 고씨가 못마땅했다.

"그만 좀 해. 지금 그 소리만 몇 번짼지 알아?"

"제가 그랬어요, 형님?"

고씨가 의뭉스럽게 웃었다. 정작 김선생은 불편한 내색 없이 앉아 있다. 그렇습니까, 그런가요, 라며 고씨의 짓궂은 말에 대답도 곧잘 했다. 고씨가 사리를 비운 사이 홍사장이 김선생에게 속삭였다.

"그러려니 해. 입에 거름망이 없어 그렇지, 나쁜 사람은 아니야."

원래 고씨 말투가 시비조이긴 하나 오늘은 정도가 심하다.

'말투는 저래도 속 좁은 사람은 아닌데. 설마?'

조금 전, 고씨가 건넨 술을 김선생이 단칼에 거절한 게 자존심을 건드린 모양이다. 고씨는 자기 술에 자부심이 남다른 남자라 그렇다지만, 홍사장은 의아했다. 평소 술을 즐기던 김선생이 오늘따라 술잔을 밀어내는 이유를 알 수 없었다.

'몸이 안 좋은가? 아니면 고씨가 싫어서 그러나?'

둘 사이에 끼어 앉은 홍사장은 양쪽 눈치를 보느라 마음이 불편하다. 우연히 만들어진 자리지만 한 번쯤 꿈꾸던 순간이기도 했다. 고씨도 김선생도 홍사장에게 소중한 인연이니, 두루 친해지면 좋을 것 같았다.

'틀려먹었네. 첫인상부터 제대로 망했어.'

홍사장은 깨달았다. 허세 가득하고 말이 많은 고씨는 김선생이 가장 싫어하는 유형의 사람이었다. 시끌벅적한 술자리를 좋아하는 고씨는 술 앞에서 점잔 빼는 사람은 좋아할 수 없다고 여러 번 말해왔었다.

'욕심으로 될 일이 아니구나.'

그 와중에 고씨는 직접 만든 안주를 두 사람 앞에 내놓았다. 양념을 발라 구운 황태와 고소한 기름내가 진동하는 메밀전이 상에 올랐다. 김선생이 시장에서 포장해 온 삶은 돼지고기까지 탁자의 한자리를 차지했다. 푸짐한 저녁상이 앞에 있건만, 홍사장은 전혀 흥이 나지 않는다. 고씨는 쓸데없는 말로 김선생 심기를 쉼 없이 긁었고, 김선생은 고씨의 술과 안주에 젓가락도 대지 않았다.

"사장님, 식사 끝나면 바로 책방으로 가실 거죠?"

"어? 어어, 그래야지."

이제 막 고기 한 점을 입에 넣은 홍사장이 어색하게 말했다. 역시 김선생은 고씨네 가게에 오래 있고 싶지 않은 것 같다. 김선생이 자신이 메고 온 가방을 슬쩍 곁눈질했다. 홍사장이 알아채고 고개를 끄덕였다.

'그래, 가지고 왔구먼.'

"두 사람 지금 뭐 해요?"

고씨가 끼어들었다.

"나 빼놓고 뭐 하려고요?"

"뭘 하긴. 눈은 왜 희번덕대고 그래?"

"진짜 수상하네요, 형님. 나만 빼고 책방에 가서 더 맛있는 거 잡수려고요?"

황당한 반응에 잠시 말문이 막혔던 홍사장이 갑자기 표정이 밝아졌다. 어색한 분위기에서 벗어날 방법이 떠오른 것이다.

"김선생! 가져온 거, 그거 한 번 꺼내 보지."

"여기서요?"

김선생이 내키지 않는 듯 주저했다.

"괜찮아. 고씨도 그런 물건에 관심이 많아."

홍사장이 벽에 걸린 그림과 소품을 가리키며 말했다. 하나같이 박물관에서나 볼 것 같은 오래된 물건이다.

"우리 김선생이 옛날 물건을 잘 구해오거든. 골동품 같은 거 말이야."

아버지가 아들 자랑하듯 홍사장의 목소리가 한껏 들떴다.

"그게 책방 손님 직업이에요?"

고씨의 말투에 비아냥이 섞였지만 홍사장은 무시했다. 대꾸는 퉁명했어도 관심이 가는지 고씨도 의자를 당겨 앉았다. 김선생은 여전히 머뭇거렸다.

"진짜 직업은 따로 있고, 이건 말하자면 부업이지."

홍사장이 김선생의 허리를 쿡쿡 찔렀다. 김선생은 마지못해 가방에서 낡은 가죽 주머니를 꺼내 탁자에 올렸다. 홍사장이 얼른 주머니를 열어 물건을 꺼냈다. 나무로 만든 둥근 나침반이 들어 있었다. 오랜 시간 사람 손을 탄 물건인 듯 표면이 반들반들했다. 둥글고 넓적한 모양은 여자들이 가지고 다니는 화장품과 같은데 크기는 그보다 훨씬 크다. 손이 작은 홍사장이 한 손으로 쥐기에는 버거운 크기였다.

"형님, 그거 좀 뒤집어 봐요."

나침반의 뒷면에는 산과 내가 어우러진 풍경에 학, 거북이, 사슴 등이 새겨져 있었다.

"십장생을 새겨놨네요."

고씨는 나침반에 직접 손을 대지 않고 눈으로만 살폈다. 홍사장이 한쪽 눈을 찡긋 감아 김선생에게 신호를 보냈다.

'거봐. 이 친구 옛날 물건에 관심 많다니까.'

고씨는 한동안 물건에서 눈을 떼지 못했다.

"지남철이네요."

"지남철이 뭔데?"

"나침반이요. 이거는 지관용이에요. 죽은 사람 묻을 자리 보러 다닐 때 쓰는 거예요, 형님."

홍사장은 달라진 눈빛으로 고씨를 쳐다보았다.

"자네는 그런 것도 알아?"

"그 정도야 뭐, 살다 보면 알게 되는 거죠."

홍사장은 안도했다. 이 순간만큼은 고씨가 잘난 체해도 밉지 않았다.

'이제 조금 마음이 풀어진 모양이지?'

계속되는 칭찬에 고씨가 우쭐대며 말했다.

"되게 오래된 물건이에요, 형님. 박물관 같은 데서 대접받으면서 앉아 있어야지 막 굴러다닐 게 아닌데?"

그러면서 힐끔, 김선생을 보았다. 어디서 구했냐는 질문일 텐데 김선생은 대답하지 않았다.

"형님 여기 봐요. 여기, 원래 뚜껑이 있어야 하는데 경첩째 떨어져 나갔잖아요. 그게 좀 아쉽긴 한데, 그래도 상태가 좋으니까 꽤 받겠는데요?"

고씨가 말했다. 돈이 되는 물건이라는 뜻이다.

"여기 바늘도 부러진 것 같은데?"

홍사장이 가리킨 자리에 부러진 바늘이 달랑달랑 매달려 있다.

"이거는 고치면 될 것 같은데요?"

"그래?"

김선생은 자기가 가져온 물건임에도 통 관심이 없다. 대신 홍사장 얼굴에 화색이 돌았다.

"자네는 생각 없고?"

"저요? 제가 가져서 뭐 해요? 다른 데 알아보세요, 형님. 사겠다는 사람 많겠구먼, 뭘 나한테까지…."

고씨가 손사래를 쳤다. 홍사장이 조금 아쉬운 얼굴로 나침반을 가죽 주머니에 도로 넣었다. 나침반이 홍사장의 윗옷 주머니로 쏙 들어갔다.

"고것이 왜 그쪽으로 가요, 형님?"

"중요한 건 그게 아니고."

홍사장이 김선생과 고씨를 번갈아 힐끔대며 말했다.

"고씨 이 사람은 괴상한 이야기를 너무 좋아해. 이상한 거, 꿈에 서 볼까 무서운 그런 흉측한 이야기 말이야."

실제로 고씨는 홍사장을 만날 때마다 어딘가에서 주워들은 기이한 이야기, 이웃 도시의 살인 사건이나 도시 괴담 따위를 즐겨 떠들었다.

"오늘도 그랬잖아. 조금 전까지 질리도록 시체 얘기만 했다고!"

술 한 잔에 마음이 노곤해진 홍사장이 저도 모르게 속마음을 털어놓고 말았다. 고씨가 빙긋이 웃었다.

"자네 오늘 운 좋은 줄 알아. 우리 김선생이 말이야."

조용히 창밖을 보던 김선생이 퍼뜩 눈을 돌렸다. 홍사장이 그의 어깨에 손을 올리며 말했다.

"우리 김선생은 물건만 가져오는 게 아니라, 희한한 이야기도 같이 주워 온다고."

김선생의 얼굴이 달아올랐다. 그러나 자기 자랑하듯 홍사장은 신이 났다.

김선생은 헌책방에 올 때 물건뿐만 아니라 물건에 얽힌 이야기도 함께 가져온다. 홍사장은 김선생의 이야기가 고씨의 흥미를 끌 거라고 확신했다. 둘이 이런저런 말을 주고받다 보면 각자의 첫인상에서 벗어나 상대를 다시 보게 되지 않을까. 둘 사이에 끼어 앉아 불편하게 엉덩이를 들썩이던 홍사장이 생각해 낸 해결책이었다.

"이야기요? 여기선 말 한마디 안 하는 사람이?"

고씨가 놓치지 않고 시비를 걸었다. 홍사장이 잠시 눈을 찌푸렸다.

"저 친구 괜히 저러는 거야."

그러니 어서 이야기를 시작하라고 홍사장이 김선생을 재촉했다. 그사이 고씨가 빈 주전자를 들고 일어섰다.

"제 이야기는 별로 재미가 없을 텐데요."

김선생이 겸손하게 말했다. 묵직하게 주전자 가득 술을 채워 온 고씨가 다시 자리에 앉으며 의뭉을 떨었다.

"얼마나 비싼 얘기길래 이렇게 감질나게 굴까?"

그의 공격적인 눈빛을 김선생은 피하지 않았다.

"도깨비 잡는 이야깁니다."

거센 바람에 술집 유리문이 덜컹댔다. 빗줄기가 이리저리 흔들리며 휘청이는 소리가 적나라하다. 빗소리, 바람 소리가 김선생의 목소리와 섞여 음울한 화음을 만들었다.

"어떤 얘기인지 들어나 봅시다."

고씨가 홍사장의 빈 잔에 술을 채우며 말했다. 이번에도 김선생은 제 앞의 술잔에 손대지 않았다. 고씨가 눈을 흘겼지만 김선생은 모른 체했다.

"…물건이 오랜 시간 사람 손을 타면 기묘한 어떤 것이 된다고 합니다."

김선생의 이야기가 시작되었다. 홍사장은 자주 들어온 이야기다. 몇백 년 묵은 호랑이처럼 천 년을 버텨온 구미호처럼 물건도 세월을 견뎌내면 신비로운 존재가 되는데 그것이 바로 도깨비란다.

"그것은 사람 사이에 섞여 살면서 장난치는 일을 낙으로 삼습니다."

김선생의 시선이 어둠에 가려진 골목으로 향했다. 굵은 빗줄기 사이로 어렴풋이 헌책방의 불빛이 깜박였다.

"대부분 하찮은 장난질이지만 가끔 정도가 지나쳐서 사람을 곤란하게 할 때도 있습니다."

홍사장은 헌책방 전등이 깜박이는 줄도 모르고 김선생의 목소리에 집중했다. 끼어들길 좋아하는 고씨도 이 순간만큼은 입을 다물고 얌전히 듣고만 있다.

"철수라는 소년이 있었습니다. 그 애는 운이 없었어요. 남들과 조금 다르게 태어나서 사는 내내 곤란한 일을 자주 겪었죠."

김선생은 잠시 한쪽 눈가를 긁적이더니 자세를 고쳐 앉았다. 이야기를 어떻게 이어가야 할지 고민하는 것 같다.

"특히 도깨비들에게 오랫동안 시달렸답니다. 어느 날 더는 못 참고 덤벼들었는데 도깨비가 죽어버렸대요. 정신 차려 보니 도깨비가 죽은 자리에 사체 대신 녹슨 가위가 놓여 있더랍니다."

"엿장수 가위처럼 날이 넓적한, 크고 이상하게 생긴 옛날 가위였는데 말이야. 갖다 팔았더니 돈을 꽤 주더래. 사는 게 막막했던 어린 애가 혹할 만한 일인 거지. 이거 돈이 되는구나!"

홍사장이 손짓까지 해가며 부연 설명을 했다.

"철수는 혼자 사는 아이라서 돈이 필요했어요. 그날부터 쭉 도깨비를 찾아다니기 시작했습니다. 그것들이 아무리 사람처럼 꾸미고 있어도 끝끝내 찾아냈대요. 찾아서, 죽이고, 팔아서 돈을 얻었습니다."

날씨 탓이었을까. 홍사장은 문득 이야기를 쏟아내는 김선생의 모습이 낯설게 느껴졌다. 헌책방에서 들을 때와 전혀 다른 느낌이었다. 빗소리 때문인지, 꽤 마셔버린 술 때문인지, 고씨네 가게 분위기 때문인지 알 수 없었다. 홍사장은 어두운 길을 걸으며 도깨비를 찾는 남자의 모습을 떠올렸다. 더는 소년처럼 보이지 않는다. 키도 골격도 큰데 몸은 야위었다. 핏줄이 툭 불거진 그의 손에 들린 것은 망치인가 칼인가 아니면 돌인가?

홍사장은 고씨를 보았다. 그도 미간을 잔뜩 찌푸린 채 앉아 있다. 화난 것이 아니라 원래 표정이 그렇다. 웃으면 능글능글한 인상이지만 웃지 않을 때는 밤길에 마주치기 무서울 정도로 위협적이다. 처음 보는 사이라면, 특히 어린애나 젊은 여자라면 비명을 지르며 도망칠 만하다.

'무슨 일 있으면 연락해요. 의심 가는 놈 있어도 전화하시고.'

홍사장은 며칠 전 헌책방에 다녀간 형사의 목소리를 떠올렸다.

'내가 지금 무슨 생각을 하는 거야?'

홍사장이 고개를 흔들었다.

"그날도 오늘처럼 날씨가 좋지 않았습니다."

홍사장이 이상한 상상에 정신 팔린 사이에도 이야기는 계속되었다. 김선생의 차분한 목소리가 빗소리를 뚫고 낮게 깔렸다. 그렇게 어느 도깨비 사냥꾼의 이야기가 그 남자의 입을 타고 흘러나오기 시작했다.

그날 철수는 점심때를 조금 지나서 목적지인 시장에 도착했다. 하늘에는 거무칙칙한 구름이 잔뜩 껴 있어 곧 비가 쏟아질 것 같았다.

'날을 제대로 잡았네.'

흐린 날에는 철수의 몸 상태가 좋지 않다. 하늘이 꾸물거리면 채 아물지 못한 상처들이 욱신거렸고 곳곳의 통증에 머릿속이 산만해졌다. 언제 어디에서 어떤 도깨비와 맞닥뜨릴지 알 수 없는 노릇이라 철수의 몸 상태는 곧 죽고 사는 일과 연결된다.

오늘은 왼쪽 어깨까지 말썽이다. 몇 주 전에 도깨비가 할퀸 상처가 덧났다. 아직도 진물이 흘러나왔고, 칼로 찌르는 듯한 통증은 좀처럼 사라지지 않았다. 어지간하면 몸을 사려야 하는 날인데도 오늘, 철수는 무리해서 이곳을 찾았다. 예인당에서 더는 미룰 수 없다고 못을 박았기 때문이다.

예인당은 '선화'라는 큰무당이 머무는 입소문 난 굿당이다. 세습무인 연희가 전화를 걸어온 건 한 달 전, 시장에서 이상한 일이 일어나고 있으니 가보라고 했다. 무당이 해결할 수 있는 일인지 직접 보고 오라는 이야기다.

예인당은 도깨비를 찾아다녀야 하는 철수에게 기이한 소문을 물어다 주고, 철수는 예인당의 골칫거리를 해결해 주는 공생 관계다. 사람 아닌 것이 저지르는 일에 '우리도 어쩔 수 없는 일'이라고 말하는 것은 예인당의 수치라, 그들의 평판을 지켜주는 대가로 얼마간의 수수료도 받고 있다. 서로 손해 볼 것 없는 관계다.

철수는 시장 입구에서 한참을 서성였다. 기괴한 모습의 장승이 그의 발을 잡았기 때문이다. 멀리서 봤을 때는 색이 지나치게 알록달록해 시장 홍보용 간판인 줄 알았다. 하지만 가까이 와 보니 최소 몇백 년은 견뎌냈을 문화재급 진짜 장승이었다. 철수는 쪽머리를 한 장승의 몸통을 쓰다듬으며 중얼거렸다.

"지하여장군을 이렇게 홀대해서야 쓰나."

마을 입구를 지키던 수호신이 어쩌다가 이런 경박한 색을 입었을까. 짝꿍은 어디 가고 홀로 외로이 서 있는 걸까. 철수는 장승의 사연이 궁금했다.

'장승은 계속 여기 계셨겠지.'

초가삼간이 사라지고 아파트와 상점, 주택이 들어섰다. 오솔길도 사라지고 포장도로가 만들어졌을 것이다. 모두가 떠나고 사라져도 땅에 발이 묶인 장승만은 남았다.

'용케도 살아남았네요.'

철수는 장승 앞에서 가볍게 고개를 숙였다. 예인당에서 말한 기이한 일이 뭔지는 몰라도 시장 입구에 서 있는 장승과는 무관하길 바랐다. 이런 날, 수호신과의 싸움은 피하고 싶다.

"책임을 지세요. 사람이든 귀신이든 사악한 걸 막아주는 게 장승의 역할이잖아요."

철수의 투덜거림에 장승은 대답하지 않았다.

아직 해가 지기 전인데 시장에는 손님이 드문드문했다. 상인들의 얼굴에도 생기가 없다. 여느 시장과는 사뭇 다른 모습이었다. 한산한 시장 골목에 검은 배낭을 멘 철수의 모습이 눈에 띄었던지 힐끔거리는 상인들의 눈빛에 날이 서 있다.

조용히 시장을 둘러보던 철수가 걸음을 멈췄다. 중절모를 쓴 노인이 철수에게 바짝 붙어 따라오고 있었다. 모른 척 지나가려 해도 입구에서부터 계속 뒤따라오니 신경 쓰였다. 화려한 색의 꽃무늬 셔츠를 입고 있어 한참 전부터 눈에 띄었다. 철수와 눈이 마주쳤는데도 노인은 여유로웠다. 코와 턱에 하얀 수염이 잘 정돈된 멋쟁이 노인은 싱긋 웃으며 성큼성큼 다가오더니 급기야 말을 건넨다.

"상인회장 찾지?"

철수가 입술을 떼기도 전에 노인이 손가락을 뻗어 어딘가를 가리켰다. 손가락 끝에 분식집 간판이 보였다. 분식집 문 앞에 서서 낯선 손님을 주시하던 젊은 남자가 기다렸다는 듯 퉁명스럽게 물었다.

"뭐요?"

"아니, 나는⋯."

돌아보니 꽃무늬 셔츠를 입은 노인은 사라지고 없다. 가까이 다가온 젊은 남자도 체격이 좋은 편이었지만, 철수의 장대한 몸뚱이에 비할 정도는 아니었다. 남자가 입을 비죽댔다. 어쩔 수 없이 올려다 봐야 하는 눈높이가 혈기 왕성한 청년의 마음을 건드린 것 같았다.

"뭐냐고!"

남자가 다가와 목소리를 높였다. 함께 힐끔거리던 젊은 상인들이

때를 놓치지 않고 철수를 에워쌌다. 철수는 침착하게 말했다.

"예인당에서 나왔습니다. 연락을 주셨더군요."

"예인당이 뭔데?"

"그 무당집 말하는 거잖아."

상인들 표정이 심상치 않았다. 위압적인 분위기를 보니 철수의 방문이 달갑지 않은 듯했다. 은근슬쩍 철수를 시장 입구 쪽으로 밀어대는데 카랑카랑한 목소리가 달려들어 상인들을 막아섰다.

"느덜, 거기서 뭐 하냐!"

문 열린 분식집 앞에 연로한 여인이 서 있었다. 짧은 머리칼은 검은 가닥 하나 없이 하얗게 세었지만, 허리를 꼿꼿이 펴고 선 자세에서 비범한 기세가 느껴졌다. 상인들이 눈길을 주고받으며 머뭇대는 사이 철수를 발견한 노인이 가까이 다가왔다.

"상인회장님이세요?"

철수의 물음에 노인이 고개를 끄덕였다. 길을 막던 상인들이 딴청을 피우며 흩어졌다. 제일 사납게 굴던 청년은 불안한 얼굴로 뒤통수를 긁어댔다.

"손님이 오셨으면 안으로 모셔야지. 이게 뭐 하는 짓들이냐?"

노인이 한심한 눈빛으로 청년을 쏘아보았다. 분식집으로 들어가는 사이, 청년은 도망치듯 맞은편 가게로 가 돌아오지 않았다. 노인이 혀를 차며 말했다.

"미안합니다. 하필 저놈이 우리 손자여요."

철수가 말없이 고개를 끄덕였다. 노인은 신기한 물건 보듯 마주 앉은 철수를 살폈다.

"그동안 무슨 일이 있었는지 말씀을 듣고 싶습니다."

"그려요. 대충은 들어 알겠지만요."

노인의 얼굴이 굳었다.

"요즘 세상에 무당을 불러 쓴다면 다들 웃겠지요. 여기도 교회 다니는 사람 많은데 내가 우겼어요. 시장 망하게 생겼는데 뭐라도 해야지요."

노인은 젊은 철수에게도 깍듯이 존대했다.

"갑자기 애기들이 나타나서 말여요."

"애들이요?"

"요사스러운 노래를 불러서 아주 혼을 빼놓는다니까요."

노인이 손바닥으로 이마를 쓸었다. 눈동자에 깊은 근심이 드러났다. 시장에 나타난다는 어린아이 무리 중 두어 명은 노인도 안면이 있었다. 아랫동네 아파트 단지 아이들로 부모와 가끔 가게에 왔었단다.

"애기들 네다섯이 몰려다니더라고요."

석 달 전이었다. 어느 날 부모 없이 저희끼리 몰려와서는 김서방, 김서방하고 노래를 불러댔단다.

"김서방이요?"

"요즘 말로 치면 김 씨, 김 씨 그러는 거지요. 애들이 알고 부르는 건 아닌 거 같고, 어른들이 하는 거 따라 했던가….”

누군가 부르라고 시킨 게 아닐까, 싶단다.

처음 며칠은 대수롭지 않게 여겼다. 아이들 사이에서 유행하는 놀이겠거니 했다. 올망졸망한 것들이 함께 다니니 어른들 눈에는 마냥 귀여웠다. 개중에는 저보다 어린 동생을 둘러업은 아이도 있었다.

“애기가 힘도 좋지. 저만한 애를 업고 다니니까 신기하기도 하고 안쓰럽기도 했어요.”

한 입 거리 주전부리를 물려주고 이것저것 묻는 상인도 있었지만, 아이들은 넙죽 받아먹기만 할 뿐 아무 대꾸도 하지 않았다. 시장 곳곳을 헤집고 다니며 며칠을 김서방만 외쳐댈 뿐이었다. 슬슬 노랫소리를 꺼림칙하게 여기는 상인들이 생겼고 그쯤에서 일이 벌어졌다. 한 아이가 손을 뻗어 이불 가게의 매대 아래를 가리키며 외쳤다.

「찾았다!」

함께 노래하던 아이들은 물론이고 주위 상인들까지 궁금해 모여들었다. 어른들은 경악했다.

“간이 쪼그라들었다니까요.”

노인이 고개를 가로저으며 말했다. 아이 하나가 매대 밑으로 기어가 한 손으로 그걸 질질 끌고 나왔단다. 죽은 개였다. 이불 가게 딸이 애지중지하던 ‘코코’가 피범벅이 된 채 딱딱하게 굳어 있었다. 아침만 해도 건강하게 시장 거리를 뛰어다니던 개였다.

“어른도 만지기 꺼려지는 걸 어린애가 움켜쥐고서는 글쎄, 웃더라니까요."

정말로 기쁜 듯 깔깔대며 웃었다. 지켜보던 상인들의 마음에 차가운 바람이 불었다. 특히 이불 가게 사장의 얼굴은 시꺼멓게 변해버렸다.

"그 집 마누라랑 딸내미가 새끼 때부터 얼마나 잘 맥이고, 애지중지 키웠는지. 발바리라고 생각 못 할 정도로 털이 반질반질하니 얼마나 때깔 좋은 개였는데요."

남의 개를 추억하는 상인회장의 눈빛에 다정함이 스쳤다. 코코는 시장에서 사랑받는 개였다.

"누가 봐도 죽으라고 두들겨 팬 건데 대체 누가, 왜 그랬냐는 거지요."

이런저런 흉흉한 말이 돌았다. 가게를 망하게 하려는 부정한 물건이라는 이야기, 시장의 길흉과 관련된 징조라는 이야기와 상인 누구누구의 수상한 행동을 봤다는 출처 없는 목격담도 있었다.

그러다 이불 가게와 오랜 갈등이 있던 족발집 사장이 의심받기 시작했다. 족발집 사장이 챙겨주는 길고양이 때문이었다.

"괭이 싫어하는 사람은 지나다니는 것만 봐도 끔찍하다고 하니까요."

상인회장이 목격한 것만도 여러 번이었다. 이불 가게 사장은 고양이들에게 온갖 해코지를 했다. 지나가는 고양이를 걷어차고 담아놓은 사료 그릇을 엎어버리고 거기에 흙을 퍼다 섞는 일이 예사였다.

"자기도 짐승 키우면서 해도 너무한다고 뒤에서 말들이 많았다니까요."

다른 짐승을 해하려다 자기가 벌을 받았다는 이야기다. 고소하다는 사람도 많았다. 그런데 오해를 산 족발집 사장이 길길이 날뛰며 억울해했다.

"말도 안 돼요. 짐승을 그렇게 좋아하는 사람이에요. 사람을 팼으면 팼지. 아무리 남의 집 개라도 절대로 그럴 사람이 아녜요."

노인이 족발집 사장 편을 들었다.

며칠 범인을 잡자고 앞장서는 상인들도 있었지만, 피해자인 이불 가게 사장이 소극적이라 일이 진척되지 않았다. 이번에는 개 주인인 이불 가게 사장이 의심을 샀다.

"제 것이라면, 백 원짜리 하나도 벌벌 떨던 사람이에요. 자기네 개가 죽었는데 가만히 있는 건 이상하지요."

그러나 결국 남의 점포에서 일어난 남의 일이었다. 일주일쯤 지나자, 사람들의 관심이 사그라들었다. 그때쯤 아이들이 다시 나타났다. 역시나 며칠간 목청껏 김서방을 불러대더니 또 뭔가를 찾아냈다.

"모가지 잘린 닭이 자빠져 있는데. 아이고, 참⋯."

상인회장이 잠시 이야기를 멈췄다. 비위가 상한 듯 불편한 표정이다.

"애기니까, 뭣도 모르고 그럴 수 있지 싶다가도⋯."

횟집 입간판 뒤에서 발견된 닭 사체에 피가 흥건했다. 손에 찐득한 피가 묻든 말든 아이는 목 없는 닭을 번쩍 들어 올렸다. 여리고 하얀 팔이 피범벅이 됐다.

"다들 헛구역질하고 난리도 아녔어요."

이번에는 닭 주인과 점포 주인이 달랐다. 소식을 듣고 기름집 사장이 헐레벌떡 뛰어왔다. 그는 이틀 전 시골서 가져온 살아 있는 닭이 사라졌다고 도끼눈을 했었다. 횟집 사장은 모르는 일이라고 시치미를 뗐지만, 시장 사람 누구도 그 말을 믿지 않았다.

"얼굴이 허옇게 질려서는 요래조래 눈치를 보지 않나, 부들부들 떨지를 않나. 확실히 뭔가 찔리는 얼굴이었어요."

횟집 사장의 식탐은 시장에서 유명했다. 젊은 사람이 보신에 관한 거라면 사족을 못 썼다. 눈에 띄는 것이 있다면 훔쳐서라도 먹을 위인이었다.

"저기 있는 애들을 때마다 들쑤셔서 몸에 좋은 뭐 먹으러 간다 어쩐다, 법석대는 위인이에요."

노인의 시선이 맞은편 가게로 향했다. 조금 전 철수를 에워쌌던 상인들이 거기에 다 모여 있었다. 분식집 손주도 함께였다.

"그렇지만 먹어 없앴으면 몰라도 피 범벅된 닭을 자기 가게 간판 아래 둘 이유는 없잖아요?"

노인은 횟집 사장의 식탐을 잘 아는 누군가의 장난인 것 같다고 말했다. 못된 장난은 멈추지 않고 계속되었다.

"다섯 집이 당했어요."

개와 닭에 이어 토끼, 잘린 염소 머리도 발견됐다. 모두 그 아이들이 찾아낸 것이다. 김서방, 김서방 노래를 부르다가 천막을 들추고, 땅을 파고, 팔던 물건을 헤집으면 그 속에 영락없이 죽은 것이 있었다.

"그러니 어땠겠어요? 시장이 완전 상갓집 분위기지요. 우중충하게 그늘졌으니, 누가 여기를 좋아하겠느냐고요."

사정을 아는 손님도, 모르는 손님들도 점점 발길을 돌렸다.

"시장이 사라질 판이에요. 그런 일까지 있었으니 말 다 했지요."

상인회장이 깊은 한숨을 쉬며 말을 이었다. 이러다 사람도 죽어 나가겠다는 불평이 터져 나온 날이었다고 한다. 그날 과일 가게 주인이 크게 화를 냈다. 아이들의 찝찝한 노랫소리에도 허허실실 웃기만 하던 사람이었는데 자기 가게가 당하자 화를 참지 못했다.

일은 하필 손님과 흥정하는 중에 벌어졌다. 아이들은 쌓아둔 사과 상자를 무너뜨리고 그 속에서 죽은 쥐를 꺼내 들었다. 손님은 기겁해 자리를 떴고 가게 주인은 분통을 터뜨리며 아이들을 불러 세웠다.

"먹는 걸 파는 가게잖아요. 죽은 쥐라니, 가슴이 철렁할 일이지요."

노인은 과일 가게 주인의 심정이 어느 정도 이해가 된다고 했다.

"손님이 직접 보고 갔으니 어떤 소문이 나겠어요? 나 같아도 눈이 뒤집혀요."

과일 가게 주인 역시 그랬다.

「너희들 집이 어디야? …어머 애들 봐, 웃어?」

아이들은 만만한 상대가 아니었다. 상인이 고래고래 소리를 지르며 날뛰는데도 약 올리듯 싱긋싱긋 웃기만 했다. 그녀는 이성을 잃었다. 그중 가장 가까이 있던 열 살도 안 된 아이의 뺨을 후려쳤다. 맞은 아이가 놀라 울음을 터뜨렸다. 상인들이 말리러 다가가는데 그중 등에 업혀 있던 여자아이가 심통 난 얼굴로 천천히 손가락을 들어 올렸다.

「찾았다!」

아이답지 않은 걸걸한 목소리에 이어 소름 돋는 정적이 흘렀다. 아이의 손가락이 과일 가게 주인을 향하고 있었기 때문이다. 그녀의 얼굴이 시퍼렇게 변했다. 당황스러워 숨만 헐떡일 뿐 더는 말을 잇지 못했다. 다른 상인이 과일 가게 주인의 손에 붙들렸던 아이를 떼어내자, 아이들은 재빨리 흩어졌다. 과일 가게 주인만이 그 자리에서 움직이지 못했다.

"말이라도 괜찮다고 신경 쓰지 말라고 해줬어야 했는데, 놀란 내 가슴 매만지느라 그 집을 못 챙겼어요."

노인의 얼굴에 미안함이 스쳤다. 노인만이 아니었다. 그날 이웃 상인들은 모두 말없이 자리를 피했다. 맞은편 상인 말로는 과일 가게 주인이 그 자리에 한참을 서 있었단다. 다음 날 시장이 뒤집혔다. 그녀가 가게 안 쪽방에서 죽은 채로 발견된 것이다.

사인은 심장마비였다. 과일 가게 주인이 협심증으로 오래 고생했다는 것은 시장 모두가 알았다. 하지만 전날만 해도 건강했던 사람이 아이들 손가락질 한 번에 갑자기 죽어 나갔으니 두려움이 걷잡을 수 없이 커졌다.

"정말 열심히 살던 사람이었어요."

상인회장의 목소리에 슬픔이 묻어났다. 불과 한 달 전 일이었다. 그사이 상인회에서는 아이들을 경찰에 신고했다가 말도 안 되는 소리라며 무안을 당하기도 했다. 이후로 그 아이들은 시장의 무법자가 되었다.

"웃긴 소리 같겠지만, 그 애들이 지나가기만 해도 다들 오금이 저린대요."

철수는 노인의 말이 전혀 우습지 않았다.

"기다려 봐요. 곧 올 것도 같으니까."

"매번 이때쯤에 나타납니까?"

"아니, 대중없어요. 아침에도 오고 밤에도 와요. 넷이도 오고 다섯이도 오고 아주 지들 맘대로예요. 오늘은 아직 안 왔으니까, 아마⋯."

노인의 말이 끝나기 전에 멀리서 노랫소리가 들렸다. 귀가 어두운 노인이 뒤늦게 알아차리고 얼굴을 찌푸렸다.

"김―서방! 김―서방! 김―서방!"

말간 아이들의 노랫소리가 가까워졌다. 먼저 이야기를 듣지 않았다면 어떤 의심도 할 수 없는 순수한 아이들의 목소리였다. 이어 철수 눈에 들어온 것은 아이들 소리에 놀라 안절부절못하는 맞은편 가게에 모인 남자들이었다.

"어르신."

철수가 물었다.

"혹시 저 건너편 가게에 있는 사람들이요. 저 중에 이불 가게 사장이랑 횟집 사장이 있습니까?"

노인이 앉은 자리에서 일어났다. 노인이 쳐다보자, 가게의 남자들이 시선을 피하듯 등을 돌렸다.

"그러네요. 죄다 저기 있네요. 하여튼 젊은것들이 일은 안 하고 저리 한심하게 몰려다닌다니까요."

철수는 두려움이 가득한 그들의 얼굴을 주의 깊게 보았다.

"내가 범인입네 하는 꼴이네요."

고씨가 조롱하듯 웃으며 말했다.

"그게 무슨 소리야?"

홍사장은 전혀 모르겠다는 얼굴이다. 김선생이 설명했다.

"아무래도 젊은 상인들이 몰려다니며 못된 짓을 했던 모양입니다."

게를 잡아먹으려 하고, 남의 닭을 훔친 것도 결국 이웃 상인이었다는 이야기다. 홍사장은 터무니없다는 표정을 지었다.

"뭐라고? 아니, 자기 집 개를 잡아먹으려고 했다는 거야? 딸내미가 애지중지하는 개를?"

"우리 형님은 참 순진하셔. 세상에 별의별 놈들 많아요."

홍사장은 믿을 수 없다는 듯 김선생을 보았다. 김선생도 고개를 끄덕였다.

"여기서는 말이 좀 통하네, 한잔합시다!"

고씨가 눈앞까지 잔을 들어 올리는데도 김선생은 젓가락으로 수육을 뒤적이며 딴청을 피웠다. 고씨가 시무룩한 얼굴로 잔을 거둬들이자, 홍사장이 자기 잔을 가져다 맞대주었다.

"그럼 그 애들은 뭐야? 사람도 죽었다면서?"

"철수도 일단 애들을 만나봐야겠다고 생각했습니다만, 그 애들을 의심하지는 않았습니다."

"어째서?"

김선생이 젓가락을 내려놓으며 말했다.

"도깨비는 무리 지어 다니지 않거든요."

노랫소리가 들리자 시장 분위기가 이상해졌다. 상인들의 얼굴에 두려움과 수치심이 오갔다. 다 큰 어른이 아이들을 피해 숨는 꼴이 당당할 리 없다. 분식집 노인만이 허리를 꼿꼿이 세운 자세 그대로 앉아 있었다. 분식집 문은 활짝 열려 있었다. 철수가 물었다.

"회장님은 무섭지 않으세요?"

"왜 안 무섭겠어요. 그 일이 있고 나서는 애들 웃는 소리만 들어도 찜찜하지요. 그런데 막상 보면 영락없는 애기들이잖아요."

상인회장의 말투는 덤덤했지만, 주름진 얼굴이 고돼 보였다. 모습을 드러낸 아이는 넷이었다. 노래를 부른다기보다 고래고래 소리를 지르고 있다. 건들건들 걸어가는 꼴이 꼭 옛날 장터 건달들 같다. 긴장한 어른들의 모습이 재미있는 모양이다.

"어르신, 저 애들 가게에서 뭐 좀 먹여도 될까요?"

"필요하면 그래야지 어쩌겠어요."

노인이 철수의 눈을 들여다보며 말했다. 내키진 않아도 어느 정도 철수를 의지하는 표정이다.

"애들아, 이리 와봐."

철수가 부르자 아이들이 쪼르르 달려왔다. 주변 상인들이 분식집을 힐끔거렸다. 아이들은 재미있는 일을 기대하듯 생글거리며 철수를 올려다보았다. 왠지 얕잡아 보는 표정이다.

'그래 봤자, 애들인데.'

둘러앉아 떡볶이를 오물거리는 모습은 누가 봐도 해맑은 아이들이다. 거리를 두고 앉은 노인도 그 모습에 어이가 없어 웃고 말았다. 철수는 아이들에게서 의심을 거뒀다. 하지만 넷도 오고 다섯도 온다는 노인의 말이 마음에 걸렸다.

"학교는 안 가?"

"갔다 왔는데요."

"그렇구나. 그런데 또 다 같이 어디 가니?"

넷 다 똑같은 가방을 메고 있기에 물었더니 순순히 답해준다.

"학원 가는데요."

철수는 질문을 모두 낚아채는, 목소리 큰 남자아이를 공략하기로 했다. 못지않게 덩치도 큰 아이였다.

"걔는 어딨어?"

"누구요?"

"있잖아. 업혀 다니는 애."

"누구지이?"

아이는 철수를 놀리듯 대답을 피했다. 철수가 웃으며 물었다.

"걔 있잖아, 너네 대장."

"아닌데? 우리 대장 아닌데?"

아이가 발끈했다.

'옳지, 그래야지.'

그놈이 없었다면 덩치 큰 이 녀석이 대장이었을 것이다.

"웃기지 마, 너 걔 부하잖아. 쫄병."

"아니라고!"

철수는 얼굴이 벌게진 남자아이를 지그시 바라봤다.

"그럼 걔는 누구야?"

"김서방!"

아이가 화를 참지 못하고 씩씩댔다.

"야, 하지 마아."

옆에 앉은 애가 말리는 걸 보니 말하면 안 되는 이름인가 보다.

"그렇구나, 걔가 김서방이구나."

철수가 놀란 표정을 지어 보였다.

"걔는 나한테 자기가 대장이라던데?"

남자아이가 더욱 빨개진 얼굴로 할 말을 못 찾고 우물쭈물했다. '걔가 그래요?'라는 표정이다. 이 아이도 그것이 뿜어 대는 서늘한 기운을 느꼈을 것이다. 순순히 어울리며 노래를 부른 이유가 있을 것이다.

"모두가 대장이라고 해줘야 대장인 건데, 걔가 거짓말한 거네."

철수의 말에 용기를 얻은 남자아이가 고개를 세차게 끄덕였다. 다른 아이들도 말없이 눈을 맞췄다. 아이들의 마음에 변화가 생긴듯했다.

"그래도 동물을 그렇게 아프게 하면 안 되는 거야."

"우리가 그런 거 아니에요!"

이번에는 억울한 목소리다. 철수는 그럴 줄 알았다는 듯 의미 있는 미소를 지었다.

아이들을 돌려보내고 철수는 혼자서 시장을 둘러봤다. 갈림길 없이 쭉 한 길로 이어져 있다. 도시의 시장다운 적당한 규모였다. 지역에서는 유명한 시장이라고 들었다. 한때는 손님으로 북적였을 골목에 사람이 거의 보이지 않는다. 철수는 이야기에 등장한 가게들도 유심히 살폈다. 언제 자리를 옮겼는지 분식집 앞에 모였던 남자들이 횟집 안에 있었다. 다들 철수를 보고도 못 본 체했다.

"역시 그런 건가."

철수가 실망스러운 표정을 짓고 있을 때, 멀리서 상인회장이 손짓하며 달려왔다. 어른의 몸이 상할까 걱정되어 철수도 함께 뛰었다. 노인은 숨을 헐떡이며 철수의 손목을 잡아끌었다. 이끌려 간 분식집에는 노인의 손자가 풀 죽은 얼굴로 서 있었다.

"선생님 말씀이 맞았네요. 이것들이 글쎄!"

노인이 가슴을 쳤다. 손자는 고개를 숙인 채 아무 말도 못 했다.

"얼른 말해! 네 입으로 직접 하라고!"

노인이 다그쳤다. 손자는 머리를 긁적일 뿐 쉽게 입을 열지 못했다. 결국, 노인이 참지 못하고 나섰다.

"이놈들이 그런 게 맞다네요."

부끄러움과 미안함, 분노가 섞인 얼굴로 노인이 말했다.

"이것들이 개도 닭도 토끼도 염소도 깡그리 잡아 죽였대요. 지들 보신하려고요!"

철수는 놀라지 않았다. 가게를 나서기 전 노인에게 손자를 다그쳐 보라고 귀띔한 것이 철수였다.

"…하나도 못 먹었다니까요. 잡아만 놓으면 감쪽같이 사라졌다고요."

"그래도 이놈이!"

"아악! 아퍼요, 아퍼!"

노인이 등판을 후려치자, 손자가 아픈 시늉을 했다. 고개도 들지 못했지만, 변명은 해야겠는지 조곤조곤 이야기를 털어놓았다.

"개고기 먹는다고 하면 주위에서 하도 눈치를 주니까요. 몰래 우리끼리 다니다가…."

돈도 아낄 겸 직접 잡아먹을 생각을 했단다. 그들 눈에 들어온 것이 이불 가게 '코코'였다.

"이 징그러운 것들! 어디 먹을 게 없어서 그 어린애가 키운 개를, 그걸 먹을 생각을 해?"

"아니, 우리가 먹자고 그런 게 아니라 이불 가게 형님이 회비 석 달 치 대신에…!"

"이놈 자식! 주둥이 못 다무냐? 그 집 애기가 우느라 며칠을 굶었는데! 아이고 요놈들아, 시장에도 널린 게 닭집이다! 먹을 게 없어서 남의 닭을 훔쳐? 느덜이 인간이냐? 이 도둑놈의 새끼들아!"

손자는 더는 대꾸하지 못했다. 얼굴이 붉게 달아오른 노인이 철수의 손을 잡았다.

"우리끼리 해결할 일인데, 바쁜 사람을 여기까지 오게 했네요. 미안합니다. 이거 얼마 안 되지만 차비로 받아줘요."

노인이 흰색 봉투를 철수의 손에 쥐여주려 했다. 철수는 노인의 손을 정중히 빌어냈다.

"돈은 괜찮습니다."

"차비 정도론 안 돼요?"

"이놈이 어디서!"

손자가 끼어들었다가 노인에게 호되게 혼났다. 짝짝 소리가 날 정도로 등짝을 얻어맞았다. 잠시 기다렸다가 철수가 입을 열었다.

"그래도 빈손으로 돌아갈 수는 없겠는데요."

두 사람이 멀뚱히 철수를 보았다.

"감쪽같이 사라졌다면서요. 죽은 거 훔쳐 간 놈, 몰래 갖다 놓은 그 놈도 찾아야지요."

그날 밤 시장 상인들은 일찍 가게 문을 닫았다. 분식집 노인과 손자가 집집이 다니며 부탁했기 때문이다. 다들 일찍 셔터를 내리고 비닐 천막을 단단히 묶은 후 시장을 떠났다. 불만이 있을 줄 알았는데 의외로 협조가 잘됐다. 문제의 남자 상인들이 발 벗고 나선 덕이다. 그렇다고 쉽게 용서받지는 못하겠지만, 노인의 말대로 그들끼리 해결할 일이다.

아직 아무것도 하지 않았는데 분식집 노인은 거듭 철수에게 고개를 숙였다. 고맙다는 말과 미안하다는 말을 여러 번 반복하고서야 손자를 따라 일어섰다. 철수는 생각나는 것이 있어 노인을 붙잡고 물었다.

"중절모를 쓴 멋쟁이 어르신이 계시던데 혹시 아는 분인가요?"

인상착의를 자세히 전했는데도 상인회장은 통 모르겠다는 얼굴로 고개를 저었다.

"내가 여기서만 오십 년 넘게 장사를 했는데요. 그런 사람은 본 적이 없네요."

기다리니, 밤이 더디게 찾아왔다. 철수는 장승 앞에 사과 궤짝 두 개를 겹쳐놓고 그 위에 걸터앉았다. 등 뒤를 지하여장군에게 맡기고 모든 감각을 열어두었다. 스산한 바람을 타고 멀리서 아이들 목소리가 들려왔다. 낮에 들은 것과는 다르게 음산하게 느껴지는 노랫소리였다. 곧 아이들이 철수 앞에 나타났다. 예상대로 이번에는 다섯이었다.

단발머리를 한 아이가 덩치 큰 아이의 등에 업혀 철수를 바라보았다. 낮에 분식집에서는 당차게 대답하던 아이가 풀 죽은 채로 저만한 애를 업고 있었다. 아이들이 알려준 모습 그대로 무리보다 더 앳된 얼굴이다. 모르는 사람 눈에는 동생을 업고 있는 기특한 모습일 터였다. 언제 어디서 나타나는지 정작 아이들은 모른다고 했다. 정신을 차리고 보면 갑자기 등에 업혀 있고 그러다 홀연히 사라진단다. 단발머리 때문에 얼핏 보면 여자아이 같은데 골격이나 이목구비는 남자아이 같다. 철수는 구역질이 올라오는 것을 간신히 참았다. 놈도 정체를 들켰다는 걸 알았는지 멀찍이 떨어져 지켜보기만 했다.

"김―서방, 김―서방, 김―서방."

아이들이 노래를 부르기 시작했다. 줄줄이 지나가는 아이들 틈에 끼어 있는 그것과 그것을 업은 소녀를 철수가 막아섰다.

"어디 가니?"

흐리멍덩하게 눈을 뜨고 있던, 놈을 업은 소녀가 번뜩 정신을 차리고 멈춰 섰다. 철수가 다시 말을 걸었다.

"어디 가? 나랑 놀자."

"싫은데?"

놈이 코웃음을 치며 말했다. 철판을 긁어내듯 듣기 싫은 말소리였다. 절대로 어린아이의 목소리가 아니다. 놈을 업은 소년이 다시 멍한 얼굴로 철수를 피해 앞으로 나가려 했다. 철수가 또 한 번 막아섰다. 그리고 감정 없는 목소리로 말했다.

"야, 나랑 내기할래?"

녀석을 업은 아이가 걸음을 멈췄다. 그 모습을 내려다보는 철수의 한쪽 눈에 숨겨뒀던 불길이 일었다. 눈동자가 타들어 가듯 새빨간 빛을 내뿜으며 기괴한 불꽃이 일렁였다.

"…무슨 내기 할 건데?"

고씨가 반쯤 샛눈을 뜨고 중얼거렸다. 꾸벅이며 조는 중에 때맞춰 대답하다니, 홍사장이 웃음을 터뜨렸다. 어떻게든 분위기를 깨고 마는, 고씨의 재주에 새삼 감탄했다.

"신경 쓰지 말어. 이 친구 자는 거야."

한두 번이 아니라는 말에 김선생도 따라 웃었다. 홍사장이 술이 얼마 남지 않은 주전자를 흔들자 김선생이 손사래를 쳤다. 이번 잔도 거절이다. 대신 주전자를 건네받아 홍사장의 잔을 채워주었다.

"김선생, 오늘은 왜 한 잔도 안 하는 거야?"

"조금 피곤해서요."

눈에 보이는 핑계지만, 홍사장은 모른척했다.

'이유가 있겠지.'

홍사장은 취기로 몸이 나른했다. 이야기가 끊긴 사이 가게 안은 물론이고 골목 전체가 침묵에 빠져들었다. 어느새 비가 그쳤다. 이야기도 끝을 향해 가고 있다.

"사람처럼 생겼다면서, 사냥꾼은 도깨비를 어떻게 알아보는 거야?"

"관심을 두고 보면 어딘가 한 부분이 어색하답니다."

"그 단발머리 어린애는 어디가 달랐을까?"

"그림자가….”

김선생은 말하는 중에 잠시, 졸고 있는 고씨를 냉랭한 눈으로 보았다. 내내 집요하게 시비를 걸어대니 미웠던 모양이라고 홍사장은 생각했다. 그런 줄도 모르고 고씨는 드르렁드르렁 코까지 골며 잠을 잔다.

"그놈 그림자만 없더랍니다."

시장 입구, 가로등 아래를 지날 때 길게 늘어졌던 아이들의 그림자가 줄어들었다. 빛이 내리쬐는 방향에 따라 그림자의 크기는 늘어나고 줄어드는 게 당연한데 등에 업힌 그놈은 그림자가 아예 없었다. 사람으로 둔갑할 때는 그림자까지 스스로 꾸며내야 한다. 빛에 따라 시시각각 변하는 그림자를 완벽히 흉내 내기란 쉬운 일이 아니다.

‘들켜도 상관없다는 건가?’

건들건들 웃는, 놈의 얼굴은 여유로웠다. 철수는 그것을 일단 붙잡아 보기로 했다.

“야, 나랑 내기할래?”

돌아보는 놈의 얼굴에 짜증이 서렸다.

“무슨 내기 할 건데?”

능청스러운 표정이 영락없는 어린애 얼굴이다. 어린아이로 둔갑한 도깨비를 마주한 건 오늘이 처음이었다. 생글거리는 아이 얼굴이 거북하게 느껴지는 것도 처음 겪는 일이다.

‘혹시라도 사람이라면?’

사람이 아니란 걸 알지만, 가까이서 보니 마음이 흔들렸다.

“죽은 짐승은 왜 훔쳤어?”

“무슨 내기할 거냐니까?”

“거기에 왜 가져다 놨어?”

“무슨 내기할 건지 말하라고.”

“왜 하필 애들을 홀렸어?”

“그만 까불고 말하라고. 무슨 내기를 하자는 건데?”

놈이 손 닿을 거리까지 다가오자, 철수가 짧게 심호흡했다. 놈은 철수에게 반응하느라 아이들 노랫소리가 멈춘 줄 모르고 있다. 다른 아이들은 낮에 약속한 대로 한참 뒤로 물러서서 귀를 막고 눈을 감았다. 원래 아이들이 어른보다 약속을 잘 지킨다. 무엇보다 할머니의 떡볶이가 제값을 했다.

"무슨 내기할 거냐니까?"

철수가 먼저 움직였다. 녀석이 방심한 틈에 아이 등에서 놈을 뜯어 냈다. 예상보다 훨씬 무거워서 철수의 몸이 휘청거렸다. 꼬마가 무슨 수로 놈을 업고 있었는지 생각할 겨를도 없었다. 그것을 어깨에 둘러메고 철수는 깜깜한 시장 골목을 향해 힘껏 내달렸다. 불 꺼진 시장 안은 깊은 굴 같기도 괴물의 목구멍 같기도 했다.

"흐읍!"

철수는 숨을 삼켰다. 왼쪽 어깨에서 견디기 힘든 고통을 느꼈다. 상처 난 자리에 놈이 손톱과 이빨을 박아 넣었기 때문이다. 제대로 싸우기도 전에 귀신같이 철수의 약점을 찾아낸 것이다. 철수는 이를 악물고 참아냈다. 고통으로 몸이 덜덜 떨렸다. 천장으로 하늘이 가려진 시장 골목에는 작은 불빛 하나 없었다. 상인회장의 일 처리가 너무 완벽했다.

'걱정 말아요. 두꺼비 집을 아예 내려버릴 테니까.'

어린아이 같은 얼굴만 보지 않으면 될 줄 알았는데 어깨가 문제였다. 철수의 어깨에서 피가 흘러 소매까지 축축했다.

"놔, 이 새끼야!"

철수가 몸을 아무리 흔들어도 놈은 철수의 어깨를 놓지 않았다.

"으아아아악!"

철수가 견디지 못하고 비명을 내질렀다. 그의 비명과 함께 짐승의 으르렁 소리가 시장에 울려 퍼졌다. 소란이 계속되는 중에도 시장 안은 칠흑같이 어두웠다. 당장 코앞도 보이지 않는다. 도깨비를 어깨에 매단 철수가 방향을 잃으면서 여기저기 몸이 부딪혔다. 예상하지 못한 일이었다. 온몸이 쩌릿했다. 어둠을 이용하려다 어둠에 당할 처지에 놓인 것이다.

'눈이 떠지지 않아.'

평소라면 이 정도의 어둠은 문제 되지 않았을 것이다. 몸 상태가 좋지 않을 때 놈을 만난 게 화근이었다.

'제길!'

그때 시장 안쪽에서 허공에 둥둥 떠 있는 작은 불꽃이 천천히 다가왔다.

'뭐가 더 있었나?'

철수가 헐떡이는 숨을 고르려 애썼다. 다른 놈까지 나타난다면 이번에야말로 죽을지도 모르겠다고 생각했다. 가까워져 오는 불빛 아래로 눈에 익은 꽃무늬 셔츠가 드러났다. 화려한 셔츠를 입은 백발의 노신사가 작은 불덩이를 두 손으로 받쳐 들고 걸어오고 있었다. 어렴풋하게 주변이 보이기 시작했다. 철수는 때를 놓치지 않고 힘껏 상가 기둥에 제 몸을 던졌다.

쾅! 쾅! 쾅! 놈이 떨어질 때까지 계속했다. 철수의 어깨에도 충격이 전해졌지만 이대로 죽는 것보다 나았다. 신경이 끊어진 것처럼 물린 어깨의 감각이 둔해졌을 때, 놈이 견디지 못하고 새된 비명을 지르며 나가떨어졌다. 커다란 나무토막 같은 것이 바닥에 나뒹굴었다.

머리칼이 찰랑이던 어린아이의 얼굴은 사라지고 없었다. 대신 딱딱한 나무 얼굴이 드러났는데 허리 아래로 보이는 다리가 힘없이 늘어져 있었다. 놈은 상반신으로만 발버둥 치며 시장 바닥을 기어다니고 있었다. 아이들을 홀리기 전부터 다친 듯했다. 놈이 왜 다른 아이의 등에 업혀야 했는지 알 것 같았다. 어느새 가까이 다가선 노인이 채근하듯 철수를 보았다. 철수가 놈에게 다가갔다.

"살려줘! 살려만 주면 뭐든 해줄게! 여자? 내가 원 없이 잡아다 줄 수 있어!"

겁에 질린 붉은 눈알 두 개를 빠르게 움직이며, 그것이 애원했다.

"돈 필요해? 금 백 덩이도 갖다줄 수 있는데! 죽을 때까지 써도 남을 만큼 줄게! 너 언제 어떻게 죽는지는 안 궁금해? 궁금하잖아! 내가 알아! 내가 알려줄게!"

"개소리하고 있네."

철수가 있는 힘껏 놈의 목을 밟았다.

따각!

뭔가 쪼개지는 소리가 어둠 속에서 울려 퍼졌다. 백발의 노인이 다가와 불을 비추자 놈이 있던 자리에 나침반이 뒹굴고 있었다. 노인의 시선이 나침반에서 철수의 얼굴로 옮겨갔다. 철수의 한쪽 눈이 맹렬히 붉은빛을 내뿜고 있었다. 조금 전 도깨비의 눈에서 뿜어져 나오던 그것과 닮았다. 시선을 의식한 철수가 황급히 손바닥으로 불

타는 눈동자를 가렸다. 노인은 숨을 가쁘게 쉬는 철수의 등을 말없이 토닥이고는 어둠 속으로 슬며시 사라졌다.

다리에 힘이 풀린 철수가 바닥에 주저앉았다. 다시 깜깜해진 시장 골목을 철수의 거친 숨소리가 가득 채웠다.

상인들이 일을 시작하기 전, 이른 새벽에 시장 밖으로 나온 철수가 놀라 눈을 크게 떴다. 지하여장군 옆에 낮에는 없던 천하대장군이 서 있었다. 그의 몸통에도 짝꿍과 마찬가지로 알록달록한 색이 칠해져 있었다. 다른 신이라면 역정을 냈을지 모르겠으나 그는 제 몸에 색이 칠해지는 걸 흐뭇하게 바라보았을 것 같다. 천하대장군의 가슴에 검게 그을린 흔적이 있다. 지난밤, 철수를 구원한 빛의 흔적이었다. 철수는 장승을 향해 정중히 머리를 숙이고 자리를 떠났다.

시간은 새벽 두 시를 넘어서고 있다. 홍사장은 불 꺼진 시장 골목에 홀로 남은 철수의 모습을 상상했다. 희미한 입김을 내뿜으며 숨을 헐떡이는 그의 모습이 꼭 짐승 같다는 생각이 들었다. 그가 쏟은 피가 이야기 밖까지 흘러내린 듯 비릿한 냄새가 코끝에서 사라지지 않는다. 홍사장이 물었다.

"그럼 과일 가게 사장은 도깨비가 죽인 거야?"

"애초에 지병이 있었답니다."

"아, 그랬지."

홍사장이 바로 수긍했다. 탁자에 빈 주전자와 플라스틱병이 엎어져 뒹굴고 있다.

"오늘 너무 많이 마신 것 같네."

몇 걸음만 걸어가면 자신이 사는 헌책방인데도 홍사장은 무거워진 몸을 일으키지 못했다.

"이 사람은 어디 갔나?"

홍사장은 탁자에 턱을 괴고 고씨를 찾았다. 어디로 가버렸는지 고씨는 나타나지 않았다. 꾸벅대던 홍사장이 스르륵 탁자에 기대 누웠고 곧바로 잠이 들었다.

* * *

아침이 되어서야 홍사장은 눈을 떴다. 헌책방 2층 쪽방에서 이불까지 덮고 자고 있다. 김선생은 가고 없었으며 창 아래로 보이는 고씨네 가게에도 인기척이 없다.

'늙었네. 겨우 그 정도에 기억이 사라졌어.'

테이블에 엎드린 이후로 기억이 깜깜하다. 문득 김선생의 부축을 받아 계단을 오른 것이 생각났다.

'또 그이를 고생시켰네.'

어젯밤에 그친 줄 알았던 비가 밤새 눈이 되어 쌓였다. 홍사장은 서둘러 자리에서 일어났다. 골목에는 해가 들지 않아서 저대로 뒀다가 길이 얼면 큰일이다.

홍사장은 골목 안쪽부터 비질을 시작했다. 차례로 옷 가게와 구두
수선집, 국숫집, 표구사를 지나쳤다. 헌책방과 술집을 제외하고 모
두 버려졌지만, 간판과 진열대 같은 한때의 흔적들은 고스란히 남아
있다. 떠난 이웃의 얼굴이 떠오르자 홍사장의 마음이 쓸쓸해졌다.
잠시 빗자루를 세워놓고 허리를 펴는데 지난밤 잊었던 일들이 드문
드문 떠오른다.

'사장님.'

2층 방에 이불을 펴주던 김선생의 모습이 떠올랐다. 그때 그이가
뭐라고 했더라.

'술집 고씨라는 사람, 언제부터 알고 지냈어요?'

'처음부터 골목에 있던 사람인가요?'

그리고 보니 고씨가 언제부터 골목에 살기 시작했는지 기억나지
않는다.

"술을 줄여야겠어."

어느새 고씨네 술집 앞이다.

"그렇게 왜 미운 말을 해대난 말이야. 김선생 앞에서 민망해 혼났
다고."

홍사장은 밉다면서도 고씨네 술집 앞을 정성스레 쓸었다. 어젯밤,
홍사장은 고씨에게 김선생이 구해온 골동품을 자신이 맡아 판다는
이야기는 하지 않았다. 일부러 숨긴 건 아니지만 어제 분위기를 봐
서는 하지 않은 게 잘한 일 같다.

‘또 미주알고주알 참견하겠지.’

오래전에 김선생의 부탁으로 시작한 일이다. 헌책방 단골 중에는 세월을 품은 물건에 관심 있는 사람이 많았다.

그리고 또 한 가지, 김선생의 이름이 철수인 것도 고씨에게 말하지 않을 생각이다. 아니 셋이 함께 술 마시는 자리는 당분간 만들지 않을 것이다.

“같이 잘 지내면 얼마나 좋아?”

어젯밤 모습으로는 어림도 없는 기대다. 아쉽지만 어쩔 수 없었다.

옥탑방 이야기

*

"총각, 오늘 횡재한 거야."

어머니뻘의 부동산 중개인이 말했다.

"그런가요?"

동석의 대답은 시큰둥했지만, 속마음은 달랐다.

'이 정도면 훌륭하지!'

중개인이 보여준 방은 당장 계약하고 싶을 정도로 마음에 들었다. 동석은 일주일 내내 집을 구하러 다니며 뼈아프게 깨달은 게 있었다. 자신이 가진 돈으로 서울에서 사람이 살만한 방을 구한다는 건 기적에 가깝다는 것이다. 그는 지금 배짱을 부릴 처지가 아니었다. 한 달 방세를 치른 고시원의 계약 기간이 며칠 남지 않았다. 이제는 거의 포기 상태로 고시원에 돌아가 장기 계약을 말해볼 생각이었다. 그런 동석의 눈앞에 싸고 좋은 집이 나타났으니 횡재했다는 것이 틀린 말은 아닐 것이다.

삼십 분 전, 남자 혼자 살 집을 구한다는 동석의 말에 중개인이 과장된 웃음을 보이며 말했다.

"어머! 마침 딱 맞는 방이 있어요."

중개인은 막무가내로 동석의 손을 잡아끌었다. 속으로 콧방귀를 뀌었던 동석은 옥탑방이라는 이야기에 차라리 마음이 놓였다.

'그럼 그렇지. 창고 같은, 불법 증축한, 난방이 안 되거나 수도 시설이 없는 그런 방이겠지. 전에 본 집들처럼.'

동석은 기대 없이 중개인을 따라나섰다. 도착한 곳은 동네 언덕에 이십여 세대가 모여 사는 낡은 빌라였다.

엘리베이터가 없는 5층 건물에 생각 없이 들어선 동석은 겨울인데도 진땀을 흘려야 했다. 3층에서부터 슬슬 다리가 무거워지더니 마지막에는 숨을 몰아쉬느라 중개인의 목소리가 제대로 들리지 않았다.

"어머, 총각! 운동 좀 해야겠다."

중개인이 놀리듯 말했다. 그녀는 동석과 달리 거뜬하게 계단을 올라갔다. 가쁜 숨을 진정시키기도 전에 탁 트인 서울 시내가 동석의 시야에 들어왔다.

"지대가 높아서 전망이 좋아요"

눈 앞에 펼쳐진 막힘없는 하늘이 동석의 마음을 흔들었다. 같은 날 옆 동네에서 보고 온 방은 창밖으로 지나가는 사람의 발목이 보이는

지하 원룸이었다. 그런 집도 보증금을 깎아 보겠다고 반지하니 아니니 집주인과 실랑이했지만, 소득 없이 비웃음만 사고 말았다.

'아무렴, 남의 발에 밟히며 사는 것보다는 내려다보는 삶이 몇 배는 낫지.'

그런데 이상하게도 동석은 선뜻 계약하자는 말이 나오지 않았다.

'이렇게 괜찮은 집을 어째서 이 돈에 세놓는 걸까?'

가슴 한구석, 이유를 알 수 없는 불안이 고개를 쳐들었다.

「세상에 공짜는 없다고 했잖니.」

돌아가신 어머니의 목소리가 동석의 머릿속에서 메아리쳤다. 그의 어머니는 걱정이 많은 사람이었다. 이유 없이 시세보다 싼 방이라니, 살아계셨다면 절대 안 된다고 난리가 났을 일이다. 하지만 동석의 통장에는 시세에 맞출만한 자금이 없다.

"저기 보이죠? 5분만 내려가면 큰길이야."

중개인이 의기양양한 얼굴로 말했다. 그녀의 손끝을 따라가니 왕복 10차선 도로 위 줄줄이 신호 대기 중인 버스가 보였다.

"봐요. 벽지도 장판도 다 새로 한 거잖아. 바로 이사 들어오면 된다니까."

더 말하면 입 아프지, 하는 얼굴이다. 불투명 유리창이 달린 현관문도 생각보다 번듯했다. 그의 방문이 허락되었던 집마다 일관되게 풍겼던 눅진한 곰팡내도 나지 않는다.

"저기는 파출소. 요즘 세상 험하잖아. 저런 거 가까이 있으면 얼마나 든든한데.”

　중개인의 손가락이 사방을 찔러댄다. 여긴 마트, 저긴 학교, 저 아래 공용 주차장, 세탁소와 교회, 철물점과 노인 회관…. 동석에게 필요한 것이든 필요 없는 것이든, 동네의 모든 생활시설이 중개인에 의해 나열됐다. 그럴수록 동석의 머릿속에는 ‘도대체 왜’라는 의심이 빳빳이 고개를 들었다.

　‘왜 이런 집이 내 차례까지 온 걸까?’

　동석은 묻고 싶었다.

　‘여기서 사람이 죽었나요? 아래층에 정신이상자가 사나요? 아니면 이거 사기인가요?’

　동석은 계속 머뭇댔다. 그는 속마음이 얼굴에 그대로 드러나는 사람이었다. 눈치 빠른 중개인이 다가와 속삭였다.

　“지금 사는 사람이….”

　당사자인 세입자는 문을 열어준 후 옥상 끄트머리에 서서 줄담배를 태우고 있다. 입김마저 얼어붙을 것 같은 날에 얇은 외투를 걸친 그는 집 안으로 들어올 생각이 없어 보인다. 유리창을 사이에 두고 눈이 마주치자 어색하게, 수상해 보일 정도로 어색하게 웃었다. 동석과 비슷한 체격의 또래 남자였는데 어떤 사정인지 몹시 지쳐 보였다.

　“…아주 진상이야.”

　매가리 없는 표정의 저 남자가 겉보기와 다르게 자기주장이 강한 사람이란다.

"방 빼달라고 아주 난리였다니까."

중개인이 손사래를 치며 말했다. 그가 지방 본가에 일이 생겨 급히 방을 정리해야겠으니 빨리 보증금을 뽑어내라며 건물주를 괴롭혔다는 것이다.

"여기 건물 사장님이 얼마나 힘들었게? 계약하거든 총각은 그러지 말아요."

덕분에 방이 싸게 나왔다는, 다른 흠결이 없다는 소린데도 동석은 계속 망설여졌다. 방 한 칸을 얻기에는 하찮은 돈일지 몰라도 동석에게는 전 재산이 걸린 일이었다.

"총각."

중개인이 동석을 불러 세웠다. 그녀도 이제 속마음을 얼굴에 드러내고 있다. 계약할 거면 하고 말 거면 말아.

"생각 없으면 그만 보고 내려갈까요?"

중개인이 한쪽 귀에 휴대전화를 갖다 댔다.

"그래그래, 그 손님 옥탑으로 모시고 와. 아유! 여기는 융자 없어. 아주 깨끗해."

들으라는 듯 큰 소리로 통화를 이어간다. 그녀의 눈빛이 말하고 있다. 자, 어쩔래? 우린 아쉬운 거 없는데.

"제가 계약할게요!"

더는 물러설 곳 없는 동석이 손을 번쩍 들고 말했다.

‘그래, 이만한 데를 어디서 구하겠어?’

방은 크지 않았지만, 두 평짜리 고시원에 비하면 작다고도 할 수 없다. 부엌도 있고 번듯한 욕실도 있다. 큰 창이 있어 일조량도 걱정 없고 넓은 옥상도 그의 차지다.

“어머! 여기 먼저 온 손님이 계약하신다네요.”

만족스러운 미소를 지으며 중개인이 전화를 끊었다. 미소의 의미는 말로 하지 않아도 알 수 있었다. 총각, 정말로 횡재한 거야.

이삿날, 건물 앞 전봇대에 눈에 익은 가구들이 버려져 있었다.

“아이고, 누가 저 멀쩡한 걸 다 내다 버렸대?”

트럭 운전사가 관심을 보였다.

‘어디서 봤더라?’

동석은 잠시 머릿속을 뒤적이다 말았다.

‘가구야 다 비슷하지.’

“총각이 저거 가져다 쓰면 되겠네.”

오만 원에 동석의 이삿짐을 실어다 준 기사가 오지랖을 부렸다. 동석이 거절하자 운전기사는 콧노래를 부르며 트럭에 가구를 싣고 사라졌다.

「남이 쓰던 물건은 함부로 집에 들이지 말아라. 괜히 궂은일 당할라.」

어머니의 잔소리는 돌아가신 후에도 끝나지 않았다.

'그래서 안 가져왔잖아요.'

동석은 목소리뿐인 어머니를 안심시켰다. 그의 어머니는 마음이 병든 사람이었다. 지나치게 걱정이 많고 예민해 온갖 미신에 의지했다. 본인은 덕분에 안정을 찾았는지 몰라도 가족들은 불안한 삶을 살아야 했다. 어머니가 기분 나쁜 꿈이라도 꾼 날에는 동석은 학교는커녕 집 밖으로 단 한 걸음도 나가지 못했다. 문 쪽으로 머리를 향한 채 잠이 들면 굳이 깨워 방향을 바꿔 재웠다. 가방 안쪽, 신발 밑창, 베갯잇 속 숨겨진 곳에 부적이 끼워졌다. 집에 놀러 온 아들의 친구에게 태어난 날과 시를 물었다. 동석에게는 징글징글한 기억이다.

'자기는 그렇게 죽었으면서.'

동석의 어머니는 교통사고로 세상을 떠났다. 그렇게 집착했는데도 액운을 피하지 못한 것이다. 동석은 미신이라면 학을 떼는 사람이 되었다. 다만 어머니가 남긴 부적은 유품이 되어 그의 지갑 속에 꽂혀 있다. 미웠다고 해서 그립지 않은 것은 아니다.

동석의 짐은 단출했다. 1인용 냉장고, 앉은뱅이책상, 조립식 옷걸이, 벽시계 하나, 옷가지 등이 들어있는 상자 몇 개가 전부다.

'앞으로 하나하나 늘려가야지. 텔레비전도 사고 침대도 사고 나중에는 집도 한 채 사겠지? 좋은 방을 구했으니까 이제 좋은 일만 있을 거야.'

동석은 자신을 다독였다.

대충 짐을 정리하고 청소를 시작하려는데 싱크대 하부 수납장 안

쪽에 꽂혀 있는 칼 한 자루가 눈에 띄었다.

"그 남자가 두고 간 건가?"

오래된 칼이다. 동석의 본가에도 삼십 년을 써온 어머니의 부엌칼이 있다. 닳고 닳아 칼날의 둥근 부분이 사라진 뾰족한 칼을 숫돌에 갈아 쓰셨다.

"우와! 이거는 한…, 백 년은 썼나 본데?"

동석이 칼 손잡이를 쥐고 가까이 살펴보았다. 어머니의 칼보다 훨씬 닳은 골동품 같은 칼이다. 나무로 된 손잡이도 수많은 손길이 닿아 반질반질 윤이 돌았다. 전날까지 사용한 것처럼 길이 들었는데 외형은 몇십 년 세월을 겪은 듯 낡은 칼이었다. 기분이 이상해졌다. 칼을 쥔 동석의 손에 힘이 들어갔다. 그때 휴대전화가 울렸다. 본가에 홀로 남은 아버지였다.

— 이사는 잘했니?

"네, 그럼요."

— 별일 없지?

혼자가 된 아버지는 안 하던 걱정을 시작했다. 아버지의 걱정은 어머니의 잔소리와 닮아있다. 어머니가 떠나고 십 년이 지났는데도 아버지와 아들은 여전히 그녀의 그늘에서 벗어나지 못했다.

"무슨 일이 있겠어요."

— 밥도 약도 잘 챙겨 먹어라.

"네, 걱정하지 마세요."

동석은 손에 쥔 칼을 있던 자리에 돌려놓았다. 무뚝뚝한 부자지간의 통화는 어색하게 끝났다. 그 사이 현관 유리창 밖 센서 등이 켜졌다가 꺼졌다.

"저게 왜 켜졌었지?"

문을 열고 밖을 살폈지만, 옥상에는 아무도 없었다.

동석은 일찍 잠자리에 들었다. 그것도 이사라고 몸이 피로했다. 곧장 곯아떨어질 줄 알았는데 한참을 누워 보내야 했다. 눈을 깜박일 때마다 보이는 낯선 천장이 잠을 방해했다. 자정을 넘어 겨우 잠이 들 때쯤 문득, 기억이 났다. 건물 앞에 버려진 가구는 옥탑방 전 세입자의 것이었다.

'무슨 일이길래 그렇게 도망치듯 다 버리고 갔을까?'

남자의 어색한 미소가 떠올랐지만 금세 잊어버렸다.

그날 동석은 잠을 설쳤다. 밤새 어머니의 목소리가 동석을 내버려 두지 않아서다.

「얘야, 새집에 들어갈 때는 밥솥이 먼저 들어가는 거란다. 그래야 밥 굶는 일이 안 생겨. 고시원 방이 습하기는 했어도 거기서 바로 취업도 하고 경사가 많았잖니? 잘 돼서 떠날 때는 꼭 문을 열어놓고 이사를 왔어야 했는데, 그렇게 했니? 이사 도중에 뭐든 깨진 것은 없었어? 너 지금 머리를 어느 쪽에 두고 자는 거니? 엄마가 몇 번을 말해? 어서 돌아눕지 못하겠니? 잊지 말고 현관에도 소금 한 움큼 뿌려두렴. 그리고 그 칼 말인데 당장 내다 버려라. 세상에 누가 배워 먹지 못하게 칼을 버리고 간단 말이니? 미신이라고 생각하지 말고 엄마 말 좀 들어….」

"아, 알았다고요!"

동석이 잠꼬대하며 눈을 떴다. 실제로 어머니의 잔소리를 들은 것처럼 귓가에 목소리가 생생했다. 자면서 땀을 얼마나 흘렸는지 옷은 물론이고 누웠던 자리까지 축축이 젖어 있었다.

이사 후 며칠간은 시간이 정신없이 흘렀다. 첫 직장의 첫 출근이었다. 어리바리한 얼굴로 선배의 꽁무니를 쫓아다니다 보면 하는 일 없이 하루가 갔다. 퇴근 후 긴장이 풀어진 몸은 짐처럼 무거웠지만, 막상 자리에 누우면 쉽게 잠이 오지 않았다. 겨우 잠이 들더라도 꿈속까지 찾아든 어머니의 목소리는 지칠 줄을 몰랐다. 끝없이 이어지는 잔소리를 들으며 꿈인지 현실인지 모를 시간을 헤매다 보면 어느새 아침이 와 있었다.

「수맥이 흐르는 건 아니니?」

퇴근 후 동석이 옥탑방 계단을 오를 때 어머니의 목소리가 말을 걸어왔다.

'꼭대기 층에 무슨 수맥이에요. 걱정하지 마세요. 이사해서 낯설어 그래요. 좀 지나면 나아지겠죠.'

계단 끝에 돌아가신 어머니가 팔짱을 끼고 서 있을 것만 같다. 어머니는 할 수만 있다면 그러고도 남을 사람이었다. 못다 한 걱정을 하기 위해 죽어서도 아들을 찾아올 사람이다. 그런 생각을 하며 도착한 옥상에 실제로 사람 그림자가 있었다.

"저기요!"

계단을 올라온 동석이 숨을 고르며 남자를 불렀다. 남자는 옥상 난간에 기대 서 있었다. 팔을 뻗으면 동석의 집 현관문이 손에 닿는 자리였다.

"왜 남의 집 앞에 서 있어요?"

남자는 대답도 움직임도 없이 그저 동석을 보기만 했다. 어두워 제대로 보이지 않았지만 서 있는 자세도 시선도 침묵도 모두 부자연스러웠다.

"여긴, 옥상입니다."

그가 한 음절씩 떼어 읽듯 어색하게 말했다. 틀린 말은 아니지만, 수상히 여기는 마음은 사라지지 않았다.

"아, 이 건물 살아요?"

동석이 물었다.

'이 넓은 옥상에 왜 하필 거기 서 있는데?'

꺼림칙했지만 집에 들어가려면 어쩔 수 없이 그에게 가까이 가야 했다. 남자는 다시 침묵했고 현관 앞에 다다른 동석 때문에 센서 등이 켜졌다. 어둠 속에 숨어 있던 그의 얼굴이 드러났다. 마른 얼굴에 각진 턱, 짙은 눈썹 아래 길게 찢어진 눈과 새까만 눈동자가 사납게 느껴졌다. 이목구비가 큼직해 잘생긴 편에 속했지만, 어딘가 굶주린

인상이다. 한 번 보면 쉽게 잊기 어려운 얼굴이었다.

그 남자가 동석을 내려다보고 있다. 동석도 키가 작은 편이 아닌데 남자가 훨씬 컸다. 남의 시선이 정수리에 꽂히니 동석의 몸이 움츠러들었다.

'그렇게 대놓고 보면 비밀번호를 어떻게 누르라는 거야?'

문 앞에 선 동석이 머뭇거렸다.

"여기 삽니까?"

남자가 물었다.

"네. 이사 왔어요."

'그러니 제발 내려가 줘.'

동석은 제집 문 앞에 어정쩡하게 서서 남자를 올려다보았다. 남자는 또 한참 말이 없다. 동석은 불편해 미치겠는데 남자는 뻔뻔하게도 동석의 몸 곳곳을 관찰하듯 뜯어보았다.

그 사이 센서 등이 꺼졌다. 어둠이 무겁게 내려앉았다. 동석이 휘휘 팔을 저어 다시 등을 켰다. 어둡게 됐다가는 큰일이 벌어질 것 같다. 허공을 가르는 동석의 손에 남자의 시선이 날카롭게 꽂혔다.

"잠시 들어가도 될까요?"

남자가 물었다.

"우리 집에요?"

동석이 놀라 소리쳤다.

"왜요?"

'별 미친놈을 다 보겠네.'

다시 말하지만, 동석은 속마음이 얼굴에 드러나는 타입이다.

"가져갈 물건이 있습니다."

남자는 황당한 말을 태연히 내뱉었다.

"전에 살던 분이 아니잖아요?"

동석은 집을 보러 왔던 날, 어색하게 웃던 전 세입자를 떠올렸다.

'다른 동거인이 있었나? …설마?'

길가에 버려졌던 가구도 떠올랐다. 이걸 어쩐다.

"전에 살던 분이 이사 나갈 때, 쓰던 물건 전부 건물 앞에 버렸던데요. 그거 사람들이 다 주워갔어요."

가져다 쓰지 않길 잘했다고 생각했다. 트럭에 실려 간 책상과 장롱을 제 손으로 실어주었다는 말은 하지 않았다.

"진짜 다 버렸습니까?"

"저야 모르죠. 이사 왔을 땐 깨끗하게 비어 있었어요."

동석은 거듭, 제발 그만 가달라는 듯 말했지만 남자는 물러서지 않았다.

"뭘 찾든, 버린 사람한테 가서 따져요!"

동석이 용기를 내 눈을 치켜떴지만, 남자의 눈동자를 마주하고는 몇 초도 견뎌내지 못하고 시선을 떨궜다. 상대의 검디검은 눈동자가 살벌한 기운을 내뿜었다. 힐끔 내려다본 골목에 파출소 불빛이 눈에 들어왔다. 힘껏 소리를 지르면 저기까지 들릴 것도 같다. 요즘 세상이 무섭다던 중개인의 말이 떠올랐다.

　남자는 빤히, 동석의 얼굴을 노려보았다. 그의 시선이 어찌나 무서운지 동석은 뒷걸음치고 싶은 마음을 꾹꾹 참아내야 했다. 한참을 버텨내자 남자는 결국 말없이 계단을 내려갔다. 처음부터 끝까지 표정 변화가 없는 이상한 사람이었다. 동석은 난간을 잡고 서서 골목을 내려다보았다. 건물 입구에서 나온 남자가 큰길 쪽으로 모습을 감추고서야 비로소 후들거리는 다리를 움직여 집으로 들어갈 수 있었다. 동석은 그날 밤에도 잠을 설쳤다.

　"설마 이건가?"

　동석은 싱크대에 꽂혀 있던 칼을 꺼내 들었다. 낯선 남자와 마주치고 이틀이 지난, 저녁 무렵이었다. 그간 칼의 존재를 완전히 잊고 있었기 때문에 칼과 남자를 연결 짓지 못했다. 오랜만에 이른 퇴근을 하고 뭐라도 해먹을 생각으로 부엌을 뒤지다 칼을 발견했다.

　'설마 그 밤에 이걸 찾으러 왔다고?'

　손에 든 칼을 다시 살폈다. 그냥 오래된 칼인데 또 어찌 보면 귀해 보이는 것도 같다.

　「얘야, 칼은 주워 쓰는 게 아니란다.」

　또 어머니의 목소리가 들렸다. 칼뿐인가, 어머니는 남이 쓰던 물건이라면 질색하셨다.

　「오래된 물건에는 이상한 것들이 들러붙는단 말이야.」

백번은 더 들었던 말이다. 칼을 손에 쥔 동석이 쓸쓸한 표정을 지었다. 자신이 떠난 뒤에도 잊지 않게 하려고 그렇게 한 말을 또 하고 또 하고, 수백 번을 반복하셨던 건가. 끈질기게 괴롭히는 어머니의 목소리를 떨쳐내려는 듯 동석은 고개를 흔들었다. 하지만 시선은 다시 뾰족한 칼끝으로 향했다.

「어디에 썼는지도 모르는 칼이야. 찜찜하지도 않니?」

어머니의 목소리는 포기를 모른다.

"괜한 걱정이십니다, 어머니."

그 말을 뱉자마자 동석의 손에서 피가 뚝뚝 떨어졌다. 동석이 저도 모르게 손가락으로 날을 쓰다듬은 것이다. 살짝 베인 줄 알았는데 피가 멈추지 않고 흘러나왔다. 부엌 바닥에 피로 얼룩진 휴지가 쌓였다. 식욕이 싹 사라졌다.

「그러게 내가 뭐랬니? 언제까지 엄마 말을 무시할 거야?」

가뜩이나 정신이 없는데 어머니의 목소리까지 호들갑이다. 동석은 피곤했다. 그냥 얌전히 잠이나 잘걸. 주방에 벌여놓은 것들을 치우고 바닥에 떨어진 피까지 닦아냈더니 진이 빠졌다. 동석은 칼날에 떨어졌던 핏방울이 사라진 걸 눈치채지 못했다. 다시 꽂아 두려고 칼을 잡았을 때 전보다 묵직한 기분이 들었지만, 마음이 불편한 탓일 거로 생각하고 담아두지 않았다. 하지만, 그 밤에 찾아온 악몽은 동석이 평생 꾼 것 중 최악이었다.

너무 생생한 꿈이었다. 어떤 것이 동석의 방문을 긁어대고 있다.

드르륵득득득. 드르륵득득득.

거북하고 괴상했다. 바로 문 너머에서 들리는 것도 같고 멀리서 들리는 것도 같은 정체 모를 소리였다. 분명한 건 방문 밖에 뭔가가 있다는 것이다. 동석은 사지가 묶인 듯 몸을 꼼짝할 수 없었다. 무방비 상태로 누워 눈만 끔벅였다.

'문이 열리면 어쩌지? 저게 문 열고 들어오면 어쩌지?'

겁이 났다. 소리를 내는 저것이 대체 무엇인지 상상도 할 수 없었다.

아침에 눈을 떴을 때 이번에도 동석의 몸은 땀으로 흠뻑 젖어 있었다. 어찌나 이를 물어댔는지 턱뼈와 어금니가 찌릿하게 아팠다. 어깨와 목, 등과 허리, 어디든 쑤시지 않은 데가 없었다. 특히 칼에 베인 상처가 심하게 아팠다.

"뭐, 이런 꿈을 꿔."

동석은 건성건성 들어 넘겼던 어머니의 잔소리를 떠올렸다. 출근 길에 소금을 한 줌 손에 쥐고 나왔다. 태어나 처음 해보는 일이었다. 현관문에 소금을 뿌릴 때는 혹여 누가 보기라도 할까, 연신 주위를 살펴야 했다.

오늘도 퇴근이 늦었다. 동석이 버스 정류장에 내렸을 때는 밤 열한 시였다. 동석은 주위를 두리번대며 집으로 향했다. 그는 지금껏 밤

길이 두려웠던 적이 없다. 거구는 아니더라도 평균 이상으로 덩치가 큰 편이고 운동도 남들만큼 했다. 제 몸 하나 지키지 못할 일은 없다고 자부했는데 요즘은 집에 가는 길이 너무 무섭다.

'지나가는 사람 하나 없네.'

걸음이 무거웠다. 전에는 눈에 띄지 않던 것들이 자꾸 신경 쓰였다.

'위험하게 가로등 하나 안 켜두고.'

드문드문 켜진 창문 불빛 아래로 온갖 그림자가 일렁거린다. 혹시나 하는 마음에 가까이 다가갔다가 머쓱해져 돌아섰다. 누군가 버린 곰 인형이었다.

'왜 이렇게 예민해진 거야.'

동석은 자신을 진정시켰다. 한동안 스트레스가 심했던 탓이라고 생각했다. 그때 주머니 속 휴대전화의 진동을 느꼈다. 아버지의 전화였다.

—아직 퇴근 전이니?

"지금 집에 가는 중이에요."

아버지의 목소리가 너무 반가워 동석은 왈칵 눈물을 쏟을 뻔했다.

—왜 이렇게 전화가 없냐. 걱정되잖아.

"죄송해요. 일이 바빴어요."

여전히 무뚝뚝한 말투였지만 동석에겐 위로가 되었다.

—그래, 몸은 어떠니? 약은 잘 챙겨 먹고 있지?

동석이 대답을 주저했다.

"…제가 알아서 할게요."

― 너 설마 아직도 엄마 목소리 듣니?

아버지의 목소리가 냉랭해졌다. 동석이 감정을 참지 못하고 소리를 질렀다.

"저 안 미쳤어요!"

자신을 부르는 아버지의 목소리를 무시하고 전화를 끊었다. 곧 후회가 밀려왔지만, 다시 전화를 걸고 싶지는 않았다.

'이게 다 잠을 못 자서 그래.'

아무도 없는 골목에 힘없는 동석의 발소리가 울려 퍼졌다. 겨우 빌라에 도착해 계단을 오르는 데 이번에는 계단 전등이 말썽이다. 휴대전화 불빛에 의지해 계단을 오르려니 동석은 화가 치밀었다. 이사 오고 하루도 마음이 편한 적이 없었다.

'횡재했다더니.'

당장 부동산으로 뛰어가고 싶다. 하지만 간다고 한들 할 수 있는 말이 없었다.

'가서 뭐라고 할 건데? 현관 센서 등이 이유 없이 켜져 무섭다고 말해? 밤마다 가위에 눌린다고 말해? 낯선 놈이 찾아와서 오줌 쌀 뻔했다고 말해? 소름 끼치는 칼이 꽂혀 있다고 말해?'

황당한 상상에 웃음이 났다.

'미친놈 소릴 들을 거야.'

며칠간 계속 가위에 눌려 제대로 잠을 못 잤더니 정말로 이상한 사람이 되어가는 것 같다. 이제는 어머니의 목소리가 현실의 소리처럼 또렷하게 들린다.

「집에 두면 안 되는 물건이 있는 법이야.」

어머니의 목소리만 들리지 않아도 숨통이 트일 것 같다. 차가운 현관문 손잡이를 움켜쥐고서 동석은 어머니를 떠올렸다. 잔소리를 멈추게 하는 유일한 방법은 그 말을 따르는 것뿐이다. 동석은 집 안으로 들어가 문제의 칼을 꺼내 들었다.

'진짜 이거 때문인가?'

여전히 퍼렇게 날이 서 있다. 칼을 쥔 동석의 손이 떨렸다. 칼자루가 손가락에 닿은 것만으로도 기분이 찜찜했다. 그냥 버렸다가는 누구든 다치게 할 것 같아 신문지로 여러 번 둘둘 말아 감쌌다.

'여기 두면 찾아갈까?'

동석은 수상한 남자가 서 있던 자리에 내던지듯 칼을 버려두었다.

'빨리 가져가, 제발.'

등 뒤에서 희미하게 어머니의 웃음소리가 들리는 것 같았다. 그밤, 동석의 눈에 또 한 가지 이상한 것이 눈에 띄었다. 방문에 붙은 간색 시트지와 손잡이, 문틀에 날카로운 것에 긁힌 자국이 여러 개 있었다.

'이걸 이제 봤네. 다 새로 했다더니.'

하나둘 집의 단점이 드러나기 시작했다.

"아직은 괜찮아. 지낼만해."

동석은 이불을 펴고 누우며 혼잣말을 했다. 안 괜찮아도 방법이 없다. 지금으로써는 다른 데로 옮길 돈도 시간도 없었다.

'익숙해지면 괜찮을 거야.'

애써 자신을 타이르며 잠자리에 든 그는 기절하듯 잠에 빠져들었다. 그 밤, 동석은 가위에 눌리지도 어머니의 목소리에 시달리지도 않았다. 아무 일 없었다는 것만으로도 몸이 개운하고 머리가 맑아진 기분이 들었다.

'그냥 피곤했던 게 아닐까.'

피로가 가시니 불안도 가라앉았다. 동석은 어제까지 예민했던 모습이 한심하게 느껴졌다. 처음 시작한 회사 생활이 어렵고 낯선 동네로 이사까지 했으니 뒤늦게 몸살을 앓은 것일 뿐, 걱정할 일이 아니라고 되뇌었다. 현관 앞에 던져둔 칼은 여전히 신경 쓰였지만, 두려움은 서서히 무뎌졌다.

며칠이 지났다. 누군가 현관문을 두드리는 소리에 잠들었던 동석이 눈을 떴다. 자정을 조금 지난 때였다.

"누구세요?"

동석이 비척대며 일어섰다. 문밖의 손님은 대답 없이 신경질적으로 문을 두드려 댔다. 동석은 잠이 덜 깬 상태로 현관문을 열었다. 이른 봄, 차가운 밤공기가 동석의 종아리를 스치며 들어왔다. 아무도 없다. 또 꿈을 꾼 걸까, 동석이 손톱으로 다른 쪽 팔꿈치를 긁적였다.

'분명히 소리를 들었는데.'

열린 문손잡이를 잡고 한쪽 발을 밖으로 내디딘 동석의 몸에 묘한 긴장이 흘렀다. 옥상에는 아무런 기척이 없다. 그러나 무언가를 깨달은 동석이 재빨리 문을 닫고 방으로 돌아왔다. 며칠째 그 자리에 있던 칼이 사라지고 없었다.

'그 남자가 왔다 간 건가? 문은 왜 두드린 거지?'

이불 속에 몸을 뉘었지만 달아난 잠은 다시 오지 않았다. 천장 벽지의 기하학적인 무늬가 마치 수십 마리의 뱀이 꿈틀대는 것처럼 보였다. 또다시 악몽이 시작되었다.

드르륵득득득, 드르륵득득득.

그것이 또 찾아왔다. 다급히 눈동자를 굴렸지만, 아무것도 보이지 않았다. 어느 쪽이 벽이고 창문인지 알 수 없을 정도로 새까만 밤이었다. 눈을 감는다고 어둠이 사라질 리 없지만, 당장 동석의 눈앞에 있는 것은 그렇게라도 외면하고 싶을 만큼 끔찍한 어둠이었다. 이번에는 눈꺼풀도 깜박여지지 않는다. 몸에 감각이 없다. 꿈이니까 당연하지 싶다가도 움직일 수 없는 갑갑한 느낌이 너무 생생했다.

「내가 뭐랬니? 이 집 맘에 안 든다고 했잖아.」

어머니의 목소리가 벌어진 마음의 틈을 파고들었다.

'그래서 어쩌라고요!'

동석은 자꾸 찾아와 다그치는 어머니에게 소리 지르고 싶었다. 하지만 아무리 애를 써도 목소리가 나오지 않았다.

드르륵득득득, 드르륵득득득.

문밖의 소리는 잠시도 멈추지 않았다. 정체를 알 수 없는 것이 동석의 방문을 열려고 밤새 안간힘을 써댔다.

'나를 죽이려는 거야!'

부릅뜬 그의 눈에 눈물이 차올랐다. 눈물이 관자놀이를 타고 귓속으로 흘러 들어가자, 꿈이 아닐지도 모른다는 생각이 들었다. 하지만 현실로 받아들이기에는 말이 안 되는 상황이었다. 동석은 양쪽 눈동자를 제외하고는 아무것도 움직일 수 없는 상태로 밤을 보내고 있다.

드르륵득득득, 드르륵득득득.

저게 무엇이든 당장 문을 뜯어내고 들어와 무방비 상태인 제 몸에 날카로운 것을 찔러넣을 것 같다. 공포에 짓눌리자, 호흡이 가빠진다. 동석은 숨을 쉬려고 발버둥 쳤지만 소용없었다. 강렬한 죽음의 공포를 느끼며 동석은 그대로 의식을 잃었다.

눈을 떴을 때 지난밤의 몸부림이 잔상처럼 남아 몸이 무거웠다. 온몸이 벌레에 뒤덮인 듯 간질거렸고 숨을 들이마시는 것도 어색했다. 동석이 겨우 몸을 일으켰다. 꿈에서 깬 건지 아직도 꿈에 시달리는 중인지 구분되지 않았다. 손바닥으로 얼굴을 감싸 쥐려다 시계를 보니 출근 시간이 이미 지나 있다.

"일 났네!"

동석은 세수도 못 한 얼굴로 허겁지겁 뛰어나갔다.

‘이렇게 살 수는 없어.’

집으로 돌아가는 동석의 걸음이 무겁다. 잦은 실수에 지각까지, 회사에 제대로 찍혀버렸다. 눈치 보며 하루를 보내야 했지만, 차라리 회사에 있을 때가 나았다. 동석은 집으로 돌아가고 싶지 않았다.

‘계약서에 부동산 전화번호가 있을 거야.’

미친놈 소리를 듣더라도 이런 집에서 더는 살 수 없었다. 해가 짧은 계절이었다. 버스에서 내렸을 때는 이미 어두워진 뒤였다. 억지로 걸음을 옮기던 동석이 골목 한가운데 우뚝 섰다. 빌라 꼭대기 자신의 집 창문에 불이 켜져 있었다. 아침에 급히 나오느라 불을 끄는 것도 잊은 모양이다. 계단을 오르는 동석의 다리가 후들거린다.

‘너무 무서워.’

집이 자신을 산 채로 삼켜버릴 것 같다. 계단을 다 올라와서도 동석은 현관 앞을 서성였다. 제대 후 끊었던 담배를 다시 입에 물었다. 이것만 피우고, 이것까지만 피우고 했던 게 벌써 다섯 개비째다. 집 안으로 들어가고 싶지 않았다. 옥상을 어정거리던 동석이 물고 있던 담배를 떨어뜨렸다. 부엌에 난 환기창으로 집 안이 보였다. 황급히 입을 틀어막은 채 그대로 내달렸다. 하마터면 소리를 지를 뻔했다. 칼을 든 남자가 방문 앞에 서 있었다.

무슨 정신으로 계단을 내려갔는지 모르겠다. 중개인 말대로 파출소는 가까웠지만, 그는 한참을 달린 것처럼 가쁘게 숨을 헐떡였다.

“강도! 강도가 들었어요!”

뛰어 들어온 동석을 경찰이 부축하며 물었다.

“강도요? 어디예요?”

“우, 우리 집이요. 저기 슈퍼 옆 빌라 옥탑방에….”

파출소에 침묵이 흘렀다. 당장이라도 출동하려던 경찰이 어정쩡한 자세로 멈춰 서서는 서로 눈빛을 주고받을 뿐 별다른 말도 행동도 하지 않았다.

“어, 일단 진정 좀 하시고.”

머리가 희끗희끗한 경찰이 동석에게 물을 한 잔 건네며 말했다. 그는 숨을 고르느라 애쓰는 동석을 지긋이 바라보았다.

“정말 집에 강도가 들었어요?”

동석은 황당했다.

‘이 사람이 지금 뭐 하자는 거야?’

집 안의 남자를 목격한 지 5분도 지나지 않았다.

“방금 내 눈으로 보고 왔어요! 칼도 들고 있었다고요! 이러다 놓치면 누가 책임질 건데요?”

동석이 고래고래 소리를 지르는데도 경찰들은 움직이려 하지 않았다. 물을 건네준 경찰만이 동석의 등을 두드리며 친절하게 말했다.

“아니, 너무 놀란 것 같아서 하는 말이지. 진정되셨으면 한 번 같이 가 봅시다.”

나이 든 경찰의 눈짓에 젊은 경찰이 굳은 얼굴로 뒤따랐다. 불평하는 표정이었다. 동석은 기분이 좋지 않았지만, 집에 든 강도를 잡는 게 우선이라 화를 낼 수 없었다.

그런데 옥탑방의 불이 꺼져 있다. 현관은 굳게 잠겼고 옥상도 텅 비었다. 집 안에도 사람 그림자 하나 없었다.

'벌써 도망쳤나?'

나이 든 경찰이 화장실과 방문을 차례로 살피더니 나른한 목소리로 말했다.

"없어진 거 있는지 확인해 보세요."

집 안은 어느 것 하나 달라진 것이 없다. 워낙 단출한 살림이라 한눈에 알 수 있었다.

"직접 봤댔죠? 그 남자 인상착의 기억나요?"

"분명히 남자가 칼을 들고…, 칼을 들고….'

동석의 머리가 멍해졌다. 더는 아무것도 기억나지 않는다. 말을 멈춘 동석의 뒤에서 젊은 경찰이 짜증을 냈다.

"작작 좀 합시다. 아니면 병원에 가 보든가."

"어허, 그만 못해?"

나이 든 경찰이 후배에게 눈치를 주었다.

"이 동네에 오인 신고가 많아서요."

그가 동석의 등을 토닥이며 말했다.

"지난번에도 착각했다고 했잖아요."

"지난번이라뇨?"

"한 달 전인가? 그때도 신고하러 왔었잖아요?"

"제가요? 저 이사 온 지 한 달도 안 됐는데요?"

나이 든 경찰이 동석의 얼굴을 살피더니 멋쩍게 웃었다.

"그때 그분이 아닌가? 젊은 사람들은 다 똑같아 보여서."

동석의 머릿속이 복잡해졌다. 어색하게 눈치 보던, 같은 또래의 전세입자가 생각났다.

"한 달 전에도 이 집에 사는 사람이 신고했다고요?"

동석이 방을 보러 왔을 때다. 경찰이 의심스러운 얼굴로 말했다.

"아이고, 뭔 일인지 모르겠네."

동석의 귀에는 경찰의 말이 들리지 않았다.

'분명히 칼을 들고… 칼을?'

멍하니 서 있는 동석을 두고 경찰이 서로 눈짓을 주고받으며 조용히 밖으로 나갔다. 젊은 경찰이 손가락을 머리에 대고 빙글빙글 돌리며 속삭였다.

"냉장고 위에 약 있는 거 보셨어요? 그거…."

선배 경찰이 소리 없이 후배를 꾸짖었다. 그는 안쓰러운 얼굴로 동석을 보며 말했다.

"오해 없이 들었으면 좋겠는데…, 신고 접수하실 겁니까?"

동석은 말없이 고개를 저었다. 이해한다는 듯 경찰이 고개를 끄덕였다. 경찰이 떠나고 동석은 한동안 싱크대를 노려보며 그대로 서 있었다.

‘난 안 미쳤어! 난 안 미쳤다고!’

동석이 싱크대 하부 장 문을 열어젖혔다. 다리가 후들거렸다. 칼이 꽂혀 있다. 현관 앞에 던져둔 그 칼날에 신문지가 너덜너덜 붙어 있다. 동석은 비명을 지르며 집 밖으로 뛰쳐나왔다.

「그러게, 내가 뭐랬니? 칼은 주워 쓰는 게 아니라니까.」

쩌렁쩌렁한 어머니의 목소리가 동석의 가슴을 찔렀다.

다음 날 아침, 부동산 문 앞을 지키듯 서 있는 동석을 보고 공인 중개사는 떨떠름한 표정을 지었다.

“어머, 웬일이에요?”

“어떻게 그딴 집을 소개할 수 있어요?”

동석의 말에 중개사는 불쾌한 얼굴을 했다.

“총각, 무슨 소릴 하는 거야?”

계약하던 날의 미소는 온데간데없는 냉랭한 태도였다.

“젊은 사람이 정말 못쓰겠네! 왜 아침부터 행패를 부리고 난리야?”

저보다 더 크게 소리를 내지르는 중개인 앞에서 동석은 입만 벙긋 댈 뿐 아무 말도 하지 못했다. 셔츠 깃이 땀으로 축축해졌다.

“그 집이 왜요? 말해보라고!”

중개인의 반말 섞인 말투는 전과 같았지만, 이번에는 느낌이 전혀 달랐다. 공격적이고 자신을 멸시하는 것 같았다. 그간의 일을 모두 전해 듣고도 그녀는 팔짱을 풀지 않았다. 내내 비웃는 얼굴로 ‘계약대로'라는 말을 반복할 뿐이었다. 동석은 제대로 당했다는 생각이 들었다.

'…다들 한통속이었구나!'

아침에 눈을 뜨자마자 집주인에게 수차례 전화를 걸었지만 받지 않았다. 중개인이 딱하다는 듯 고개를 흔들며 말했다.

"어머, 땀을 왜 이렇게 흘려? 총각 어디 안 좋은가?"

이제는 동석을 아픈 사람 취급한다. 분해 미칠 지경이지만 아쉬운 건 그였다.

"정 급하면 방을 내놔요. 계약 기간 전이니까 복비는 총각이 내고."

선심 쓰는 듯한 말투였다. 세가 저렴해 빨리 나갈 거라며 걱정하지 말란다.

「싼 데는 다 이유가 있다니까.」

어머니 말씀이 옳았다.

'셋이 짜고 나를 속인 거야.'

동석의 숨이 가빠졌다. 집에 문제가 있다는 걸 그들이 몰랐을 리 없다. 건물주는 싼값이라도 꾸준히 세를 받으니 좋고, 중개인은 매번 수수료를 챙기니 얼씨구나 했을 것이다. 전 세입자도 보증금을 지키려고 동석에게 거짓말을 했다.

'없는 놈이 없는 놈한테 폭탄을 돌린 거야.'

이번에 폭탄을 손에 쥔 사람은 동석이다. 그는 방을 내놓겠다고 말하고 힘없이 집으로 돌아왔다.

'나는 미치지 않았어. 그래, 이건 내 잘못이 아니야.'

동석은 급한 대로 옷가지만 몇 개 챙겨 들고 다시 밖으로 나왔다. 더는 이 집에 있을 자신이 없었다.

중개인의 장담과 달리 방은 쉽게 나가지 않았다. 보러 오는 사람은 많았지만 알 수 없는 찜찜함을 느끼고 더 둘러보겠다며 다들 가버렸다. 동석만큼 무딘 사람은 쉽게 나타나지 않았다.

한 달이 더 지났다. 잠은 찜질방에서 자면서 월세도 내려니 억울하고 분했다. 자연스럽게 동석의 태도가 적극적으로 바뀌었다. 낮은 방세를 의심하는 사람들에게 자신의 사정이 급하다고 나서서 해명했다.

"제가 본가에 일이 생겨서….”

중개사가 입에 달고 있던 '이 가격에 횡재'라는 소리를 동석이 했다. 떠나게 돼 아섭다는 말이 저절로 나왔다. 싱크대 안의 칼을 들킬까, 그 앞을 가리듯 기대섰다. 그러면 기분 탓인지는 몰라도 미세한 떨림이 느껴졌다. 그 안에 웅크리고 앉은 것이 동석을 비웃는 것 같았다.

─총각 이제 됐네. 이사 올 사람 정해졌어!

근무 중에 중개인의 전화를 받았다. 집을 내놓은 지 두 달 만이었다. 다음 세입자는 왜 세가 싼지, 동석이 왜 계약 기간 전에 이사를 나가는지 전혀 관심이 없다고 했다. 당장 들어올 수 있다기에 이튿날로 이삿날을 정했다.

동석은 아침 일찍 모든 가구와 물건을 건물 앞 전봇대 앞에 버렸다. 어차피 다시 돌아갈 곳은 고시원이었다. 둘 공간도 없거니와 물건에도 아무 미련이 없다.

「잘했다! 부정 탄 물건 가져가 봐야 어디 쓰겠니?」

흡족해하는 어머니의 목소리를 들었다.

「얘, 거기 손도 대지 마! 재수 없다.」

경찰이 다녀간 이후로 동석은 단 한 번도 싱크대 하부 장을 열지 않았다. 모든 게 빠져나가고 텅 비어버린 집을 등지고 섰을 때 동석은 등이 따끔거리는 느낌을 받았다. 누군가 집 안에서 떠나는 자신의 뒷모습을 노려보는 것 같았다.

계단을 내려가다 몇 번을 주저앉았는지 모른다. 동석이 마지막 층을 내려갈 때였다. 가방 하나만 달랑 짊어진 남자가 그를 스쳐 위층으로 올라갔다. 남자가 목인사를 하기에 동석도 고개를 숙였다. 동석은 한 걸음이라도 서둘러 건물에서 멀어지고 싶었다. 남자가 멈춰 서서 자신을 보는 줄도 모르고 동석은 그저 계단을 내려가기 바빴다. 그는 어느 밤, 옥상에서 동석과 마주쳤던 남자였다.

'난 이제 몰라. 나는 아무 상관 없어.'

한 계단 한 계단 옥탑방에서 멀어질수록 죄책감이 줄었다. 마지막 계단에 발을 디뎠을 때 동석의 마음은 평온했다. 이제 완전히 남의 일이었다.

＊＊

"이걸 어쩐다."

헌책방 홍사장이 난감한 얼굴로 몇 가닥 남지 않은 머리카락을 쓸어 넘겼다. 계산대에 앉은 그가 내려다보는 것은 열린 서랍 안쪽에 놓인 물건이다. 대충 수건으로 말아 놓은 쇠붙이 때문에 그의 마음이 종일 불편했다.

자루가 깨져 칼날만 남은 이것은 며칠 전 김선생이 주고 간 물건이다. 조각난 자루는 따로 잘 맞춰 끈으로 묶어 두었다. 벼락 맞은 대추나무로 만들었다니 깨진 조각도 혹시 가치가 있을까 싶어 버리지 않은 것이다.

'김선생, 오다가다 오래된 칼 같은 거 보면 하나 집어다 줘.'

먼저 구해달라고 부탁을 한 사람은 홍사장이다. 오래된 날붙이를 사들이는 수집가가 있다기에 김선생에게 이야기를 꺼낸 것이다. 들은 말을 허투루 넘기는 법이 없는 김선생이 전화를 걸어왔다.

'말씀하셨던 칼이요. 하나 구했는데 돈은 안 될 것 같아요.'

상관없다고, 일단 가져와 보라고 채근한 것도 홍사장이다. 큰소리를 쳤으니 얼마라도 받았으면 좋았을 텐데, 며칠 전에 만난 수집가에게 퇴짜를 맞고 말았다. 값을 제대로 못 받을 거라던 김선생의 말이 맞았다. 수집가는 질색하며 칼날에 손도 대지 않고 떠났다.

'홍사장, 자루 깨진 칼을 누가 사?'

수집가 역시 중개인이라 물건을 구하러 전국을 다니는 사람이다. 알음알음 주워듣는 이야기가 많은데, 대부분 미신에 가까운 이야기였다.

'칼날에 서린 기운을 자루가 이겨내지 못해 깨진 거야.'

날붙이를 좋아하는 사람들 사이에 통하는 이야기란다. 홍사장은 무슨 말도 안 되는 소리인가 싶었다.

"하여튼 간에 골동품 수집한다는 사람들은 이야기 지어내는 걸 좋아하나 봐."

수집가는 부서진 자루도 칼날도 함부로 버리지 말라고 조언했다. 하지만 어떻게 버려야 하는지는 자기도 잘 모른다며 도망치듯 가버렸다.

"제대로 알지도 못하면서 괜히 그러는 거 아니야?"

뾰로통한 얼굴로 홍사장이 투덜댔다. 그러면서도 고물상에 가져다줘야 할지 신문지에 말아 재활용 쓰레기로 버려야 할지 고민하는 중이다. 칼날이 겉보기와 달리 어찌나 날카로운지 홍사장도 무심코 손을 댔다가 손가락을 베이고 말았다. 살짝 베인 것뿐인데 피를 엄청나게 쏟았다. 아직도 베인 자리가 욱신거린다.

'아깝네, 좋은 칼인데.'

수집가가 던지고 간 말이 뇌리에 남았다. 홍사장이 봐도 예사로운 물건은 아니다. 김선생이 어렵게 구했을 것이다. 워낙 생색 내지 못하는 사람이라 아무 말 없었지만, 구해달라는 말에 이런저런 신경을 썼을 걸 안다. 그런 물건을 그냥 버리자니 홍사장 마음이 좋지 않았다.

"다른 데 가져가서 보여 볼까?"

홍사장은 지금, 자신이 몇 시간째 칼날만 들여다보고 있다는 걸 모른다. 매번 버리려고 책상 서랍을 열었다가도 칼날만 보면 어찌 된 일인지 늘 같은 생각에 빠져버렸다.

그런 홍사장을 두 개의 노란 눈동자가 지켜보고 있다. 검은 털로 뒤덮인 몸은 가게 밖 어둠 속에 묻혀 보이지 않고 오직 호박색 눈동자만 반짝였다. 노란 눈동자는 한심하다는 듯 계속 홍사장을 지켜보다가 날카로운 울음소리를 냈다. 마치 홍사장더러 정신을 차리라고 호통치는 것 같다. 고양이 우는 소리에 놀란 홍사장이 고개를 들고 두리번댔다. 창밖에는 까만 어둠뿐 아무것도 보이지 않았다. 할 일을 다 했다는 듯 두 개의 눈동자가 어둠 속으로 유유히 사라졌기 때문이다.

붉은 신 이야기

*

그날 헌책방에 아침저녁으로 소동이 있었다.

먼저 밤사이 누군가 책방의 유리창을 깼다. 홍사장 키보다 높은 전면 유리창 하나가 산산이 깨졌다. 112에 신고하고 경찰을 기다리던 홍사장은 문득, 불안해졌다.

'설마 지난번 그 건방진 형사 놈이 오는 건 아니겠지?'

가뜩이나 속상한데 그때처럼 속을 긁어댄다면 이번만큼은 홍사장도 참아낼 자신이 없다. 다행히 순찰차를 타고 온 경찰은 처음 보는 사람이었다. 하지만 그 역시도 누가 밖에서 뭔가를 던진 것 같다는 뻔한 소리로 홍사장을 실망케 했다.

'그러니까 대체 뭘 던졌느냔 말이야?'

책방 안에는 깨진 유리 조각들만 흩뿌려져 있을 뿐 창문을 깰 만한 어떤 물건도 남아 있지 않았다.

"아무래도 후미진 데니까요, 조심하세요."

경찰의 충고에 고개를 끄덕이긴 했지만 홍사장은 억울했다.

'어떻게 조심했어야 한다는 거야?'

눈으로 봤을 때 아직 없어진 물건은 없다. 책이야 한두 권 사라져도 금방 파악이 어렵다.

'아무렴 책 한 권 가져가자고 유리를 깼을까.'

홍사장은 머리를 짜내 몇몇 용의자를 추려냈다. 몇 달 된 이야기지만 술에 취한 노숙인이 새벽에 나타나 유리창을 깨부술 듯 두드린 사건이 있었다. 서너 달에 한 번, 주기적으로 나타나 책을 훔쳐 가는 남자아이도 있다. 사정이 있겠거니 싶어 아직은 못 본 척 보내주고 있다.

"책을 훔쳐요? 어디 사는 누굽니까?"

"그거야 모르죠."

경찰은 난감한 표정을 지었다. 그건 홍사장도 마찬가지였다. 별 소득 없이 경찰은 떠났고, 뒤처리는 모두 홍사장의 몫이었다. 깨진 유리가 책방 안쪽으로 쏟아진 바람에 치우느라 애를 먹었다. 책들 사이 어딘가로 유리 파편이 끼어들었을까 봐 한 권씩 죄다 들어낸 다음 일일이 마른 수건으로 닦았다. 그러고도 안심이 되지 않아 종일 청소기를 들고 책방을 돌아다녔다. 치우고 치워도 걱정이 사라지지 않았다. 책은 손으로 잡는 물건이니 자칫 손님의 손을 상하게 할까 두려웠다.

‘아무리 잠귀가 어두워도 그렇지. 그런 큰 소릴 못 듣고 자빠져 잤단 말이야?’

사실 홍사장이 깨진 유리만큼 빨리 털어버리고 싶은 것은 스멀스멀 올라오는 자책감이다.

깨진 창문은 신문지와 박스테이프로 대충 막아 놓았다. 워낙 낡은 나무틀이라 유리 가게도 곤란해했다. 이틀은 지나야 새 유리를 끼워 넣을 수 있다고 했다.

“도둑 들었어요, 형님?”

“아잇, 깜짝이야!”

깨진 창으로 고씨의 머리가 쑥 들어왔다. 때마침 그 앞에서 생각에 잠겼던 홍사장이 신문지를 뚫고 들어온 커다란 머리에 놀라 주저앉았다. 쌓아둔 책더미가 쏟아져 내렸고 그 아래 깔린 홍사장은 그만 허리를 삐끗하고 말았다. 창틀에 얼굴을 집어넣은 채로 눈동자만 데굴데굴 굴리던 고씨가 바닥에 널브러진 홍사장을 발견하고 큰 소리로 웃기 시작했다. 눈앞에서 정신없이 웃어 대는 고씨의 희멀건 얼굴은 홍사장이 보기에 괴이하기 짝이 없었다.

“왜 거기다 얼굴을 집어넣고 난리야!”

바닥에 주저앉은 채로 홍사장이 투덜거렸다.

“형님이 거기 딱 붙어 서 있을 줄 내가 알았나?”

“뭐해? 어서 나 좀 일으켜줘.”

홍사장이 손을 뻗으며 불렀지만 고씨는 그 자리에서 움직이지 않았다. 뭔가 꺼려진다는 표정이다.

"안 들려? 나 좀 일으켜 달라고! 허리를 못 펴겠단 말이야!"

그제야 고씨는 창틀에서 얼굴을 빼내고 쭈뼛대며 책방 문 앞에 섰다. 한 손에 까만 비닐봉지를 들고 대단한 결심을 한 듯 결연한 얼굴로 느릿느릿 오른쪽 발을 뻗었다. 슬리퍼를 신은 커다란 발이 천천히 문지방을 넘어와 책방 바닥에 닿았다. 조심스럽게 나머지 발을 끌어당겨 책방 안에 완전히 들어서는 꼴을 홍사장이 한심해하며 지켜봤다. 조심조심 걸음을 떼는 속도가 어찌나 느려터지는지 홍사장은 기가 막혀 말이 나오지 않았다.

'장난칠 때가 따로 있지.'

고씨는 문지방을 넘은 뒤에도 전혀 서두르지 않고 나무늘보처럼 어기적어기적 걸었다.

"내일 아침에나 일으켜 줄 건가? 자네 기다리다, 나 오늘 밤 여기서 자야겠네."

고씨는 투덜대는 홍사장을 버려두고 헌책방 안쪽을 두리번거렸다. 왜인지 감격스러운 얼굴이다. 홍사장의 얼굴이 붉게 달아오르다 못해 터질 지경이 되어서야 고씨는 수줍은 얼굴로 손을 내밀었다.

"자네, 나랑 내외하나?"

겨우 고씨의 손을 붙잡은 홍사장이 냉기에 놀랐다. 오랜 시간 물속에 있었던 것처럼 고씨의 손이 차가웠다.

'물에 빠진 시체처럼….'

끔찍한 상상이 홍사장의 머릿속을 채웠다.

"자네, 손이 왜 이렇게 차가워?"

"찬술 빚다 왔으니까 그렇죠, 형님."

홍사장은 고씨의 부축을 받아 의자에 기대앉았다. 고씨는 뭐가 좋은지 상기된 얼굴로 책방 이곳저곳을 기웃거렸다.

'어떨 때는 꼬장꼬장한 상늙은이 같았다가 이럴 때 보면 또 애 같단 말이야.'

홍사장이 허리를 문지르는 사이 책방 구경을 끝낸 고씨가 다가와 물었다.

"형님, 병원 가야 하는 거 아녜요? 뭘 그렇게 쉽게 자빠진대요?"

미안한 건지, 홍사장의 꼴이 우스운 건지 묘한 표정을 짓는 고씨 때문에 홍사장은 다시 부아가 치밀었다.

"자네는 정말 밉상이야. 자네 때문에 놀라서 넘어진 거잖아."

홍사장이 눈을 흘기며 말하는데도 고씨는 여전히 입꼬리를 씰룩댔다.

"형님, 나 책방에 처음 들어와 봐요."

뜬금없는 고백이지만 사실이다. 홍사장이 고씨네 술집에 들어간 적은 많았어두 고씨가 책방 문턱을 넘은 거 오늘이 처음이다. 매번 책방 문 앞에서 수다만 떨고 돌아갔다.

"자네도 책 좀 읽어. 사라고 안 할 테니까 가져가서 읽고 갖다 놔."

"아유 나도 바빠요, 형님."

고씨가 다급히 손사래를 쳤다. 그렇게까지 기겁할 일인가 싶어 고씨 얼굴을 살피던 홍사장이 고개를 끄덕였다. 그가 왜 책방에 들어오지 않았는지 묻지 않아도 알 것 같다.

"나불대는 건 그렇게 좋아하면서 책 읽는 건 싫은가 보지."

"누가 싫대요? 나는 옛날이야기가 재밌지, 요즘 것에는 영 흥미가 없어요."

헌책방에서 하기에는 어색한 핑계다. 멋쩍게 웃던 고씨가 막 생각났다는 듯 바닥에 내려둔 검은 봉지에서 막걸리가 가득 찬 페트병을 꺼내 들었다.

"오늘 뜬 항아리 술이 진짜 예술이에요. 형님 생각나서 갖고 왔는데…."

하더니 안타까운 얼굴로 홍사장을 본다.

"다쳐서 안 되려나?"

"그럴 리가 있어?"

홍사장은 고씨가 도로 술을 가져갈까 봐 얼른 마개를 열었다. 찰랑이는 뽀얀 액체에서 기분 좋은 냄새가 났다. 홍사장이 계산대 서랍에서 종이컵 두 개를 꺼냈다. 고씨가 힐끔 서랍 속을 들여다봤다.

"거기는 없는 게 없네요."

"돈이 없지."

"그것참, 안타깝네요."

"안주도 없어."

그러나 두 남자는 안주가 없어도 아쉽지 않았다. 고씨네 술은 맛이 좋아서 특별한 안줏거리 없이도 심심하지 않다.

"형님, 자고로 술은요. 누구랑 마시느냐에 따라 맛이 달라져요, 맞지요?"

홍사장의 손에서 술병을 빼앗듯 넘겨받으며 고씨가 말했다. 그리곤 새침한 얼굴로 홍사장의 잔에 술을 따른다. 덩치가 산만 한 이 남자는 홍사장 앞에서 자주 귀여워진다.

"그래, 자네 말이 맞네."

향긋한 술 내음에 기분 좋아진 홍사장이 타박 없이 맞장구를 쳐주었다.

아저씨 둘이 책방 계산대에 나란히 앉아 홀짝홀짝 술을 마신다. 쉬지 않고 떠들던 고씨도 잠시 조용하다. 홍사장은 열린 문 사이로 어두워진 골목 풍경을 음미하듯 바라보았다. 가을 밤공기가 기분 좋게 몸에 닿았다.

'아침부터 진을 뺐더니 조금 고단했나?'

고요한 밤, 잔잔한 골목 풍경이 종일 바빴던 홍사장에게 위로가 되었다. 남들은 귀신 골목이라 부르며 꺼린다지만, 홍사장에게 책방 골목은 고향이자 안락한 터전이다.

'좋네. 이런 시간도.'

하지만 그건 홍사장의 사정이고 고씨는 역시 입이 근질거리는 모양이다.

"내가 제일 좋아하는 형님이랑 이러고 있으니 좋네요."

"퍽이나."

'입바른 소리를 꺼내는 거 보니 또 실없는 얘기로 놀릴 생각인 게지.'

홍사장은 바짝 정신을 차렸다.

"형님, 지난번에 우리 술집에서 책방 손님이 해준 얘기 기억나요? 고것 참 재밌었는데 말이에요."

고씨가 끄집어낸 것은 뜻밖에도 김선생 이야기다.

"무슨 소리야? 자네는 그때 조느라 듣는 둥 마는 둥 했잖아."

"에헤이. 눈 감고 집중한 거라니까요, 형님."

셋이 술자리를 가졌던 게 벌써 몇 달 전 일이다. 이후로 함께하는 자리는 없었지만 고씨는 가끔 그날 이야기를 꺼낸다. 고씨도 도깨비 이야기가 마음에 들었던 모양이다.

"들은 얘기 더 없어요? 안줏거리로 내놔 봐요."

마침 생각나는 이야기가 있다. 홍사장이 끙, 신음을 내며 아픈 허리를 부여잡고 계산대 아래로 몸을 굽혔다. 감춰둔 상자를 꺼내기 위해서였다. 상자에는 김선생이 주고 간 붉은색 여자 신발이 한 켤레 들어있다. 스웨이드 가죽으로 만든 색이 바랜, 오래된 구두였다.

"…오호, 형님 취향이 이쪽이었구나. 잘 어울리네요, 형님."

"무슨 소릴 하는 거야? 김선생이 가져온 거야."

고씨가 눈을 다시 떴다.

“이거 팔리는 물건인지 봐줘.”

지난번에도 고씨가 정보를 준 덕분에 지관용 나침반을 좋은 값에 팔 수 있었다. 고씨 말대로 조선시대 풍수쟁이가 명당자리를 찾아다닐 때 쓰는 나침반이었다. 물건을 팔 때 어느 시대의 물건인지, 무엇에 쓰는 물건인지 알아두면 거래에 도움이 된다. 파는 사람은 비싸게 팔고 싶고, 사는 사람은 싸게 얻고 싶은 게 당연하니 정보가 많은 쪽이 거래에 유리하다.

‘이번에도 자네 도움 좀 받아보자고.’

“이거는….”

고씨가 신중한 얼굴을 했다. 평소 보기 힘든 진지한 얼굴이다.

“여자 구두네요. 너무 낡아서 이제는 못 신겠어요.”

홍사장은 실망했다. 고씨는 그런 홍사장을 재미있다는 듯 쳐다봤다.

“이런 거나 신고 다니는 제가 여자 신발을 얼마나 잘 알겠어요, 형님.”

보란 듯이 한쪽 발을 들어 올려 발가락에 걸쳐진 슬리퍼를 까딱댄다.

“자네는 모르는 게 없는 사람이니까, 뭐든 다 아는 줄 알았지.”

뜻밖의 칭찬에 고씨가 흐뭇한 얼굴을 했다. 어쨌든 고씨의 반응을 보니 귀한 물건은 아닌 모양이다. 애써 구매자를 찾지 않아도 된다는 뜻이니 홍사장도 전혀 소득이 없는 건 아니었다. 나침반 이전에도 몇 번, 고씨는 물건의 가치를 가름해 주었다. 고씨는 장사꾼답게 물건을 보는 눈이 탁월했다.

그러나 고씨 말만 믿고 김선생이 가져다준 물건을 버릴 수는 없다. 홍사장은 낡은 구두를 어루만지면 생각했다.

'멋쟁이가 신는 새빨간 구두였을까? 아니면 새색시가 좋아할 만한 진분홍 구두였을까?'

이제는 낡고 바래서 원래 가죽 색깔이 어땠는지 알 수 없다. 더는 누구도 신을 수 없게 되었으니 수집가의 진열장에라도 자리 잡길 바랐는데 그것도 쉽지 않게 되었다.

'어디를 다니느라 이렇게 세월을 입었을까?'

홍사장이 혼자 갖은 청승을 떠는 동안 홀짝홀짝 술잔을 비우던 고씨가 입을 열었다.

"사람이 오래 쓴 물건은 요망한 데가 있어요, 형님. 계속 마음 주면 이상한 게 들러붙을지도 몰라요."

구두를 쓰다듬던 홍사장의 손이 그대로 움직임을 멈췄다. 손끝에 한기가 느껴졌다. 고씨의 이상한 말 때문이다.

"하여튼 사람 기분 망치는데 도사라니까."

"과찬이세요, 형님."

고씨가 키득거렸다. 구두는 다시 상자에 들어갔다.

"그러지 말고 책방 손님이 해주고 간 이야기나 읊어 보라니까요."

능글능글 웃으며 고씨가 이야기를 재촉했다.

“알았으니까, 오늘은 졸지 말어.”

홍사장도 술잔을 손에 들고 자세를 고쳐 앉았다.

“이번에 철수가 찾아간 곳은 서울 외곽의 어느 오래된 복도식 아파트였다네.”

* *

찻잔을 밀어주는 여자의 손가락이 앙상했다. 뼈마디가 그대로 드러난 손목, 퀭한 눈, 툭 튀어나온 광대뼈까지 곧 죽을 사람 같다. 이제 막 오십 대에 들어섰다는 여자의 이름은 김혜정이다. 너무 야윈 탓에 가진 나이보다 열 살은 더 들어 보였다.

“어서 드세요, 식겠어요.”

바들바들 떨리는 힘없는 목소리는 듣는 사람을 불안하게 만들었다.

“감사합니다. 향이 좋네요.”

철수를 따라온 연희가 먼저 입을 열었다. 연희의 목소리는 상대적으로 단정했고 울림이 있다. 연희는 스물다섯 먹은 예인당의 세습무인데, 차디찬 큰무당이 수양딸처럼 아낀다는 소문이 있다. 찻잔 손잡이를 쥐는 연희의 움직임은 그 자리의 누구보다 자연스러웠다. 모르는 사람이 본다면 그녀가 앞을 보지 못하는 걸 상상 못 할 정도였다. 혜정도 신기했는지 차를 홀짝이는 연희의 얼굴을 뚫어지게 보았다.

"남편분은 안 계시네요?"

"아, …네."

철수의 목소리에 정신이 든 혜정이 빠르게 눈꺼풀을 깜박이며 대답했다. 철수는 시선을 피하는 상대를 유심히 보았다.

"그 사람은 낮에는 집에 없어요. 새벽 일찍 나가고 밤에 들어와요."

자기가 사는 집을 둘러보는 혜정의 눈빛이 공허했다.

"어디서 왔다고 했죠?"

"예인당입니다."

"미안해요. 자꾸 묻네요."

그러고는 엄지와 검지 사이를 손톱으로 누르며 아무 말도 하지 않았다. 피부에 초승달 같은 손톱자국이 사라지지 않고 겹겹이 쌓였다.

"저희가 갑자기 와서 놀라셨죠?"

연희의 말간 웃음에 굳었던 혜정의 얼굴이 조금 풀어졌다.

"예인당이면 그 방송에 나오는 유명한 무, 무, 무…."

교양 있는 사모님은 '무당'이라는 단어가 차마 입에 붙지 않는지 입술만 들썩일 뿐 말을 잇지 못했다.

"선화 보살이 계신 곳이에요."

"저도 티브이에서 봤어요. 엄청 유명하다면서요?"

연희가 말을 이어주자, 혜정의 대답이 자연스러워졌다.

"남편이 그렇게까지 할 줄은 몰랐어요. 괜히 폐를 끼치게 됐네요."

허공을 떠돌던 혜정의 시선이 현관을 향했다. 잠깐이었지만 경멸하듯 무언가를 노려보았다. 철수는 현관에 놓인 붉은 스웨이드 구두를 떠올렸다. 신고 다닐 수 없을 정도로 낡은 신발이었다. 깨끗이 청소된 현관에 나와 있을 만한 물건이 아니어서 눈길이 갔다. 하지만 철수를 예민하게 만든 이유는 따로 있었다. 이 집에 들어온 순간 곳곳에 배어 있는 냄새 때문에 신경이 바짝 곤두섰다. 그건 아는 사람만 맡을 수 있는, 위험한 냄새였다.

며칠 전 예인당에 한 통의 전화가 걸려 왔다. 혜정의 남편이라는 그이는 불안한 목소리로 통화 내내 울먹였단다.

—제발 제 아내를 도와주세요.

전화 상담은 받지 않는다고 말해도 막무가내였다. 사정이 급하니 당장 집으로 찾아와 달라는 말을 일방적으로 쏟아내고는 전화를 끊었다. 몇 시간 후, 돈이 담긴 종이가방이 예인당에 배달되었다. 현금 뭉치 속에 삐뚤빼뚤한 글씨로 주소를 적은 종이도 들어 있었다. 오토바이 배달 기사는 연희가 물건을 확인하기도 전에 떠났고 대충 이야기를 전해 들은 큰무당은 귀찮은 얼굴을 했다.

'우리 일이 아니다.'

그 말 한마디를 던져놓고 큰무당은 산 기도에 들어가 버렸다. 그녀는 가끔 홀로 산행하는데 훌쩍 떠나면 열흘이고 한 달이고 소식이 없다. 정해진 행사는 아니고 큰 굿을 앞두거나 안 좋은 일을 예감했을 때 홀연히 떠나곤 했다.

문제는 전화를 받은 것도 돈 가방을 기사에게 전해 받은 것도 연희라, 그녀는 고민 끝에 철수에게 전화를 걸어 도움을 청했다.

— 우리 일이 아니라면, 아저씨의 일이란 얘기잖아요?

연희는 도깨비가 사람을 홀려 생긴 일 같다고 했다. 그렇지 않고서야 큰무당이 매몰차게 굴지 않았을 거란 이야기다.

무당은 실체가 없는 귀신은 상대할 수 있지만, 도깨비는 어쩌지 못한다. 도깨비와의 싸움은 대부분 육탄전이고 그들은 인간보다 힘이 세기 때문이다. 아무리 영험한 무당이라도 나이 든 몸으로는 별도리가 없어, 도깨비로 인한 소동은 철수의 몫이 되었다.

다만, 철수의 생각은 연희와 달랐다. 큰무당은 사람의 일이라도 매몰차게 끊는 사람이었다. 하지만 그런 말을 한들 연희는 인정하지 않을 것이다. 딱히 바쁜 일정이 없던 철수는 돈 가방을 직접 돌려주고 싶어 하는 연희를 데리고 이곳에 오게 되었다.

큰무당은 별것 아니라는 듯 무심했다지만, 야윈 혜정과 마주 앉은 두 사람은 이제 그녀를 모른척할 수 없게 되었다. 철수는 그녀의 남편이 왜 병원이 아니라 예인당에 전화를 걸었는지 의심스러웠다. 혜정은 당장이라도 숨이 사그라들 것처럼 위태로워 보였다. 모습을 볼 수 없는 연희도 불편한 기운을 느끼고 유난히 다정하게 굴었다.

"어려운 상황이라고 들었어요."

"…네."

처음 '예인당'의 이름을 들었을 때도 껄끄러워 보였던 혜정은 계속 딱딱한 태도로 두 사람을 대했다. 남편의 부탁이라니 마지못해 문은 열었지만, 무속에 대한 거부감이 있어 보였다. 연희가 혜정과 대화를 나누는 동안 말없이 거실을 살피던 철수가 무뚝뚝하게 말했다.

"저희는 무당이 아닙니다."

혜정이 눈을 크게 떴다.

"무속인은 아니고 예인당에서 일을 돕고 있어요."

연희가 재빨리 말을 보태고는 손을 뻗었다. 혜정이 홀린 듯 연희의 손을 잡았다. 연희는 그 상태로 몇 초간 말이 없었다. 혜정도 연희의 얼굴을 멍하니 들여다보기만 했다.

"남편분이 간청하셔서 오지 않을 수 없었어요."

연희가 다정하게 말했다.

"그리고 이거는 받을 수가 없어요."

돈이 든 종이가방을 혜정 앞으로 밀어주었다. 혜정이 열어보고 한숨을 쉬었다.

"자신 있게 도울 수 있다고 말씀 못 드려요. 그래도 얘기해 줄 수 없을까요? 할 수만 있다면 뭐든 해드리고 싶어요."

연희의 목소리에 힘이 들어갔다. 입술을 깨물며 고민하던 혜정이 어렵게 이야기를 털어놓았다.

"아이를 잃었어요."

혜정의 눈동자가 허공을 더듬었다. 보고 있는 철수도 보이지 않는 연희도 알 수 있었다. 혜정은 울고 있었다. 울다 지쳐서 눈물 없이 우는 법을 터득한 사람 같았다.

"사고였어요. 같은 차에 타고 있었는데, 고작 스무 살이던 내 딸이 죽었어요. 길에서요."

아이를 잃은 어머니의 눈동자는 일 년 전 그날을 다시 겪는 듯 허공에 머물렀다. 그녀의 남편이 전화로 설명하지 못한 이야기였다.

"아직도 믿기지 않아요. 당장이라도 그 아이가 '엄마!'라고 나를 다시 불러줄 것만 같아요."

혜정은 매일 밤 아이가 돌아오는 꿈을 꾼다고 말했다. 현관문을 열고 들어와 팔을 벌리고 허리를 감싸안는다고. 그 손이 너무 차가웠다. 깜짝 놀랄 정도로 차가워서 매번 그 순간에 꿈에서 깨어났다. 그녀는 그때부터가 진짜 악몽의 시작이라고 말했다.

"잠에서 깨고 나면 영락없이 와 있는 거예요."

혜정의 시선이 다시 현관을 향했다. 돌아온 것은 딸이 아니다.

"저 망할 구두! 귀신에 씐 게 틀림없어요!"

혜정이 비틀린 얼굴로 현관을 노려봤다. 현관에 놓인 붉은색 구두는 죽은 딸의 구두라고 했다. 혜정의 시어머니가 손녀에게 물려주고 간 구두란다.

"노망난 년이! 자기가 신던 낡아빠진 걸 내 딸한테 신으라고 줬다고요!"

흥분한 혜정은 완전히 딴 사람 같았다. 조금 전의 유약한 모습은 사라지고 일그러진 얼굴로 고래고래 소리를 질렀다. 연희가 잡고 있던 혜정의 손등을 토닥였다. 정신을 찾은 듯 혜정은 다시 힘없는 얼굴로 돌아왔다.

혜정이 말하길, 그녀의 시어머니는 상대하기 어려운 사람이었다. 조금이라도 마음이 틀어지면 찾아와 집 안 곳곳에 소금을 뿌렸다. 현관에, 아들 내외의 침대 위에, 며느리 얼굴에도 굵은소금을 집어 던졌다.

"부정한 년이 들어와 집안 꼴이 이 모양이라고 그렇게 원망하데요. 그 여자가 가고 나면 눈 내린 것처럼 집 안이 하얘졌어요. 그 소금밭에 주저앉아서 한참을 울었죠."

그런 시어머니가 죽기 전, 손녀딸에게 자신이 신던 구두를 물려줬다. 주변에선 그래도 핏줄은 예쁜가 보다, 했지만 혜정의 마음은 타들어 갔다.

"우리 애가 뱃속에 있을 때 삼베로 만든 발싸개를 준 사람이에요."

뭣도 모르고 받았지만 영 개운하지 않았다. 의지할 친정이 없던 혜정은 옆집 할머니에게 고민을 털어놓았다. 삼베가 아기 피부에는 너무 거칠 것 같다는 혜정의 말에 노인이 화들짝 놀랐다.

"얼른 갖다 버리라고 하더라고요. 그거 늙은이들 수의 조각 아니냐면서."

혜정은 그날 거품을 물고 쓰러졌다. 그럴 리가 없다며 남편이 시어머니를 찾아갔다. 시어머니는 불안해하는 아들에게 태연히 말했다고 한다.

'그런 밭에서 태어나 봤자 애가 온전하겠니?'

차라리 뱃속에서 잘못되라고 자기 수의를 잘라 아기 발싸개를 만들어 줬다는 것이다.

"그런 사람이 우리 애한테 구두를 물려줬어요. 연락도 끊고 지냈는데, 죽기 전에 대뜸 구두를 보내왔다고요."

딸의 이름으로 도착한 택배 상자에 구두가 들어 있었다. 죽어 가면서까지 자신을 저주한 거라고 혜정은 생각했다. 자기만 죽기 억울해 기어코 손녀를 데려가겠다는 듯한 시어머니의 행동에 그녀는 분노했다. 그런데 혜정의 딸이 할머니의 선물을 마음에 들어 했다.

"뭐에 홀린 듯이 기어이 그 신발을 신고 나가길래 따라갔죠. 말려도 소용없었거든요. 그래서 내가 지켜주려고 했는데!"

그날 딸이 죽었다.

"망할 년!"

혜정이 다시 소리를 지르는 바람에 연희가 놀라 몸을 움츠렸다.

"나쁜 년! 기어코 내 딸을! 내 딸을!"

철수와 연희의 존재를 잊은 듯 혜정은 허공을 바라보며 중얼거렸다. 연희의 초점 없는 눈동자도 불안하게 흔들렸다. 그래도 혜정의 손은 놓지 않았다.

"아, 죄송해요. 제가 손님 앞에서."

정신을 차린 혜정이 고개를 숙였다. 그녀의 정수리까지 빨갛게 달아올랐다. 앙상한 어깨가 걱정스럽게 흔들렸다. 철수가 차분한 목소리로 말했다.

"구두가 자꾸 돌아온다고요?"

"…네. 제 꿈에 처음으로 우리 아이가 찾아왔을 때였어요. 보니까 아가가 맨발인 거예요. 제가 손으로 감싸 쥐었는데 너무 차가워서…."

딸을 보내고 반년이 지난 때였다. 혜정은 그제야 구두의 행방이 궁금해졌다.

"어디 갔을까, 한참 생각했거든요. 아무리 생각해도 기억에 없는 거예요."

사고를 수습하면서 잃어버린 줄 알았다. 남편에게 물었더니 황당한 표정을 지었다.

'무슨 구두를 말하는 거야?'

"자기 엄마가 물려준 구두를 기억도 못 하더라고요. 너무 이상 하지 않아요? 그날 밤 꿈에서 깼는데 또각또각 구두 소리가 들리는 거예요."

그것도 꿈인 줄 알았다. 다음 날 아침 현관에서 남편을 배웅하던 혜정이 놀라 주저앉고 말았다.

"그게 갑자기 저기 있었어요. 말도 안 되죠? 마치 스스로 걸어 들어온 것 같았다니까요."

이전에는 분명히 거기 없던 구두였다.

"끔찍해 죽겠어요. 버리고 버려도 자꾸만 돌아와요. 이제 끝났다 싶어 바라보면 저기 다시 놓여 있어요."

종량제 봉투에 넣어 버리기도 하고 폐지 줍는 노인 손에 들려 보내기도 했다. 경비원에게 수고비를 주고 태워달라 부탁한 적도 있었지만 소용없었다.

"다음 날이면 저기 저렇게 놓여 있어요. 꼭 누가 신고 나갔다가 벗어 놓은 것처럼요."

"딸이 돌아온 거란 생각은 안 해봤습니까? 딸이 신고 나갔던 구두라면서요?"

철수가 물었다. 무슨 소리인지 알아듣지 못하겠다는 듯 멍하게 앉아 있던 혜정이 벌떡 일어섰다.

"뭐라는 거야? 내 딸이 귀신이라도 됐단 말이야?"

분노를 쏟아낸 혜정이 곧장 얼굴을 붉혔다. 툭 터져 나온 자기감정에 놀란 듯했다.

"그러니까 제 말은요. 그런 생각은 해본 적 없다는 거예요. 두 분 앞에서 할 말 아닌 거 아는데요. 저는 사실 귀신이라든지 그런 거를 믿지 않아요. …죄송합니다."

"아니에요. 이해해요."

연희가 횡설수설하는 혜정을 달랬다. 하지만 나중에 털어놓길 연희도 이때, 혜정의 감정 변화를 걱정했다고 한다. 죽은 시어머니는 딸을 죽인 악귀 취급하면서 자신은 귀신을 믿지 않는다고 말하는 모습이 특히 그러했다고.

철수가 자리에서 일어났다. 연희가 불안한 표정으로 보이지 않는 그의 얼굴을 올려다보았다.

"잠깐 여기 좀 있을래? 밖에서 담배 좀 태우고 올게."

연희와 달리 혜정은 반가운 눈빛을 보였다. 그녀는 처음부터 철수를 더 불편하게 대했다. 골격이 넓고 인상이 강한 철수에게는 익숙한 일이었다. 밖으로 나올 때, 그는 현관에 놓인 구두를 자세히 살폈다. 구두는 사람들이 제 이야기를 떠드는 중에도 얌전히 자리를 지켰다.

철수가 먼저 찾아간 곳은 관리사무소였다. 적당한 핑계를 찾느라 열심히 머리를 굴렸는데, 그럴 필요가 없었다.

"아, 404호요? 가족이시죠?"

직원은 마치 기다린 듯 자연스럽게 방범용 카메라 영상을 찾아 보여줬다.

"안 그래도 이웃들이 걱정을 많이 하세요."

404호는 단지 내 골칫거리였다. 혜정의 울음은 비명에 가까운 소리였다. 새벽마다 그녀가 내지르는 소리를 들어야 하는 주민들도, 몇 달째 민원에 시달리는 관리사무소 직원들도 힘들긴 매한가지였다.

"우리 아파트는 오래 거주한 분들이 많아요. 서로 사정을 잘 아니까, 아직은 참아주시는데요."

이러다 이웃 간에 얼굴을 붉히게 될 거라고 관리소 직원이 덧붙였다. 이미 혜정의 집 문을 두드리고 욕을 하는 사람도 있었단다.

녹화된 영상을 본 철수는 씁쓸한 표정을 지었다. 예상대로였다. 혜정이 구두를 품에 안고 어딘가로 뛰어가고 있었다. 놀란 이웃이 손짓해 부르는데도 돌아보지 않는다. 몇 시간 뒤, 다시 나타난 혜정의 품에는 여전히 구두가 안겨 있다. 아기를 끌어안듯 양팔로 구두를 감싸안고 집으로 돌아가는 모습이 찍혀 있었다.

화질이 선명한 편은 아니었지만, 확신할 수 있었다. 넋이 나간 사람처럼 비틀거리는 가냘픈 몸, 분명 그녀였다.

"놀라셨죠? 저희도 걱정 많이 했어요. 어딘가 편찮으신 게 아닌가 싶어서요."

관리사무소 직원이 멋대로 철수를 혜정의 가족으로 오해한 덕에 여러 이야기를 들을 수 있었다.

"저 구두가 뭔지는 몰라도 다른 사람은 손도 못 대게 하신대요."

구두를 안고 뛰어나갔다 해 질 무렵 돌아오는 것이 한두 번이 아니란다.

"딸을 잃어서 아무래도 충격이 컸던 것 같습니다."

철수가 대신 변명했다. 직원이 놀란 얼굴로 말했다.

"아, 그런 일이 있었어요? 사실 저는 여기서 일한 지 얼마 안 됐어요."

사정을 잘 안다더니 이제 와 다른 소릴 한다.

"경비실 한 번 가 보세요. 대부분 십 년 넘게 근속한 분들이라 입주민 사정은 저희보다야…"

형편도 모르고 걱정 운운한 게 민망했던지, 직원은 멋쩍은 얼굴로 말끝을 흐렸다.

사무소 밖으로 나오니 어느새 해가 지고 있다. 경비실을 향해 걷던 철수의 눈에 공중전화 부스가 들어왔다. 철수가 거리를 두고 멈춰섰다. 눈에 띄는 남자가 부스 안에서 수화기를 손에 들고 있었다. 그는 철수의 시선을 느낀 듯 후다닥 도망치듯 사라졌다. 익숙한 냄새가 코를 스쳤다. 혜정의 집 거실에 진동하던 그 냄새였다.

경비실에서도 별문제 없이 404호 이야기를 들었다. 관리사무소에서 먼저 말을 전해준 모양이다.

"한 서너 달 됐나? 그 집 사모님이 재활용품 버리러 나왔다가 누가 내다 버린 구두를 보셨거든. 갑자기 눈이 돌아서 주워 가더라고. 사모님이 새벽마다 울고불고하신 게 그때부터였던 거 같아."

구두도 시어머니의 유품이 아닌 모양이다. 우리 일이 아니라던 큰 무당의 말이 옳았다. 연희의 생각과 다르게 '우리'라는 말에는 철수도 포함돼 있었다.

"하긴, 그전에도 불안했어. '아저씨, 우리 애가 벌써 스무 살이네요', 하시는데 큰일 났다 싶더라니까."

철수는 경비원과 한참 더 이야기를 나누고 자리에서 일어섰다. 404호로 돌아가는 걸음이 편치 않았다.

그사이 연희는 혜정과 둘도 없는 사이가 돼 있었다. 손을 꼭 붙들고 나란히 앉은 모습이 꼭 어머니와 딸 같다. 다정한 그들 분위기와 대조적으로 철수의 목소리는 건조했다.

"남편분은 아직 퇴근 전입니까?"

"네. 오늘 일이 늦어진다네요."

철수를 보는 혜정의 시선이 한결 부드럽다.

"퇴근하면 예인당으로 전화 달라고 말 전해주세요. 구두 버리는 법을 알려주겠습니다."

"버려주는 게 아니고요?"

"남편분이 직접 버려야 다시 돌아오지 않습니다."

구두를 내려다보던 혜정의 눈동자가 빛났다.

"왜 저한테는 말 안 해주세요? 아까 제가 귀신이 어쩌고 해서…."

"아닙니다. 남편분이 부탁한 일이니까, 직접 들어야 할 것 같아 그렇습니다."

고개를 든 혜정의 얼굴이 창백하다. 다정했던 얼굴은 사라지고 다시 불안한 눈빛으로 철수를 경계하듯 쏘아보았다.

"또 올게요."

한 걸음 물러서 있던 연희가 앞으로 나서자 굳었던 혜정의 얼굴이 풀어졌다. 두 여자가 아쉬운 마음에 거듭 인사를 나누는 통에 철수는 결국 연희의 소맷자락을 잡아끌어야 했다.

건물 밖으로 나와서야 연희는 지친 얼굴을 드러냈다. 긴장이 풀어진 것이다.

"저 아주머니 말이야. 다른 연락할 가족이 있는지 찾아봐 줘. 병원에 데리고 가야 할 것 같아."

"치매인가요?"

"검사를 받아봐야겠지."

연희도 그다지 놀란 얼굴은 아니다. 혜정과 오래 대화를 나누면서 어느 정도 짐작했던 모양이다.

"그 구두는 뭐예요? 두고 와도 되는 거예요?"

연희가 걱정 가득한 목소리로 말했다. 철수가 제 뒷머리를 쓸어 넘기며 대답했다.

"그건 아무것도 아니야. 도깨비도 귀신에 씐 것도 뭣도 아니라고. 남편도 알고 있을 거야."

연희의 얼굴에 그늘이 졌다. 생각했던 것보다 혜정의 상태가 좋지 않다는 걸 깨달았기 때문이다.

"그래도 다행이에요. 혼자가 아니니까."

철수가 자리를 비웠을 때 혜정의 남편이 몇 번이나 전화를 걸어 혜정의 상태를 확인했단다. 그때마다 그녀의 목소리에 꽃이 피더라며 연희가 부럽다는 듯 말했다.

"우리가 아직 집에 있는지 확인한 거겠지."

"네?"

연희가 놀란 얼굴을 했다. 그러는 사이 예약 등을 켠 택시가 단지 안으로 들어섰다. 연희는 궁금한 게 많은 얼굴이었지만 고집부리지 않고 얌전히 택시에 올랐다.

혼자 남은 철수는 다시 경비실로 향했다. 걸으면서 경비원이 해준 이야기를 머릿속으로 곱씹었다.

'무슨 소리야? 404호 사모님은 혼자 살아.'

이십 년 넘게 근무했다는 경비원의 말이었다. 철수는 혜정의 집 거실에 진열된 사진 액자들을 눈여겨봤다. 모두 혜정의 사진뿐이었다. 오래전부터 누군가 찍어준 듯 세월의 변화가 눈에 보이는 수십 장의 독사진이 늘어서 있었다.

'그 사모님 고생 많았어. 옛날부터 살던 주민들은 그 집 사정 다 알지. 시어머니가 어찌나 독한지 맨날 찾아와서 며느리 사주가 어떻다고 고래고래 소릴 질러댔다니까.'

철수가 눈인사하며 경비실에 들어섰다. 경비원이 고개를 끄덕이고는 순찰을 다녀오겠다며 자리를 비웠다. 경비실 의자에 앉으니 아파트 단지가 훤히 보였다. 공중전화와 공동현관 출입구도 한눈에 보였다. 얼마 지나지 않아 공중전화 부스 그늘에 웅크리고 있던 그것이 일어섰다. 아까 도망쳤던 도깨비였다. 겁에 질린 얼굴로 연신 주위를 살폈다.

'교통사고가 나서 뱃속 아기가 잘못됐다고 그랬던 것 같아. 시댁에서 집 한 채 던져주고 이혼시켰지 아마. 아이고 십 년이 뭐야, 이십 년은 지난 얘기야.'

경비원은 혜정의 사정을 모두 기억하고 있었다. 그만큼 시어머니의 행패가 심했다. 시어머니는 옛날 사람 같지 않은 멋쟁이였는데

늘 고급 투피스에 빨간 구두를 신고 나타나 경비원들 사이에서 '빨간 구두 귀신'이라는 별명이 붙을 정도였다.

'아유, 사람들이 말을 잘 지어내. 사모님이 웃기도 하고 다시 사람처럼 사니까 애인인지 뭔지 남자가 드나들어서 그렇다고 뒷말을 그렇게들 하더라고. 시간이 지나면서 살아지는 거지. 뭐 꼭 이유가 있겠나.'

철수는 혜정의 말을 떠올렸다.

'그 사람은 낮에는 집에 없어요. 새벽 일찍 나가고 밤에 들어와요.'

새벽에 사라졌다가 늦은 밤에 나타났다지만, 도깨비를 목격한 이웃이 여럿 있었다. 재주가 좋은 도깨비였다면 이웃의 눈에 '낯선 남자'로 보이지 않았을 것이다. 도깨비에게 홀린 사람들은 무리에 숨어든 도깨비를 오래 어울려 살던 친근한 이웃으로 여긴다. 혜정이 그것을 제 남편이라 여기는 것처럼 말이다.

그것의 재주가 하찮아 모습을 들켰을 수도 있다. 아니면 혜정을 속이느라 다른 사람을 홀리는 데는 신경을 덜 썼을지도 모른다.

'사람이 사람을 만날 수도 있는 거지. 뭐 남 일에 관심들이 그렇게 많은지.'

경비원은 404호에 드나드는 남자는 본 적 없다면서도 슬쩍 혜정의 편을 들었다. 그의 인간적인 모습에 철수는 오히려 씁쓸한 기분을 느꼈다.

'사람이 아니니 문제지.'

철수의 입에서 한숨이 흘러나왔다. 도깨비가 예인당에 전화를 걸다니 철수 입장에선 기가 막힌 일이다.

도깨비니까 인간의 병을 몰랐을 수 있다. 마음에 든 병을 고치려면 무당을 찾아가야 한다고 생각했는지도 모른다. 공중전화 부스에서 철수와 눈이 마주쳤을 때 도깨비는 잔뜩 겁먹은 눈을 하고 있었다. 철수가 무슨 일을 하는지 아는 듯했다.

'그런 주제에 도망치지 않고 여기 남아 있었다는 거지.'

뭔지는 몰라도 아직 목적을 이루지 못한 모양이라고 철수는 생각했다.

철수는 조용히 몸을 일으켰다. 아파트 단지 안에서 도깨비를 잡는 일은 쉽지 않다. 잡을 수 없다면 겁이라도 줘서 멀리 쫓아낼 생각이다. 일단 혜정의 곁에서 떼어내는 것이 목적이었다. 그때 혜정의 집으로 향하던 도깨비가 경비실에 있던 철수와 눈이 마주쳤다. 놀라 멈춰 선 것은 철수였다.

"여보!"

혜정의 목소리였다. 그녀가 아파트 현관 입구에 서 있었다. 곧 울음을 터뜨릴 듯한 표정이었다. 도깨비가 혜정을 향해 달렸다. 등 뒤의 철수가 신경 쓰였는지 긴장한 다리가 꼬여 데굴데굴 굴러 넘어졌다. 그런데도 벌떡 일어나 다시 혜정을 향해 뛰었다. 도깨비가 가까워질수록 그녀의 얼굴이 밝아졌다. 철수의 눈앞에서 도깨비와 사람이 손을 맞잡았다.

"밖에 나오면 안 된다고 했잖아요. 또 길 잃어버리면 어쩌려고요."

도깨비의 말에 혜정이 웃었다. 남편의 전화를 받은 그녀의 목소리에 꽃이 피더라는 연희의 말이 떠올랐다. 둘은 사이좋게 손을 잡고 건물 안으로 들어갔다. 도깨비는 계속 뒤를 돌아봤다. 여전히 겁먹은 얼굴이었다.

"말도 안 돼."

철수는 눈앞의 일을 믿지 못하겠다는 듯 고개를 저었다.

"제깟 게 진짜 사람처럼…."

그런 생각을 하는 자신을 비웃으며 계속 고개를 흔들었다.

며칠 뒤, 예인당으로 낡은 구두와 돈이 든 봉투가 배달되었다. 큰 무당이 찝찝한 물건이라며 철수를 불러 집어 던지듯 봉투째 넘겨주었다.

* * *

"형님, 철수는 뭘 보고 그렇게 놀랐을까요?"

고씨가 무심하게 물었다. 별로 궁금한 것 같지 않은 말투였다.

"도깨비 눈빛이 간절해서 그랬다는 것 같은데."

"그게 뭐야?"

고씨가 허탈하게 웃었다.

"그래서 그 도깨비는 어떻게 했대요? 잡아 죽였대요?"

홍사장은 흐뭇했다. 고씨가 졸지도 않고 이야기를 끝까지 들은 데다 계속 질문을 해대는 걸 보면 영 재미없지는 않았던 모양이다.

"거기까지는 잘 모르겠지만, 아줌마랑 잘 살라고 보내주지 않았을까?"

"그거는 좀 이상한데요, 형님."

고씨가 심드렁한 얼굴로 말했다.

"도깨비가 뭐 하러 늙고 아픈 아줌마랑 살겠어요?"

"자네는 낭만이라는 게 없는 사람이구먼."

"아이고 낭만이라니, 그런 건 간질간질해서 싫어요. 나는요, 형님. 피가 뚝뚝 떨어지는 그런 이야기를 더 좋아해요."

홍사장이 황당한 얼굴로 고씨를 보았다. 잘 듣고 나서 바로 투덜대는 꼴이라니 고씨답다. 어느새 술병이 비었다. 홍사장은 종이컵에 깔린 마지막 한 모금을 입에 털어 넣었다. 술이 머금고 있던 꽃향기가 입안 가득 퍼져나갔다.

'끝내주는 향이네.'

홍사장은 제 입으로 끝낸 이야기 속에서도 달콤한 꽃 내음이 진동하는 것 같아 기분이 좋았다. 그는 입속에 남은 향처럼 이야기의 여운을 즐기고 싶었다. 하지만 내버려둘 고씨가 아니다.

"…연희. 걔가 누구지?"

갑작스러운 질문에 홍사장은 또 한 번 황당한 얼굴을 했다.

“말했잖아. 예인당 세습무라고.”

“아니 그 얘기가 아니고요….”

혼자 이상한 생각에 빠진 고씨를 보며 홍사장은 허탈했다.

‘하여튼 이 인간이랑은 결말이 늘 이렇다니까.’

홍사장은 어린아이를 타이르듯 조곤조곤 말했다.

“자네, 무슨 생각을 하는 거야? 연희는 진짜 살아 있는 사람이 아니잖아. 이야기에 등장하는 인물이라고. 홍길동처럼. 전우치처럼. 혹부리영감처럼.”

“아아, 그렇지.”

별일 아니라는 듯 고씨가 대답했다. 홍사장은 아픈 허리를 문지르며 생각했다.

‘엉뚱하기는. 저이랑 길게 말을 섞으면 안 된다니까.’

홍사장은 조금 전, 자신을 넘어뜨리고 깔깔대던 고씨의 얼굴을 떠올렸다. 술을 다 얻어먹고 나니 미웠던 마음이 스멀스멀 되살아 난 것이다. 다시 한번 괘씸했다.

“다 마셨으면 어서 가. 가게 오래 비웠잖아.”

“예쁠까요?”

“뭐라고?”

“연희라는 여자애, 예쁘겠죠?”

이 친구가 진짜 왜 이러나, 홍사장이 참지 못하고 화를 냈다. 고씨가 나간 후 골목에 울려 퍼지는 웃음소리를 듣고 나서야 홍사장은 그가 저를 놀리려고 일부러 그랬다는 걸 깨달았다.

"또 당했네."

한 손으로 허리를 짚고 서서 앉았던 자리를 치우려는데 밖에서 기척이 느껴졌다.

"오늘은 자네랑 말 섞는 거 그만할 거니까, 자네 가게로 가."

한껏 성난 얼굴을 하고 돌아서는데, 문밖에 서 있는 것은 고씨가 아니었다.

갈대밭 이야기

*

끈적한 입김이 목덜미에 닿았다. 오소소 소름이 돋았다. 돌아보니 바로 등 뒤에 낯선 남자가 붙어 서 있다. 이토록 바짝 다가설 때까지 몰랐다니 믿기지 않는다.

"뭡니까?"

내 목소리는 대범하게 뻗어 나가지 못하고 입안에서 웅얼댄다. 멍청해 보이겠지. 아니, 수상해 보이려나? 수상한 거라면 상대도 못지않다. 무시하는 건지 아니면 내 말을 듣지 못했는지 남자는 대답 없이 그냥 서 있다. 달도 안개에 가려진 캄캄한 밤, 저수지를 둘러싼 갈대밭 사잇길에는 젖은 풀이 바람에 부대끼는 소리만 가득하다.

"불 좀 빌립시다."

남자의 목소리는 태연했다. 겁먹은 건 나뿐이다.

"…불이요?"

“담뱃불 말입니다. 멀리서도 보이던데요.”

그러고 보니 남자는 담배 한 개비를 입에 물고 있다. 그의 눈동자가 내 손과 다리와 몸통을 샅샅이 뒤졌다.

“아, 불이요? 불!”

나는 그보다 더 수상할 수 없는 표정으로 양손을 바지 주머니에 찔러 넣었다. 거짓말처럼 오른손에 일회용 라이터가 잡혔다.

“이게 켜지려나?”

녹슨 휠이 서너 차례 헛돌다 가까스로 불꽃을 피워냈다. 새끼손톱만 한 불꽃 너머로 남자의 얼굴이 드러났다. 생기 없는 무표정한 얼굴, 눈썹에 숱이 쓸데없이 많고 턱 주변의 털도 너저분하다. 분명 사람의 눈, 코, 입인데 가만히 들여다보고 있으니 어쩐지 야생의 짐승 같다. 무엇보다 움직임 없는 검은 눈동자가 거슬린다. 묘하게 기분 나쁜 남자다.

그는 볼이 움푹 팰 정도로 힘껏 담배를 빨아들였다. 빨갛게 타들어가는 담뱃잎을 보고 있자니 뭐에 홀린 듯 꼼짝도 못 하겠다. 남자가 뱉어낸 숨이 담배 연기를 타고 공중에 흩어졌다.

“안 가요?”

남자가 말했다.

“계속 거기 서 있을 거냐고요.”

“아뇨. 가야죠, 갑니다.”

나는 또 홀린 듯 다시 앞을 향해 걸었다. 곧바로 남자가 뒤따른다.

아뿔싸, 수상한 사내를 등 뒤에 두고 안개 낀 갈대밭 사잇길을 걷게 될 줄이야. 나란히 걷기에는 길이 좁고 이제 와 당신이 앞장서라고 말할 핑계도 용기도 없다.

아무리 신경을 곤두세워도 남자의 발소리는 자꾸 바람에 묻혔다. 그때마다 고개를 돌려 남자와 나의 거리가 어느 정도인지, 나를 앞세우고 뒤에서 수상한 짓을 하고 있지는 않은지 확인하고 싶어 미치겠다. 힐끔 돌아보면 서너 걸음 떨어져 걷고 있는 남자의 흐릿한 그림자와 그가 태우는 담뱃불만 얼핏 눈에 들어왔다.

"어디서 오셨어요?"

용기 내 말을 걸어봤다. 대화는 뒤를 힐끔거리지 않고도 상대를 경계할 수 있는 유일한 짓이었다.

"일찍 오셨나 봐요. 버스에서 내릴 땐 그쪽을 못 봤거든요…. 우리를 내려준 버스가… 막차였대요."

남자는 계속 듣기만 할 뿐 웬만해서는 입을 열지 않았다. 호락호락한 놈이 아니다. 등 뒤의 발소리가 자꾸만 가까워지는 것 같아 뒤를 돌아보려 하면 상대는 귀신처럼 '그렇군요' 또는 '그렇습니까'라는 무의미한 대답으로 존재를 알려왔다.

"여기가 귀신 나오는 길이라던데요. 혹시 알고 있어요?"

순간 바람이 갈대를 타고 크게 꿈틀댔다. 갈대의 흔들림이 모든 소리를 잡아먹는다. 아직 남자의 대답을 듣지 못했다. 미치도록 불편한 밤이다.

어디서 오셨어요? 일찍 오셨나 봐요. 버스에서 내릴 땐 그쪽을 못 봤거든요. 우리는 서울에서 왔어요. 나랑 혁중이, 수현이 그리고 용기까지 고등학교 친구 넷이서요.

버스에서 내렸을 때가 아마 네 시쯤이었을 거예요. 그때는 시간이 더 지난 줄 알았어요. 어둡더라고요. 사방에 안개가 차서 몇 걸음 앞도 잘 안 보였어요. 우릴 내려준 버스가 안개 속으로 도망치듯 가버렸는데 혁중이 말로는 그게 막차였대요.

「우리가 여기에 …왔네. 정말로 왔어.」

혁중이 목소리가 살짝 떨렸어요. 자꾸 안경테를 만지작대는 게 긴장한 것 같더라고요. 오늘 우리를 여기로 끌고 온 게 그 자식이에요. 아침에 갑자기 전화를 걸어서 버스터미널에 집합하라는 거예요. 걔가 좀 특이해요. 충동적이고요. 뭐에 꽂히면 눈이 회까닥 뒤집히는 녀석이거든요.

오란다고 온 애들도 이상하죠. 그래서 친한가? 끼리끼리, 뭐 그런 거 있잖아요. 솔직히 거절할 이유가 없더라고요. 토요일인데 딱히 할 일이 없었거든요. 용기는 아르바이트 쉬는 날이고요. 수현이는 제대하고 일 없이 지내는 애고, 저도 혼자 노는 게 지겨워서 좋은 건수라고 생각했죠.

「우리 내기 한 거 잊지 마. 내가 이기면 너희들 진짜 백만 원씩 내놓는 거야.」

「알았어, 알았다고. 그만 좀 말해.」

혁중이의 말에 용기가 짜증을 냈어요. 용기는 뭐랄까, 화가 많은 친구예요. 매사에 부정적이라고 해야 할까요? 혁중이가 뭘 하려고 할 때마다 말로 초를 쳐서 둘이 자주 싸워요. 오늘도 몇 번이나 부딪혔는지 몰라요. 그래도 주먹질까지는 안 해요. 말로만 으르렁대는 거예요. 둘 다 키가 고만고만해서 아옹다옹 싸우는 게 귀여울 때도 있어요.

「미쳤지, 이건 미친 짓이야.」

용기가 계속 혼잣말을 했어요. 내기하자는 혁중이가 미쳤다는 건지 여기까지 따라온 자기가 미쳤다는 건지 모르겠어요. 조금 듣기 싫긴 했어요. 용기 걔가 혼잣말하는 거요. 계속 툴툴 툴툴, 뭘 불만이 그렇게 많은지.

혁중이는 벌써 한참을 앞서가 버렸어요. 뒤에서 걷던 수현이가 달래듯 용기 어깨에 팔을 둘렀어요. 키 큰 수현이 품에 용기가 쏙 안긴 꼴이 되었죠. 수현이 걔는 평범해요. 무난한 성격이죠. 혁중이랑도 잘 맞고 용기랑도 잘 맞고. 둘이 싸울 때 말리는 것도 잘해요.

「안 되겠다. 우리 술이라도 마시고 시작하자.」

「술이고 뭐고…. 웩! 이 냄새 뭐야? 너는 괜찮아?」

용기가 코를 움켜쥐었어요. 자꾸 이상한 냄새가 난다더라고요.

「밭에 거름 줬나 보지. 시골이잖아. 소똥 냄새 아니야?」

「더 심한데? 비릿한 게 꼭 생선 썩은 냄새 같잖아.」

나는 잘 모르겠던데. 용기 걔는 쓸데없이 예민한 척한다니까요. 솔직히 나는요, 냄새보다 등 뒤가 더 신경 쓰였거든요. 뒤에서 자꾸 이상한 기척이 느껴지는데 걔네는 뭣도 모르고 계속 냄새 타령인 거예요. 괜히 맨 끝에서 걷는 나만 뒤를 살피느라 정신없었다고요. 게다가 비까지 부슬부슬 내리는데 우리는 우산 하나 없었어요.

다행인 건 목적지가 멀지 않았다는 거예요. 걷는 내내 안개에 가려서 아무것도 안 보이더니 갑자기 잔잔한 수면이 눈앞에 나타났어요. 귀신 나온다는 그 저수지였죠. 혁중이 말대로 음산한 게, 뭔가 그럴 듯해 보이긴 했어요.

「원래 안개가 이렇게까지 끼냐? 아무리 물가라도 그렇지.」

분위기 때문인지, 용기 걔도 목소리가 소심해지더라고요. 녹슨 슈퍼 간판 아래, 앞서갔던 혁중이가 서 있었어요.

「여기인가 봐. 그 사람이 말한 데가.」

목소리가 어찌나 진지하던지, 하긴 누가 봐도 귀신 나올 것 같은 가게긴 했죠. 사람이 다니기는 하는지, 처마 곳곳에 거미줄이 늘어졌고요. 갈라진 문틀 사이로 벌레가 줄줄 기어다니고요. 유리창에는 먼지가 더덕더덕 쌓였더라고요. 혁중이가 가게 안을 들여다보려고 유리창에 얼굴을 바짝 들이밀었는데.

「히익! 뭐야!」

용기가 어깨를 붙잡는 바람에 놀란 혁중이가 소릴 지르며 자빠졌어요. 뒤에 있던 수현이가 혁중이를 잡아 일으켜 줬죠.

「뭘 그렇게까지 놀라?」

용기가 또 비웃으며 한마디 하데요. 혁중이는 입을 꾹 다물고 멍청한 얼굴로 서 있었어요. 그때 유리창에 친구들 얼굴이 비쳤는데 눈동자가 우왕좌왕 난리가 난 거예요. 나만 의젓하게 서 있으니까 그 자식들은 안 보는 척하면서 내 쪽을 힐끔대더라고요. 웃겼어요. 다들 태연한 척했으면서 사실은 엄청나게 겁먹었나 봐요.

「안에도 뭐가 있는데?」

수현이가 속삭였어요. 자세히 보니까 창 건너편, 어둠 속에서 뭔가 반짝거리는 거예요. 뭐였게요? 번들거리는 사람 눈깔 두 개였어요. 식겁했다니까요! 유리창을 사이에 두고 우리를 노려보는데, 백 살은 먹은 것 같은 할아버지더라고요. 머리털, 눈썹, 수염, 몸에 난 털이란 털은 전부 하얗고요. 꽉 짠 행주처럼 물기 하나 없이 말라비틀어진 게 꼭 죽은 사람 몸뚱이 같던데요. 그 할아버지 때문에 얼마나 놀랐는지 넷 다 그 자리에서 꼼짝도 못 했어요. 덜컹덜컹 소리를 내면서 슈퍼 문이 열리는 걸 보고만 있었다니까요.

「뭐야?」

할아버지 목구멍에서 카랑카랑한 쇳소리가 흘러나왔어요. 그렇게 듣기 싫은 소리는 처음이었어요. 그 할아버지는 늙은 사람치고 뼈대도 굵고 통이 컸어요. 깡마른 늙은이인데도 입구를 막고 서 있을 땐 조금 위협적이더라고요. 다들 어쩔 줄 몰라 하는데 그나마 겁 없는 용기가 나섰어요.

「…영업하세요?」

「보면 몰라?」

목소리만 그런 게 아니라 말투도 정말 짜증 나는 할아버지였죠. 사람을 어찌나 빤히 쳐다보는지, 바둑알만 한 눈동자가 너무 새까매서 꼭 깊게 뚫어놓은 구멍 같더라고요.

「근처에 민박집이 있다던데요. 혹시 어느 쪽으로 가야 하는지 아세요?」

이번에는 용기 말고 혁중이가 나섰어요.

「낚시하게?」

「그건 아니고요. 숙박할 거라서요.」

「여기야, 민박집.」

최악이라고 생각했어요. 솔직히 그렇게 불친절한 데에서 누가 자고 싶겠어요? 웃긴 건 할아버지도 전혀 반갑지 않은 표정이었다는 거죠.

「들어와.」

그런데 혁중이가 눈치 없이 할아버지를 따라 들어가는 거예요. 그 자식이 우리더러 빨리 오라고 눈짓하는데 등짝을 한 대 후려치고 싶었다니까요. 마지못해 줄줄이 따라 들어가는데 혁중이가 들릴락 말락 한 목소리로 그러는 거예요.

「다른 데가 없어. 민박집은 여기 하나래.」

용기랑 수현이가 차례로 한숨을 쉬었어요. 나도 그랬고요.

슈퍼를 가로질러 안쪽에 있는 작은 문으로 할아버지를 따라 나갔더니 마당 있는 작은 집이 나왔어요. 그건 조금 신기했어요. 밖에서 볼 때는 안쪽에 그런 데가 있을 줄 몰랐거든요. 마당 맞은편에 툇마루가 딸린 쌍둥이 방이 두 개 붙어 있더라고요.

할아버지가 말없이 손가락으로 오른쪽 방을 가리켰어요. 그 손가락은 뭐랄까, 죽은 나뭇가지 같았어요. 당장 껍질이 툭툭 벗겨져서 뼈가 드러날 것 같더라고요. 그런 손가락으로 우리 얼굴을 하나하나 짚는 거예요. 기분 진짜 별로였어요. 이상하잖아요? 고작 넷인데, 눈으로만 봐도 알 텐데 굳이 한 놈 한 놈 세는 게요. 또 어찌나 천천히 움직이는지 보다가 속 터지는 줄 알았다고요.

「저쪽 방 쓰라고요?」

혁중이가 쥐어 짜낸 듯한 목소리로 말했어요. 할아버지는 대꾸도 없이 손바닥을 펼쳐서 혁중이 얼굴 앞에 바짝 들이댔어요.

「아 숙박비요, 드릴게요. 얼마예요?」

혁중이가 허둥대며 꺼낸 지갑을 할아버지가 낚아챘어요. 그때까지 느릿느릿 움직이던 거랑은 완전 딴판이더라고요. 순식간에 오만 원짜리 두 장을 꺼내고는 볼일 다 봤다는 듯 가버리던데요. 혁중이가 뭐에 홀린 사람처럼 서 있는데 부슬부슬 내리던 비가 갑자기 주룩주룩 쏟아지는 거예요. 천둥 번개까지 요란하게요. 날씨까지 마음대로 안 되니까 내기고 뭐고, 슬슬 짜증 나더라고요.

「야, 일단 들어가자!」

수현이가 혁중이랑 용기를 방으로 잡아끌었어요. 어차피 여행 경비는 혁중이가 전부 대기로 한 거라서 크게 신경 쓰지는 않았는데요. 그래도 바가지 쓴 거 같아서 기분이 별로였어요.

긴장이 풀려서 다들 여기저기 기대앉았어요. 나도 용기랑 혁중이 사이에 앉았죠. 방은 밖에서 봤을 때보다 훨씬 넓더라고요. 우리 넷에, 짐까지 내려놓았는데도 자리가 남았으니까요.

「…이게 뭐야. 진짜로 뭐에 홀린 것 같아.」

혁중이가 젖은 안경을 옷으로 닦으며 웅얼거렸어요. 왜 그런지 잔뜩 풀 죽은 얼굴이길래 내가 물었죠.

「왜? 귀신 없을까 봐 걱정돼?」

대답은 안 했지만, 표정이 안 좋았어요.

「맛있는 거 사준다더니, 오늘 밥이나 제대로 먹겠냐?」

용기가 또 눈치 없이 밥 타령을 했어요. 그 말에 혁중이가 감정이 상했는지 저랑 용기를 곁눈으로 째려보더라고요.

「걱정하지 마, 안 굶겨. 대신 백만 원 내기 한 거 잊지 마. 나중에 딴소리하지 말라고.」

우리가 여기에 온 건 귀신 내기 때문이에요. 혁중이 그 녀석이 전부터 귀신 이야기에 빠져서 난리도 아니었어요. 친구들이 헛소리 말라고 하도 무시하니까 자존심이 상했나 봐요. 이번에 기절초풍할 데를 발견했다면서 자기가 여행 경비를 내겠다는 거예요. 그 대신 정말로 귀신을 보게 되면 각각 백만 원씩 내놓으라는 거죠. 개는 귀신 같은 게 진짜 있다고 믿어요. 우습죠? 그런 내기인데 안 할 이유가 없잖아요?

「여기에 귀신이 있겠냐? 있어도 저 할아버지 무서워서 진즉 도망 갔겠다. 혹시 저 할아버지가 귀신 아냐?」

용기가 놀리든 말든 혁중이는 못 들은 척 수현이에게 잡지 이야기를 꺼냈어요.

「여기 갈대밭에서 사람들이 귀신을 봤다고 했어. 잡지에 인터뷰 기사가 있었다고.」

얼마 전에 헌책방에서 우연히 잡지를 한 권 읽었대요. 발행된 지 한참 지난 옛날 잡지를요.

「그 헌책방, 아직도 거기 있냐? 귀신 나오는 골목, 거기 맞지? …옛날부터 귀신 보겠다고 거기서 한참 삐댔잖아?」

수현이 말에 혁중이가 고개를 끄덕였어요.

「맞아, 귀신 골목 그 헌책방. 거기서 읽었어. 십몇 년 전에 여름 특집으로 나온 기사더라고. 여기 슈퍼 사진도 있더라. 간판도 기사에서 본 그대로야.」

「거기 슈퍼 할아버지 사진은 없었냐? 십몇 년 전에도 똑같은 얼굴로 사진 찍혔으면 대박인데. 오 완전 무섭다.」

용기가 전혀 무서워하지 않는 말투로 말했어요. 혁중이가 용기한테서 아예 등을 돌려 앉았어요. 그리고 오래전에 자기 아버지한테 들은 거라면서 뜬금없이 이야기를 하나 더 꺼내더라고요.

「이건 우리 아버지 젊었을 때 얘기거든. 친구들이랑 여기 저수지에 밤낚시를 하러 왔었대. 어쩌다 잠깐 졸았는데 꿈결에 누가 자기 이름을 부르더라는 거야. 잠이 덜 깨서 해롱해롱한 상태로 '알았어, 지금 갈게'라고 대답했는데 갑자기 누가 뺨을 후려치더래. 그때 정신이 번쩍 든 거야. 깜짝 놀랐지. 허벅지까지 물속에 잠겨 있었거든. 나도 모르게 물속으로 걸어 들어간 거야. 지나가던 동네 주민이 놀라서 붙든 거고.」

혁중이 목소리가 가라앉았어요. 완전히 몰입해서 자기가 직접 겪은 것처럼 얘기하더라고요. 헛소리도 자꾸 들으니까 그럴듯해지는지 다 같이 진지한 분위기가 돼버렸어요.

「그날 동네 어른한테 엄청나게 혼났잖아. 누가 밤에 여기서 낚시하랬냐, 비도 오는 데 겁도 없다…. 어른 말씀이라 대거리도 못 하고 민박집으로 돌아왔는데, 친구 한 명이 없는 거야. 낚시 갈 때는 넷이었는데 돌아와 보니 셋인 거지.」

용기도 이번엔 조용했어요. 이야길 듣느라 그런 건 아니고 뭔가 딴 생각을 하는 것 같았지만요.

「밤새 갈대밭을 뒤졌어. 하지만 모두 알고 있었지. 물속을 뒤져야 한다는 걸. 속으로는 그렇게 생각했지만 차마 입 밖으로 말을 못 뱉겠는 거야. 그건 친구가 죽었단 얘기니까. 다음 날 결국 잠수부가 와서 저수지를 수색했는데 물속에서 시체가 세 구나 나왔어.」

건져 올린 시체 중에 애타게 찾던 친구도 있었대요.

「이 얘기 아무도 안 믿어줬거든. …아버지도 얘기하면서 자꾸 꿈꾼 것 같다고 그랬으니까. 그날 모든 기억이 선명하지 않더래. 저수지를 가득 채운 안개도. 자길 부르던 목소리도. 친구가 그렇게 죽은 것도 다 현실 같지 않은 거지. 그런데 그 저수지 이야기가 잡지에 실린 거야!」

혁중이한테는 미안한 말이지만요. 나는 그때 혁중이가 조금 이상했어요. 어쨌든 아버지가 해준 이야기잖아요. 자기가 겪은 것처럼 흥분하는 게 좀 우습더라고요. 물론 혁중이한테는 말 안 했어요. 생각나는 대로 다 뱉을 순 없죠. 나는 용기랑 다르거든요.

「저수지에 빠져 죽은 사람이 갈대밭에서 목격됐대. 살아 있는 사람처럼 다가와서 말을 걸었다는 거야. 젊은 남자가 지나가던 주민 앞에 나타나서 자기 친구들이 어디에 있는지 물었다고 기사에 쓰여 있더라.」

「그게 귀신인 줄 어떻게 알았대?」

「…방금 물속에서 나온 것처럼 온몸이 젖어 있었대. 같이 걷는 내내 그 남자 몸에서 비린내 나는 물이 뚝뚝 떨어져 바닥까지 줄줄 흘렀다는 거야.」

혁중이 말로는 도중에 다른 이웃을 만나지 않았다면 인터뷰한 그 사람도 어떻게 됐을지 모른다네요.

「동네 사람이 봤다는 귀신 옷차림이 이십 년 전에 죽은 …우리 아버지 친구랑 똑같아.」

왜인지 방 안 분위기가 침울해졌어요.

「그 귀신은 왜 여길 못 떠난 거야? 자기만 죽어서 억울했대?」

수현이 목소리가 떨리더라고요. 걔도 혁중이의 이상한 이야기에 너무 빠져든 것 같았어요.

「나도 몰라. 그게 죽은 친구가 맞는지도 모르겠어. 어떤 고약한 게 옷만 주워 입고 죽은 사람을 흉내 내는 건지도 모르지.」

살짝 웃음이 나오려는 걸 참았어요. 혁중이는 그렇다 쳐도 수현이 까지 너무 진지하니까 조금 웃기더라고요.

「그냥 흔해 빠진 물귀신 얘기야.」

용기가 단번에 분위기를 깼어요. 걔도 정말 질리지 않아요? 생각을 매번 입 밖으로 쏟아낼 필요는 없잖아요. 친구들이 진지하게 이야기하는데 태도가 그게 뭐냐고요. 나처럼 그냥 듣기만 하던가. 그렇게 트집이나 잡을 거면 여기 오지 말았어야죠. 매번 지랄하니까 혁중이가 무안해하잖아요. 풀죽은 혁중이를 보니까 부아가 났어요. 나도 모르게 벌떡 일어났죠. 용기한테 한마디 하려고요. 그런데 애들 셋이 나를 빤히 보니까, 막상 말이 안 나오는 거예요. 우물쭈물하는데 때마침 밖에서 맛있는 냄새가 났어요.

「어디서 고기 냄새 안 나냐?」

친구들이 굳은 얼굴로 왜 저러냐는 듯이 쳐다봤어요. 억울하더라고요. 나는 조용히 있다가 겨우 말 한마디 한 건데 용기랑 똑같은 사람이 됐잖아요.

「아니 내 말은….」

해명하려는데 갑자기 방문이 활짝 열렸어요. 언제 해가 졌는지 밖은 깜깜했고요. 어둠 속에 할아버지가 밥상을 들고 서 있더라고요. 노인네가 양은 밥상을 던지듯 마루에 내려놓는 바람에 상위의 그릇이랑 쇠젓가락이 우당탕, 소리를 냈어요. 그리고 우리를 쳐다보며 무뚝뚝하게 말했죠.

「먹어.」

묵직한 놋 주전자랑 김이 모락모락 나는 양푼이 눈에 들어왔어요. 그럼 그렇지, 분명히 맛있는 냄새를 맡았다니까요. 삶은 토종닭 두 마리가 통째로 양푼에 들어가 있었어요. 음식 냄새를 맡으니까 갑자기 허기지더라고요. 얼른 고기를 욱여넣고 싶은데 할아버지가 그대로 서서 우릴 내려다보는 거예요. 왜 안 가지? 생각하고 있는데 이번에는 수현이 그 자식이 눈치 없이 노인네를 붙들잖아요.

「저기, 할아버지! 여쭤볼 게 있는데요.」

그 할아버지, 기다렸다는 듯이 마루에 걸터앉데요. 눈에서 뭔가 번쩍, 빛난 것 같았는데, 또 나만 예민한 건지 다들 신경도 안 쓰더라고요.

「여기 갈대밭에서 귀신 나온다는 얘길 들었거든요?」

「귀신? 시답잖은 소리 하고 자빠짓네.」

할아버지가 수현이 뒤에 어색하게 앉아 있는 우리를 쳐다봤어요. 왜 너까지 나대냐고, 속으로 수현이를 얼마나 욕했는지 몰라요. 할

아버지의 입술이 한참 뒤에 꿈틀댔어요.

「귀신이 아니고.」

「귀신이 아니면 뭐예요? 사람이에요?」

혁중이가 끼어들었어요. 할아버지가 노기 띤 눈으로 혁중이를 쳐다봤어요. 나는 그 순간, 노인네가 입을 벌려서 혁중이를 꿀꺽 삼키는 상상을 했어요. 말도 안 되는 소리인 거 아는데요. 거기 앉아서 그 살벌한 눈을 직접 쳐다보면 생각이 달라질걸요?

할아버지가 말했어요.

「사람 거죽 입었다고 다 사람인 줄 아냐?」

그러고는 웃었어요. 온몸의 털이 쭈뼛 섰다니까요. 목구멍을 긁어대는 듯한, 정말 정말 정말! 듣기 싫은 소리였다고요.

「정도껏 놀아야지. 감히 여기가 어디라고 찾아와?」

할아버지가 일어서서 우리를 내려다봤어요. 다가앉으려던 혁중이가 당황해서 목을 움츠렸어요.

「그거나 처먹고 얌전히 꺼져.」

그 말을 할 때 늙은이 표정이 묘했어요. 재밌어하는 얼굴이었는데, 다시 생각해 보니까 우릴 비웃은 것 같기도 하네요. 하지만 혁중이는 내기 때문에 귀신한테만 정신이 팔려있었어요.

「만약에 사람이 아닌, …그거랑 만나면 어떻게 해요?」

「아는 체 말어.」

할아버지가 다시 무서운 얼굴을 했어요.

「절대 아는 체 말고 그냥 있어.」

할아버지가 쪼르르 앉아 있는 우리를 한 명씩 노려보며 말했어요.

「말 걸어와도 대답하지 말어. 말 섞다가 그대로 끌려 들어가니까.」

그 말만 하고 할아버지는 가버렸어요. 그때는 눈앞의 고기 때문에 깜빡 모르고 넘어갔는데요. 그 노인네, 쓸데없이 겁만 잔뜩 줘놓고는 귀신도 아니고 사람도 아닌 그것이 무엇인지 결국 말 안 해줬네요.

「일단 먹자. 배고파 죽겠어!」

허기져서 미치겠는데 젓가락을 쥐는 사람이 없는 거예요. 께름한 얼굴로 서로 눈치만 봤죠. 나는 그냥 집어 먹었어요. 할아버지가 말은 못되게 해도 고기는 잘 삶던데요? 뽀얀 살코기가 어찌나 야들야들한지 몇 번 안 씹었는데 목구멍으로 꿀떡 넘어가더라고요. 혁중이가 천천히 먹으라는 듯이 주전자에 든 술을 따라줬어요.

「너도 먹어, 맛있어. 먹을 만하다니까!」

백만 원, 그 돈 생각에 혁중이는 입맛이 없었나 봐요. 고기는 쳐다도 안 보고 주전자를 내려놓더라고요. 아, 그 술도 엄청나게 달았는데!

「가위바위보로 정하자.」

「뭐라고?」

볼에 고기를 잔뜩 욱여넣으면서 혁중이를 쳐다봤어요.

「귀신 보러 가는 순서, 가위바위보로 정하자.」

「귀신 아니라잖아.」

웃자고 한 말인데 또 아무도 안 웃데요?

「십 분 간격으로 출발하는 거야. 갈대밭을 쭉 돌아서 낚시터에서 다시 만나자. 낚시 푯말 있는 데까지 가면 돼.」

「그냥 다 같이 가면 안 돼?」

수현이가 말했어요. 그놈도 은근히 겁을 집어먹었는지 말투가 어색하더라고요.

「혼자 있는 사람 앞에만 나타난다잖아. 다 같이 가면 무슨 소용이야?」

「야야, 그냥 빨리하자. 진 사람이 먼저 가는 거야. 가위바위보!」

용기가 재촉했어요. 고기를 씹어 삼키면서 나도 얼른 오른손을 내밀었죠. 내 주먹 앞에 보자기가 세 개 있더라고요.

「아! 왜 나야?」

내 억울함은 신경도 안 쓰고 셋이 계속 가위바위보를 하더라고요. 자기 일이 아니라는 거죠. 나, 용기, 수현이, 혁중이 순으로 정해졌어요. 귀신! 귀신! 노래하던 혁중이가 마지막이라니, 못마땅하잖아요.

「귀신 보고 싶다고 지랄 한 건 너잖아. 왜 네가 맨 나중이야?」

무안했는지 대답 없이 딴 데만 보는 거 있죠? 그 녀석의 귀신 타령은 오늘로 끝이에요. 먼저 갈 용기도 없는 주제에 어딜 나불대냐고요. 그래 놓고 나를 재촉했다니까요.

「비 그쳤을 때 나가야 하지 않을까?」

「나 아직 덜 먹었어!」

진짜 열받더라고요. 제일 먼저 나가는 것도 서러운데, 몇 입 먹지도 못하게 하니까요. 조금이라도 더 입에 쑤셔 넣으려고 허겁지겁 삼키는데 다들 빨리 나가라는 듯이 쳐다보는 거예요.

「간다, 가!」

먹던 고기를 내려놨어요. 그렇게 눈치를 주는데 어떻게 버텨요? 할 수 없이 축축한 신발 속으로 발을 밀어 넣었죠. 비는 완전히 그쳤더라고요. 비가 계속 왔으면 그 핑계로 좀 더 눌러앉았을 텐데, 꼼짝없이 가야겠더라고요.

「십 분 뒤에 꼭 출발해. 만약에 너희들 늦게 나오면 진짜 가만 안 둔다!」

속으로 '의리 없는 놈들, 두고 보자!' 그러면서 쪽문을 열었어요. 들어올 때처럼 슈퍼를 통해야 했거든요. 나가는 길이 그거 하나더라고요. 슈퍼는 아직, 영업시간인지 불이 켜져 있었어요. 할아버지는 어딜 갔는지 안 보였고요. 그 늙은이 또 보기 싫었는데 다행이었죠.

낡은 문을 조심스럽게 여닫고 밖으로 나왔어요. 어두운 길을 혼자 걸으려니까 버스정류장에서처럼 오싹한 기분이 들더라고요. 비는 그쳤지만, 안개는 여전했고요. 진짜 뭐가 튀어나오는 건 아닐까, 신경 쓰였어요. 지금 비웃은 건 아니죠? 그쪽도 종일 귀신 이야기를 들어봐요. 오만가지 상상을 하게 된다고요.

아무튼 갈대밭 사잇길을 걸으면서 숨을 자리를 찾았어요. 얄미운 놈들 제대로 놀려주려고요. 마땅한 데가 없어서 할 수 없이 우거진 갈대 사이에 들어가 앉았어요. 그놈들 놀라 자빠질 걸 생각하니까 기분이 조금씩 나아지더라고요. 그런데 아무리 기다려도 소식이 없는 거예요.

바람이 불 때마다 갈댓잎이 사방에서 사부작대는데 그 소리를 듣고 있으니까, 생각이 복잡해졌어요. 나는 왜 여기 혼자 있지? 혹시 나를 속였나? 아니, 그럴 리 없잖아요. 혁중이는 정말 귀신을 보고 싶어 했다고요.

문득, 겁이 났어요. 친구들이 귀신도 아니고 사람도 아니라는 그것을 만났으면 어쩌지 싶은 거예요. 마음이 어수선해서 못 참겠더라고요. 장난이고 뭐고 일어나서 힘껏 친구들 이름을 불렀어요.

「혁중아아! 용기야아! 수현아아!」

몇 번을 불러도 대답이 없었어요. 여기 길은 하나뿐이랬으니까 서로 어긋날 일은 없잖아요? 다들 오지 않는 게 아니라 올 수 없게 된 것은 아닐까, 걱정됐어요. 돌아가서 확인해야겠더라고요. 아무리 생각해도 그 슈퍼 할아버지가 너무 수상한 거예요. 귀신도 아니고 사람도 아닌 것, 누가 봐도 그 할아버지 아니에요? 그걸 이제 깨닫다니, 두고 온 친구들 생각에 가슴이 답답하더라고요.

내가요, 그때부터 죽을힘을 다해 뛰었거든요. 왔던 길로 되돌아가면 될 줄 알았는데요. 아무리 뛰어도 슈퍼가 안 나와요. 걷다 뛰고, 걷다 뛰고…. 그걸 몇 번이나 반복했는지 몰라요. 그러다 그쪽을 만난 거예요.

나는 내 친구 용기만큼 겁이 없는 편이에요. 그런데 지금은 너무 무섭네요. 지금도 봐요. 우리 같이 한참을 걸었는데 아직도 갈대밭에 서 있잖아요.

이제 더는 할 이야기가 없다. 줄곧 나 혼자 떠들었고 남자는 여전히 내 등 뒤에 있다. 말하는 중에 몇 번이나 뒤를 힐끔댔는지 모른다. 그래 봤자 얼핏 보이는 거라고는 얌전히 걷고 있는 옅은 그림자와 타들어 가는 빨간 담뱃불뿐이다. 남자는 아무 짓도 하지 않는데, 왜 내 마음은 불편한 걸까.

"어떻게 생각해요? 지금 들은 얘기요."

역시 대답이 없다. 화가 난다. 제깟 게 뭔데 나를 이렇게 불편하게 하는 거지? 언제까지 이렇게 걷기만 해야 하냐고!

놈은 여전히 입을 꾹 다물고 발소리만 내고 있다. 이러고 있을 때가 아닌데, 시간을 끌다 슈퍼 늙은이한테 친구들을 뺏기면 정말 되돌릴 수 없게 된다. 녀석들 걱정에 결심이 섰다. 저놈이 귀신이든 사람이든 한번 붙어 봐야겠다.

남자의 숨소리에 집중했다. 기회를 잘 살펴야 한다. 의외로 별거 아닐지도 몰라. 체격은 좋아 보이지만 그래 봤자지.

"믿기 힘든 얘기죠?"

또 말이 없다. 이번에도 대답하지 않으면 뒤돌아 남자의 머리를 후려칠 것이다.

"귀신도 아니고 사람도 아니면 대체 뭐…!"

말을 다 뱉기도 전에 남자의 뜨거운 입김이 목덜미에 닿더니 내 몸뚱이가 날아올랐다. 남자가 나를 들어 올려 갈대밭으로 던져 버린 것이다. 엄청난 힘이었다. 떨어진 충격에 하마터면 소리를 지를 뻔했다. 내동댕이쳐진 몸을 재빨리 일으켜 세웠다. 마디마디가 덜걱덜걱 소리를 내며 흔들렸다. 꺾인 팔에 금이라도 갔는지 쨍한 통증에 정신이 나갈 것 같다. 갈대가 빼곡하지 않았다면 벌써 박살 났을 것이다.

그래, 저것이구나. 귀신도 아니고 사람도 아닌 것! 나는 갈대밭에 그대로 몸을 숨겼다. 섣불리 움직일 수 없었다. 조금만 움직여도 갈댓잎이 들썩대며 나를 알릴 테니까.

놈은 내가 보이지 않겠지만 내 눈에는 놈이 태우는 담뱃불이 선명하게 보인다. 아직도 담배를 입에 물고 있다니 너무 얕보인 것 같아 기분이 나쁘다. 그런데 새빨간 담뱃불을 보고 있으니까, 정신이 몽롱해진다. 손톱만 한 담뱃불이 어둠 속에서 이글대며 타올랐다. 담뱃불이 저렇던가? 그러고 보니 한참 전부터 담배 타는 냄새가 나지 않는다. 말도 안 돼. 그럼, 저기서 뻘겋게 타오르는 건 뭐란 말이야?

담뱃불이 나를 향해 빠르게 날아온다. 무슨 일인지 깨닫기도 전에 우악스러운 손이 갈대숲을 가르며 튀어나와 내 목을 움켜쥐었다. 포악한 손가락은 아무리 쥐어뜯어도 내 목을 놓지 않는다. 놈에게 짓눌려 그대로 갈대밭에 쓰러졌다. 그리고 보았다. 담뱃불이라 여겼던 것은 남자의 한쪽 눈이었다. 분명 사람의 얼굴을 하고 있는데 그 불타는 눈 하나는 사람의 것이 아니다.

"왜 이래요? 나한테 왜 이러냐고!"

목이 졸린 채 겨우 뱉어낸 말에 남자가 웃었다. 아니, 입이 벌어져 웃는 것처럼 보일 뿐 눈동자는 증오로 가득 차 있다. 그는 여전히 내 목을 조르면서 혐오스럽다는 표정으로 나를 내려다봤다. 남자가 속삭였다.

"너잖아. 귀신도 아니고 사람도 아닌, 이 한심한 도깨비야."

남자의 머리 위로 갈대가 흔들린다. 너잖아. 너 맞잖아. 서걱대는 소리가 꼭 나를 비웃는 것 같다. 슈퍼 할아버지의 듣기 싫은 목소리가 떠올랐다.

'정도껏 놀아야지. 감히 여기가 어디라고 찾아와?'

'그거나 처먹고 얌전히 꺼져.'

그건 나에게 한 말이었구나. 남자의 붉은 눈동자가 무섭게 이글거린다. 남은 한쪽, 까만 눈동자에 실망한 눈빛이 스쳐 지나갔다. 나의 무엇이 남자를 실망하게 한 걸까? 물으면 말해줄까? 남자의 손에 힘이 들어간다.

따각.

나는 내 목이 부러지는 소리를 들으며 죽는다. 불편하다. 정말 불편한 밤이다.

⁎⁎

철수가 숨을 헐떡이며 갈대밭에서 몸을 일으켰다. 언제 할퀴었는지 손등과 손목에 깊게 팬 상처가 여러 개다. 찢어진 상처에 핏물이 흘렀다. 철수가 인상을 찌푸리며 마른 수건을 꺼내 지혈했다.

짓밟혀 쓰러진 갈대 위에 남은 것은 깨진 백자 조각이었다. 원래 모습을 알 수 없을 만큼 박살 나 버렸다. 철수는 가방 속에서 피가 묻지 않은 다른 수건을 꺼내 바닥에 펼치고 그 위에 깨진 조각을 모두 주워 담아 단단히 묶었다.

멀리 슈퍼의 불빛이 보였다. 도깨비가 죽기 전까지 눈에 보이지 않던 것이다. 짙게 깔렸던 안개도 순식간에 사라졌다. 잠시 망설이던 철수는 슈퍼 반대 방향으로 걷기 시작했다. 얼마 가지 않아 낚시터 푯말이 모습을 드러냈다. 도깨비와 함께 걸었다면 끝나지 않았을 길이었다.

슈퍼에 있던 그 노인이 저수지 한복판에 발을 담그고 서서 뜰채로 죽은 물고기를 건져내고 있다. 얼핏 이상할 것 없는 장면이었지만, 그가 서 있는 곳은 사람을 여럿 잡아먹은 수심 깊은 저수지다. 그는 철수 쪽으로 고개 한 번 돌리지 않고 친한 척 말을 건넸다.

"그놈 결국 뒈졌구먼. 축하해. 몇 년 허탕 치더니 결국 잡아 죽였네."

카랑카랑한 목소리가 새까만 저수지의 수면 위로 울려 퍼졌다.

"자기가 뭔지도 모르고 여태껏 떠돈 가엾고 불쌍한 놈."

"뭐가 불쌍해? 사람을 수없이 죽였는데."

철수의 목소리가 싸늘했다.

"그거야 악의로 그랬겠나? 그놈은 그냥 사람이 좋았던 거야. 사람이 물속에 들어가면 죽는다는 걸 몰랐던 게지. 좀 모자란 놈이라니까."

"그 불쌍한 놈을 죽였으니 이제 네놈이 달려들 건가?"

"내가 왜? 그놈 때문에 이 고생을 하는데!"

노인이 죽은 물고기 한 마리를 저수지 변으로 집어 던졌다. 살이 썩어 뭉개진 물고기가 철수의 발끝 가까이 떨어졌다. 역한 냄새에 철수가 얼굴을 찌푸렸다.

"그놈 냄새가 어찌나 고약한지, 물고기를 죄다 죽여놔서 낚시꾼들이 안 와. 살던 사람들도 다 떠났다고. 덕분에 장사가 안돼서 얼마나 고생하는지 몰라. 에잇 잘 죽었다. 잘 죽였어! 이거 은혜를 어찌 갚아야 할지 모르겠네."

비꼬는 말투다.

"나도 도왔다는 걸 잊지 말게. 머리는 조금 모자란 놈이었지만, 일대를 안개로 채울 만큼 재주가 좋은 놈이었다고. 내가 그놈 배불리 처먹이지 않았으면 자네가 그렇게 쉽게 이겨 먹었겠어?"

노인이 철수를 가만히 살피더니 피식 웃으며 말했다.

"아, 쉽진 않았구나?"

철수는 코를 벌렁대는 노인에게서 한걸음 물러섰다. 철수의 피 냄새가 노인을 자극하고 있었다. 이곳에 더 남아 있을 이유가 없다. 철수가 묶어 놓은 수건을 꺼냈다. 노인이 질색하며 소리를 질렀다.

"그건 왜 꺼내? 설마 여기에 도로 넣으려는 건 아니지?"

말이 끝나기도 전에 수건 뭉치가 풍덩 소리를 내며 물속으로 들어갔다. 노인은 못마땅한 얼굴로 고개를 흔들었다.

"성격 참 지랄 맞네."

"저거 원래 뭐였지?"

"알아서 뭐 하게? 죽어 쓸모도 없는 거."

"대답이나 해."

노인이 눈을 흘겼다.

"한 칠십 년 됐나? 예쁜 처녀가 품에 안고 와서 물속에 던져 버리더구먼. 눈물 콧물 질질 빼가며 서럽게 울길래 가까이는 못 가고 숨어서 보기만 했지."

노인은 그날을 떠올리듯 눈을 가늘게 떴다.

"처녀가 가고 나서 보니까 사람 뼈가 들었더라고."

"저게 유골함이라고?"

"허접한 사기그릇 같은 거였는데. 뭐, 뼈 그릇으로 쓰게 된 사연이 있겠지. 원래 사람 일이 복잡하잖아? 백 년도 못 채우고 가는 것들이 구구절절 사연만 많지."

철수는 수건 뭉치가 사라진 수면을 바라보았다. 이미 깊숙이 가라앉았을 것이다.

"단단히 봉해진 게 아니니 뼈도 자연스럽게 흩어졌겠지. 언젠가부터 그놈이 물 밖으로 기어 나와 대신할 것을 찾더라고."

"대신 품을 뼈를 찾았단 말이야?"

"그랬는지 어쨌는지 아무도 모르지. 다만 사람들이 너무 열심히 시체를 건져내서 말이야. 그놈 딴에는 겨우 하나 구해다 놓을 때마다 매번 빼앗긴 셈이지."

철수가 코웃음을 쳤다.

"웃기지도 않네. 시체를 하나 넘겨줬으면 이 사달이 안 났다는 거야?"

"나도 모른다니까."

철수의 한쪽 눈동자가 다시 붉게 타올랐다.

"민박집에 남은 사람들 무사히 돌려보내. 만약에 허튼짓하면….."

"자네가 다시 오겠지. 그건 정말 싫구먼."

뜰채를 어깨에 멘 노인이 허리를 폈다.

"그건 그렇고 자네는 뭘 그렇게 찾아다니나?"

"너랑 상관없는 거."

그 말을 던져놓고 철수는 뒤돌아섰다. 늙은 도깨비가 천천히 거리를 좁히고 있다는 걸 알고 있었다.

"그런데 말이야. 자네도 각오하고 있겠지?"

철수는 대답하지 않았다. 그는 부지런히 걸어서 노인에게서 멀어질 뿐이다. 노인이 철수의 등에 대고 소리쳤다.

"오늘을 잊지 마시게! 내가 세상을 오래 구경해서 아는데 결국 돌고 돌아오더라. 남의 것을 깨뜨렸으면 내 것도 박살 날 각오를 해야 한다고. 뭐든 그대로 돌려받는다니까. 그때는 울면서 후회해도 늦어!"

철수의 모습은 이제 어둠에 파묻혀 보이지 않았다. 노인은 철수가 떠난 방향으로 팔을 크게 휘저으며 소리쳤다.

"잘 가! 다시는 오지 말어!"

노인은 다시 뜰채를 손에 쥐고 죽은 물고기를 건져내기 시작했다. 한동안 첨벙대는 물소리만 저수지 주변에 울려 퍼졌다. 일을 끝낸 노인이 허리를 폈다. 고요한 수면 위에서 잠시 생각에 잠겼던 그는 주머니에서 작은 병을 하나 꺼냈다. 그 속에 담긴 술을 저수지에 쏟아부으며 노인이 말했다.

"자네도 잘 가게."

노인은 남은 술 한 모금을 제 입에 털어 넣고 첨벙첨벙 물을 밟으며 저수지 밖으로 나왔다. 어느새 날이 밝으려 했다. 죽은 물고기를 등에 진 노인은 서둘러 갈대숲으로 걸음을 옮겼다.

＊＊＊

민박집에 남은 누구도 음식에 손대지 않았다. 중혁이 못 먹을 것

대하듯 밥상을 멀리 치워두었다. 중혁은 모든 게 꿈 같았다. 그것이 눈앞에 앉아 게걸스레 고기를 씹어 삼키던 모습이 특히 그랬다. 현수와 기용도 오늘 겪은 일의 충격에서 벗어나지 못한 듯 멍한 눈동자가 각기 다른 데를 향하고 있다.

개구리 우는 소리가 시끄럽게 밤을 채웠다. 바람이 방문을 흔들 때마다 셋 다 흠칫 놀란 얼굴을 했다. 문밖에 그것이 서 있을까 봐 작은 기척에도 온 신경을 쏟는 중이었다. 한여름 더위에도 방안에는 서늘한 냉기가 감돌았다. 정말로 그런 것인지 두려움에 눌려 더위를 못 느끼는 것인지 알 수 없었다.

중혁이 무심결에 크게 숨을 토했다. 그 소리에 방 안의 긴장이 깨진 듯 현수와 기용의 표정이 조금 풀어졌다. 기용이 친구들에게 속삭이듯 물었다.

"언제 알았냐?"

"나는 슈퍼 들어가기 전에. 기절하는 줄 알았어. 유리에 비친 그림자가 넷이더라고."

중혁이 끔찍하다는 듯 말했다. 기용은 자신이 중혁의 어깨에 손을 올렸을 때 그가 소리를 지르며 바닥에 주저앉던 것을 떠올렸다.

"그거 버스정류장에서부터 따라붙었어. 동민이 옷 입은 남자가 갑자기 뒤에 서 있더라고."

이번에는 현수가 말했다. 이십 년 전에 죽은 동민이를 다시 만난 줄 알고 하마터면 소리를 지를 뻔했단다. 덜덜 떨리는 손을 기용의 어깨에 올리는 것으로 위기를 모면했다.

"얼굴이 다르더라고."

현수의 말에 기용이 씁쓸히 웃었다. 기용은 친구들보다 한참 늦게 알았는데 노인이 숙박비를 채가기 전, 방 앞에서 한 명씩 손가락으로 셀 때였다. 말라붙은 손가락 끝을 눈으로 따라가다 비로소 그것을 보았다.

"슈퍼 할아버지 말이야. 그게 우리 옆에 있다고 알려주는 것 같지 않았나?"

기용이 몸을 부르르 떨었다. 그때부터 기용은 그것이 친구들에게 가까이 가거나 말을 걸 때마다 일부러 더 툴툴대며 신호를 보냈다. 그것은 주로 말을 많이 하는 중혁에게 관심을 보였다.

세 사람은 조금 전까지 친구를 죽인 원수와 살을 부딪치며 같은 공간에 있었다는 게 믿기지 않았다. 기용이 다시 소곤댔다.

"이런다고 정말 동민이 한이 풀어질까?"

입술을 잘근잘근 깨물던 중혁이 천천히 고개를 끄덕였다.

"어쨌든 복수는 했잖아."

중혁은 이십 년 전, 물 밖으로 끌어올려지던 동민의 시체를 떠올렸다. 죽은 친구는 알몸이었다. 그때는 물살에 옷이 모두 벗겨진 줄 알았지만, 아니었다. 그것이 자기 몸에 걸칠 요량으로 벗겨간 것이다.

중혁을 포함한 세 친구는 범죄를 의심하기도 했다. 수영을 잘했던 동민이 그깟 낚시터에서 빠져 죽다니 믿기지 않았다. 그러나 마을 주민은 물론 경찰들도 하나같이 잊으라는 말만 되풀이했다. 오랜 세월, 사람을 잡아먹어 온 저수지라고 했다. 스무 살 치기로 하지 말라는 밤낚시를 한 너희 잘못이라는 소리까지 들었다.

이십 년이 지난 지금까지 중혁은 한순간도 친구를 잊은 적이 없다. 죄책감 때문이었다. 귀신이 부른 건 자신이었는데, 동민이가 대신 물속으로 끌려 들어갔다는 생각을 지울 수 없었다.

중혁이 오랜만에 귀신 골목의 헌책방을 찾은 이유는 귀신이 궁금해서가 아니었다. 그곳은 학창 시절 동민이와 자주 갔던 추억의 장소였다. 옛 모습 그대로인 헌책방에 들어서니 친구를 잃기 전, 그리운 시절이 생각나 마음이 헛헛했다. 다만 기억 속의 머리가 새하얗던 사장님 대신 키가 크고 마른 남자가 계산대에 앉아 있었다. 그는 중혁과 비슷한 또래로 보였다. 남자가 계산대에 펼쳐 놓은 잡지 기사에 하필 눈이 갔던 것은 우연이었을까.

저수지, 낚시터, 줄 이은 익사 사고. 눈에 익은 갈대밭 사진에 마음이 철렁 내려앉았다. 중혁이 잡지에서 눈을 못 떼자, 계산대의 남자가 말없이 읽던 잡지를 양보하듯 밀어주었다. 잡지를 받아 든 중혁의 손이 떨렸다. 십몇 년 전의 기사였다. 귀신을 목격했다는 지역 주민의 인터뷰가 실려 있었다. 목격담 속에 죽은 친구가 있었다. 두꺼운 야상점퍼에 검은색 반바지, 물에 빠졌던 날 동민이 입었던 옷이었다. 위아래 계절이 다르다고 종일 놀려댄 기억이 있다.

'괜찮으세요?'

중혁이 불안해 보였는지 헌책방의 남자가 말을 걸어왔다. 그의 눈동자를 보니 뭐든 털어놓고 싶어졌다. 중혁은 가슴에 묻어뒀던 잃어버린 친구의 이야기를 쏟아냈다. 기용과 현수를 제외하고는 아무도 모르는, 누구도 믿어주지 않을 이야기였다. 믿을 수 없는 이야기라며 비웃을 줄 알았는데 남자는 뜻밖에도 관심을 보였다.

'혹시 도깨비에 대해서 들어본 적 있어요?'

오히려 남자가 더 믿기지 않는 이야기를 들려줬다.

'친구의 원한을 갚고 싶지 않아요?'

허무맹랑한 이야기였다. 게다가 그 저수지에 다시 가라니 끔찍한 소리 하지 말라며 남자에게 화를 냈다. 며칠 뒤 중혁은 오랜만에 친구들을 만나 헌책방에서의 일을 전했다.

'우리 제발 그냥 잊고 살자.'

기용이 질린다는 얼굴로 말했다. 현수도 비슷한 반응이었다. 하지만 새벽까지 이어진 술자리 끝에 두 사람은 솔직한 속내를 들려주었다. 지금껏 죄책감에 짓눌려 온 것은 중혁만이 아니었다. 기용과 현수도 동민의 마지막 모습을 지우지 못한 채 꾸역꾸역 살아왔음을 고백했다. 세 사람은 술기운에 이상한 제안을 한 헌책방 남자에게 전화를 걸었다. 마침 토요일이었고 술이 깼을 때는 이미 달리는 고속버스 안이었다.

중혁은 헌책방 남자의 이야기를 모두 믿지는 않았다.

'도깨비라니. 그건 호랑이가 담배를 피우던 시절 같은, 그냥 옛날

이야기잖아.'

하지만 여기까지 온 마당에 뭐라도 해보자는 마음이 들었다. 어떤 이들은 억울한 망자를 위해 무당을 불러 굿도 하는데, 허무하게 잃어버린 친구를 위해 이 정도도 못 할까? 그리고 세 사람의 친구들은 죽은 친구 행세를 한다는 그것을 직접 눈으로 확인하고 싶었다. 사람이든 사람이 아닌 어떤 것이든 친구를 모욕하게 둘 수는 없었다.

버스에서 내린 순간부터 동민의 친구들은 약속대로 스무 살, 그때로 돌아간 듯 행동하려 애썼다. 불혹의 나이에 기억도 가물가물한 시절을 흉내 내는 것은 생각보다 어려워서 다들 말을 아껴야 했다.

세 사람은 미끼였다. 그것을 불러내기 위해 아웅다웅 다투는 척 정보를 흘렸다. 이십 년 전에 나눴던 대화를 어설프게 재연하며 안개로 가려진 시골길을 걸었다.

'서로 진짜 이름은 부르지 마세요.'

책방 남자 말로는 그것이 이름을 불러 사람을 홀린다기에 서로 이름을 뒤집어 부르기로 했다. 중혁은 혁중이가, 기용은 용기가, 현수는 수현이 되었다. 어려서 했던 장난이라 그리 어렵지 않았다.

'민박집에서 주는 것은 아무것도 먹지 마세요.'

어차피 식욕이 돋는 상황이 아니었다. 그것이 이십 년 전 동민이가 입었던 옷을 그대로 걸치고 눈앞에 앉아 있었다. 젖은 옷과 머리카락에서 구린내를 풍기는 더러운 물이 뚝뚝 떨어졌다. 견디기 힘든 악취가 코를 찌를 때마다 물속에서 건져지던 죽은 친구의 퉁퉁 부은 몸뚱이가 떠올랐다. 사는 곳도 물에 빠진 날도 제각각인 세 구의 시체가 모두 알몸이 되어 엉켜있었다. 잊으려 해도 잊을 수 없는 끔찍한 장면이었다.

가짜 내기를 해서 그것을 갈대밭으로 보내는 게 책방 남자와 한 약속이었다. 그 '도깨비'라는 것은 절대로 내기를 거절하지 않는다고 했다.

'간다, 가.'

놈이 몸을 일으켜 밖으로 나갈 때까지 세 사람은 일이 틀어질까, 가슴을 졸였다. 그것이 밖으로 나가고 뒤이어 옆방 문이 덜컹거리더니 검은 가방을 등에 멘 남자가 밖으로 나왔다. 남자는 책방에서 봤을 때와 다른 분위기를 풍겼다. 그때도 기운이 서늘한 사람이었지만, 오늘은 비교할 수 없는 서릿발 같은 살기를 내뿜고 있었다.

'이제 방문 닫고 조용히 계세요. 혹시 저게 다시 와서 문을 열어달라고 해도 절대로 열어주지 마시고요.'

짧은 당부를 남기고 남자는 그것을 쫓아갔다. 이제 중혁은 헌책방 남자도 의심스러웠다.

'저런 걸 혼자서 어쩌겠다는 거야?'

저 사람도 사람이 아닌 걸까, 중혁은 두려워하며 밤을 보냈다. 밤새도록 그들의 가짜 이름을 불러대는 그것의 목소리가 메아리쳤다. 세 사람은 그 끔찍한 목소리에서 도망치고 싶었다.

"지금 또 들렸지? 이름 부르는 소리."

현수가 속삭였다. 벌써 열 번째 메아리였다. 세 사람은 자리에 앉아 각각 제 손바닥만 들여다봤다.

마지막 외침이 들리고 세 시간이 지났다. 중혁이 방문을 열었을 때는 동이 터오는 새벽이었다. 중혁이 일어나 마당으로 나갔다. 어둠이 물러갈수록 마음이 편해졌다. 기용과 현수도 중혁의 옆에 서서 떠오르는 해를 바라보았다.

"동민아, 잘 가!"

세 친구 모두 눈물을 쏟았다. 이십 년 전에 잃어버린 친구를 향한 늦은 작별 인사였다.

목소리 이야기

*

큰무당은 오늘도 자리에 안 계시나요? 내가 전할 말이 있어 그러
는데요. 또 혼자서 훌쩍 떠났다는 말이군요. 여태 소식이 없다니 그
건 걱정이네요. 아무리 대단한 무당이라도 껍데기는 약해빠진 늙은
이잖아요. 귀신이나 상대할 줄 알지, 사람이 덤비면 별수 있나요?
아, 말이 심했네요. 설마 그대로 일러바치지는 않겠지요?

아니, 그렇게까지 할 필요는 없고요. 그 이야기가 맞는지 확인만
해줬으면 해요. 예인당이 기이한 이야기를 모은다는 거 말이에요.
진짜인가요? 누가 전한 말인지는 묻지 말고요. 내가 남을 고해바치
는 그런 고약한 사람이 아니란 거 알잖아요? 어쨌든 몇몇이 나불나
불 입소문을 내고 다니던데, 사실이라면 내 이야기를 잘 들었다가
큰무당께 전해주세요. 지금껏 어떤 이야기를 들었든 간에 내 이야기

만 한 게 없을 거랍니다.

어느 한갓진 동네의 점쟁이 이야기예요. 감히 예인당 어르신에 비할 순 없겠지만요. 보통 용한 것이 아니랍디다. 선녀님 소리를 들어가며 몇십 년을 한 곳에서 자리를 지키는데, 사진 한 장만 들고 가면 산 사람인지 죽은 사람인지 말해준다네요. 지금껏 단 한 번도 빗맞힌 적이 없대요.

그러니 콧대가 얼마나 높을까요? 금덩이를 가져다 바쳐도 얼굴 한 번 제대로 보여주지 않는다잖아요. 겨우 얼굴을 훔쳐본 사람들이 자랑삼아 여기저기 말하고 다니는 모양인데요. 이야기를 들을수록 나는 그 여자가 너무 소름 끼치고 사람 같지 않다는 생각이 들더란 말이에요. 글쎄 거기 선녀님이요. 녹의홍상 입은 어린 새색시 모습으로 어두운 방 안에 앉아 있는데 아무리 세월이 흘러도 그 모습이 늙지를 않는다는 거예요.

* *

"죽었네. 진즉에 비명횡사했다."

영감님이 내게만 들리는 소리로 말했다. 사람이 죽었다는데 목소리에 기쁨이 묻어났다. 벽 너머의 여자 손님이 끙끙 앓는 소리를 낸다. 기다리기 지루하다는 항의 표시다. 나는 최대한 예의를 갖춰 점괘를 전했다.

“돌아가셨어요. 오래전에 땅속에 묻혔답니다.”

“아이고, 아이고.”

답을 들은 여자가 곡소리를 냈다. 웃는 건지 우는 건지 알 수 없는 소리다.

“동생이 죽었다는데 저리도 좋아하는구나.”

영감님이 까르르 웃었다.

“거참, 불쌍하다. 그 애 맞아 죽었구나. 뒷배 없는 계집애라고 만만히 여겼어. 하루가 멀다고 두들겨 패는구나. 이불 덮고 패고 묶어놓고 패고 가둬놓고 패고 길바닥에서 패고….”

아, 듣기 싫어. 사람이 어떻게 죽었는지, 읊어대는 소리에 구역질이 올라온다. 그러나 여자에게는 영감님 목소리가 들리지 않는다. 여자는 너머에 있는 것이 나뿐인 줄 알고 고맙다느니 비싼 값을 한다느니 따위의 말을 계속 떠들어댔다. 벽을 사이에 두고 안팎에서 듣기 싫은 소리를 줄줄이 내뱉으니, 듣는 내 귀가 썩을 것 같다.

“어쨌든, 고년이 증말 죽었단 거지요? 확실허지요?”

더는 말하지 않으련다. 여자의 앙칼진 목소리는 너무 커서 듣고 있자니 머리가 울린다.

“아이고! 선녀님 덕분에 지가 인자 발 뻗고 자겠네요. 살날이 십 년 아니 이십 년은 늘으난 것 같애요!”

동생의 죽음은 그토록 반기더니 저는 오래 살고 싶은가 보다. 사진 속의 사람은 정말로 여자의 친동생일까? 여자는 오래전에 헤어진 피붙이가 어떤 삶을 살았는지 묻지 않는다. 이런 사람에게도 가족이 있다니 억울한 기분이 든다.

"근데요, 선녀님. 오해 없이 들어줬으면 좋겠는데요. 만약에 고년이 살아 있으믄 이미 바친 금괴는 어쩌지요? 아까워 이러는 게 아니고요."

그럼 그렇지. 저런 진상이 얌전히 나갈 리가 있나. 내 침묵에 용기를 얻었는지 여자의 목소리에 힘이 들어갔다.

"선녀님, 이리 가까이 와보세요. 어두워서 뵈는 게 하나 없네. 아이, 이것도 인연인데 얼굴이라도 보고 가게요."

덜컹거리는 소리가 들리는 걸 보니 또 그 안으로 손을 집어넣은 모양이다. 이 방에는 출입문이 없는 대신 손바닥만 한 구멍이 하나 있다. 손님은 점을 보기 전에 무조건 그 구멍으로 금괴를 하나 집어넣어야 한다. 그러라고 뚫어놓은 구멍이니까. 하지만 사람들은 다른 유혹을 참아내지 못하고 매번 구멍에 손을 집어넣고 만다. 던져 넣은 금괴를 되찾고 싶거나, 목소리만 들려주는 선녀의 옷자락이라도 만져보고 싶은 것이다. 구멍 뒤, 새카만 어둠 속에 무엇이 있는지 알지도 못하면서.

"아니, 그렇잖아요. 선녀님 얼굴도 안 뵈주시고 걔가 죽었다고만 말씀하시믄, 아무래도 믿기가 어렵지요. 제가 여기 찾아오는 데만도 을매나 고생을 했는지, 그것까지 들으시믄요. 이르케 야박허게는 못 하십니다."

돈 아깝다는 말을 길게도 한다. 나는 꼭두각시라 영감님처럼 죽고 사는 일은 알 수 없다. 하지만 이것 하나는 알겠다. 저 아줌마, 곧 꽥꽥대며 도망칠 거야.

"에구머니! 이게 뭐야!"

재빨리 양 손바닥으로 귓구멍을 틀어막았지만, 늦었다. 날카로운 목소리가 먼저 귓속을 비집고 들어왔다. 구멍에 집어넣은 여자의 손을 영감님이 움켜잡은 것이다. 차갑고 축축하고 더러운 기분이겠지. 정체를 모르니 징그럽고 섬뜩할 거야. 내가 그랬듯이 당신도 미칠 것 같겠지.

"살려주세요! 제발요, 잘못했어요!"

웃는 것 못지않게 우는 소리도 가관이다. 겨우 팔을 뺀 여자가 요란을 떨며 도망간다. 여기저기 부딪히는 모양인지 쿵쾅대는 소리가 계속된다.

나는 눈을 떴다. 그런다 한들 캄캄한 세상이 밝아질 리 없지만, 새까만 허공을 도화지 삼아 여자의 모습을 그려보았다. 목소리가 꽤 울림이 있었으니까, 흉통이 넓은 사람이려나. 앉을 때 쿵, 소리가 난 것도 같은데 살집이 있겠지. 살찐 손가락에 주렁주렁 어울리지 않는 반지를 끼고 비싸기만 한 꼴사나운 가방을 손에 들었을 거야. 여자가 데굴데굴 구르고 넘어지는 모습을 실제로 보는 것 같다.

사람들은 내 목소리를 듣고 어떤 얼굴을 상상할까. 이제는 내 얼굴이 잘 기억나지 않는다. 눈이 먼 채로 이 방에 들어앉은 지 삼 년이 지났다. 나는 여기, 출구 없는 방에 갇혀 있다.

삼 년 전 그날, 나는 고등학교 입학을 앞둔 어린애였다. 가족이라고는 태어날 때부터 엄마뿐이었다. 우리는 꽤 잘 지냈고 엄마도 그런 줄 알았다.

엄마가 운전하는 차를 타고 식당에 가던 중이었다. 뒷자리에 앉은 나는 기분이 좋지 않았다. 조수석을 아저씨에게 빼앗겼기 때문이다. 그 남자가 싫었다. 그에게서 풍기는 싸구려 스킨 냄새가 싫었고 엄마 없이 둘만 있을 땐 딴 사람처럼 변해버리는 음흉함이 싫었다. 엄마를 부르는 느끼한 목소리도 늘 반짝거리던 구두도 일부러 내 이름을 틀리게 부르는 여우 같은 짓도 전부 싫었다.

"우리 미영이가 오늘은 왜 이렇게 말이 없지?"

"아이참, 자기야! 우리 딸 이름, 미영이 아니라니까."

"아아, 그렇지! 아저씨가 미안해."

'재수 없어.'

차 안에서 웃지 않은 건 나뿐이었다. 둘이 깔깔대는 소리가 천박하게 들렸다. 그게 내가 기억하는 사고 전 마지막 순간이다. 버스와 부딪혔다는데 전혀 기억이 없다. 눈을 떴을 때 나는 병원 침대에 누워 있었고 한쪽 팔에 깁스를 한 엄마가 울고 있었다.

"엄마 울지 마. 나 괜찮아."

몸을 일으킬 수 없을 정도로 어지러웠지만, 엄마를 위해 어렵게 웃어 보였다. 엄마는 눈물을 멈추지 않았다.

"괜찮긴 뭐가 괜찮아? 너 눈 잘못됐대!"

한쪽 눈은 이미 기능을 잃었고 나머지도 장담할 수 없다고 했다. 믿어지지 않았다.

병원 복도에서 자꾸 넘어졌고 하루에 한 번씩 헛손질로 컵을 깼다. 검사만 몇 번을 했는지, 수술대에 오르는 날이 자꾸 미뤄졌다. 가망이 없다는 이야기를 들었을 때도 별로 와 닿지 않았다. 그때도 눈물을 쏟은 사람은 엄마뿐이었다.

종교가 없던 엄마가 밤마다 십자가를 손에 쥐었다.

"제발 그 사람을 살려주세요."

나를 위한 기도가 아니었다.

"그날 운전대를 잡은 내 잘못입니다! 가정 있는 남자를 만난 내 잘못이에요!"

엄마는 내가 들어서는 안 되는 이야기까지 서슴없이 쏟아냈다. 내가 귀까지 망가졌다고 착각하는 것 같았다. 엄마의 기도를 들을수록 우울해졌다. 엄마의 기도 속에 나는 없고, 의식이 돌아오지 않는 아저씨만이 엄마를 간절하게 했다. 그때가 내 인생에서 가장 불행한 순간인 줄 알았다.

한밤중에 엄마가 먹다 남긴 소주병을 품에 숨기고 몰래 집 밖으로 나왔다. 우리 집은 빌라의 네 번째 층, 꼭대기 집이었다. 난간을 잡고 한 칸씩, 바닥을 확인하며 내려가야 했다. 계단을 내려가는 것조차

쉽지 않게 되었다.

바람이 흐트러뜨린, 긴 머리카락을 손가락으로 쓸어 넘겼다. 밖에 나오니 숨이 트였다. 살 것 같았다.

빌라 현관 계단에 앉아 소주를 마셨다. 처음에는 한 모금 삼키기도 힘들더니 이제는 그럭저럭 마실 수 있게 됐다. 집에 쌀은 떨어져도 술이 떨어지는 날은 없었다. 술에 중독된 엄마 덕분이다. 술기운이 돌면 복잡한 생각이 사라졌다. 눈앞의 움직이는 모든 게, 흐릿하지만 예뻐 보였다. 가로등 불빛도 그 아래 하늘거리는 나뭇잎도 보기 좋았다. 조용한 골목을 덤덤히 걸어가는 늙은 개도 사랑스러웠다. 동네 아이들이 보살핀다는 흰색 털을 가진 유기견이었다.

"멍멍아, 이리 와."

손까지 뻗었지만 늙은 개는 들은 체 만 체하며 종종걸음으로 사라졌다. 조용한 골목에 나 혼자 남았다. 다시 머릿속이 복잡해졌다.

'고등학교는 어쩌지…. 그래도 졸업은 해야 하는데…. 일 년 늦게 가면 왕따 당하는 거 아냐…. 엄마가 계속 저러면, 나 어떡해….'

친구들은 고등학생이 되었지만 나는 아직 학교에 갈 수 없었다. 엄마는 학교가 문제가 아니라고 했지만, 흐릿하게나마 한쪽 눈이 보일 때라 절망적인 생각은 하지 않았다.

소주병을 거의 비웠을 때였다. 골목 끝에 서 있는 전봇대 아래에서 무언가 꿈틀대는 것을 보았다. 몸을 웅크린 어떤 사람이 하얀 물건을 움켜쥐고 몸을 들썩댔다. 제대로 보이지 않았지만, 그래서 더 기분 나쁜 광경이었다.

'저게 뭐지?'

내가 관심을 보이자 갑자기 움직임이 멈췄다.

'사람 맞나? 아닌 것 같은데.'

컸다. 사람으로 보기에는 너무 컸다.

'왜 가만히 있지? 분명히 움직였는데?'

심장이 요동쳤다. 못 본 척 일어나고 싶은데 몸이 말을 듣지 않았다. 조금 전까지 예쁘게만 보이던 골목 풍경이 모두 징그럽게 느껴졌다. 바람이 불었다. 녹슨 쇠 비린내 같은 게 코에 스쳤다.

'저게 사람이 아니면 뭔데?'

나도 모르게 손에 힘이 빠져 소주병을 놓치고 말았다. 바닥에 떨어진 유리병이 시끄러운 소리를 내며 굴러갔다. 잠자코 웅크렸던 것이 벌떡 일어섰다. 커다란 그림자 속에 박힌 두 개의 붉은 점이 내 쪽을 향했다.

'뭐야? 저거!'

손으로 입을 틀어막고 뒷걸음질 쳤다. 계단을 오르며 몇 번이나 넘어졌는지 모른다. 집 안에 들어가서도 쓰레기통에 치이고 탁자 모서리에 무릎을 부딪쳤다. 방으로 들어가 문을 잠그고 이불을 뒤집어썼지만, 진정되지 않았다.

"왜 그래 너? 미쳤어? 드디어 미친 거야?"

잠에서 깬 엄마가 방문을 두드리며 화를 냈다. 그때는 엄마가 화를 내든 말든 상관없었다. 내가 뭘 봤는지 깨달았기 때문이다. 그것이 움켜쥐고 있던 건 개였다. 전봇대 아래를 지나던 불쌍한 개가 괴물에게 산채로 뜯어먹혔다.

다음 날, 아무리 눈을 깜박여도 아침이 오지 않았다. 의사는 스트레스로 인한 일시적인 현상인지, 돌이킬 수 없는 실명 상태인지 조금 더 두고 보자고 했다.

너무 깜깜해서 아무것도 할 수 없는 밤이 이어졌다. 나는 계속 밤이었는데 다른 사람들은 해가 뜨고 지는 하루를 온전히 살고 있었다. 내 불행에 적응하느라 불쌍한 개를 떠올릴 겨를이 없었다.

하루, 아니 이틀이 지났을 때였다. 나는 방에 혼자 멀뚱히 앉아 있었다.

"흐흑, 망했어! 다 망가졌다고!"

방문을 닫아도 엄마가 우는 소리를 틀어막을 수 없었다. 차라리 기도가 낫겠더라. 엄마는 정신을 놓아버린 것 같았다. 종일 술을 마시거나 욕을 하거나 울거나 잠들었다. 지금은 눈물을 쏟아내는 시간이었다.

"제발, 그만 좀 울어! 듣기 싫다고!"

끌어안고 있던 베개를 내던졌을 때 엄마의 울음소리가 뚝, 끊겼다. 두드러기가 돋은 듯 온몸이 간질거렸다. 엄마가 술에 취해 우는 것보다 집 안을 떠도는 고요함이 더 무서웠다.

'내가 문을 잠갔나?'

술에 취한 엄마가 방에 들어오는 건 싫었다. 더듬더듬 바닥을 짚으며 기어가 문고리를 잡았다. 잠긴 걸 확인하고 돌아서려는데 갑자기 불어온 바람에 차가운 밤공기가 방으로 밀려들었다.

'창문을 열어놨나? 그것도 닫아야겠다.'

그때 코에 닿은 바람에서 쇠 비린내가 났다.

"찾았다."

섬뜩한 목소리가 말했다. 멀리서 중얼대듯 선명하지 않은 목소리였다.

"누구세요?"

잊고 있던 장면이 떠올랐다. 늙은 개를 물어뜯던 커다란 그림자, 빛나던 두 개의 눈. 가로등 아래에 있던 괴물이 벽을 타고 올라와 나를 찾아냈다. 끔찍한 괴물이 창문을 통해 내 방에 들어왔는데 이 집에는 나를 보호해 줄 사람이 없었다.

"배고파."

목소리가 한걸음 가까워졌다. 개의 목덜미를 잔인하게 물어뜯었을 커다랗고 징그러운 입이 머리에 그려졌다.

"배고프다고."

목소리가 귓가에 닿았다. 차갑고 딱딱한, 커다란 거미 다리 같은 것이 내 얼굴을 더듬었다.

"…살려…주헤…요."

근육이 굳어 입도 잘 벌어지지 않았다. 차가운 손가락 같은 게 입술을 건드렸다. 얼굴에 경련이 일었다. 그때 문밖의 엄마가 다시 울음을 터뜨렸다.

"우와, 맛있겠다."

아직 문고리를 잡고 있던 내 손을 얼음처럼 차가운 손이 감싸 쥐었다. 손에 힘이 들어가지 않았다. 괴물이 내 손을 덧잡은 채, 그대로 문고리를 돌리려 했다.

"안 돼! 하지 마!"

나도 모르게 소릴 질러버렸다. 턱이 멋대로 떨리면서 이가 부딪혀 닥닥닥닥닥닥 소리를 냈다. 겁이 났다.

'내가 미쳤나 봐.'

사나운 이빨이 당장 피부를 뚫고 들어올 것 같았다. 그날 밤, 골목의 개처럼 산 채로 뜯어먹히긴 싫었다. 두려움에 눈물이 쏟아졌다.

"큭큭큭큭큭!"

괴물이 웃는 소리와 엄마의 통곡 소리가 기괴한 화음을 만들어 냈다. 아무것도 모르는 엄마를 구해야 한다는 마음과 살고 싶은 욕망이 뒤엉켰다.

"배고파 죽겠는데 나더러 어쩌라는 거야?"

마치 기다렸다는 듯이, 어떤 사람의 이름이 내 입에서 튀어나왔다.

"박형준이라는 사람이 있어요…!"

빠르게 말을 뱉어내는 목소리는 내 것이 아닌 듯 낯설었다. 그가 지금 어디에 어떤 상태로 누워 있는지, 어떻게 생겼는지, 어째서 나와 엄마 대신 죽어야 하는지를 망설임 없이 쏟아냈다. 일은 내가 저질러놓고 키득대는 괴물의 웃음소리에 마음이 갈기갈기 찢겼다. 손에 닿았던 차가운 감촉이 스르르 사라졌다. 둔탁한 발소리가 들리고 이내 정적이 흘렀다.

'갔나? 정말 갔을까?'

손을 휘저으며 방을 뒤졌다. 창문은 아직 열려 있었다. 목덜미를 타고 땀이 흘러내렸다. 지독한 꿈을 꾸는 것 같았다. 숨이 제대로 쉬어지지 않아 답답해 죽을 것 같은데 문밖의 엄마는 여전히 울고 있었다. 화가 났다. 이 와중에 엄마라는 사람의 머릿속에 오직 그 남자밖에 없다는 것이 분했다.

'이럴 때가 아니야. 빨리 도망가야 해.'

나는 벽을 더듬으며 엉금엉금 거실로 나갔다.

"엄마!"

내 목소리는 엄마가 서럽게 우는 소리에 묻혀버렸다. 울음소리를 따라 엄마에게 팔을 뻗었다. 엄마의 가냘픈 어깨가 손에 잡혔다.

"엄마! 제발 정신 차려!"

"뭐, 뭐야?"

놀란 엄마가 울음을 멈췄다. 잔뜩 취해서 발음도 어눌했다.

"엄마 우리 빨리 도망가자. 그 아저씨 곧 죽을 거야."

"뭐라고?"

"그만 울라고! 그 아저씨 죽을 거라니까! 일단 여기서….."

순간 몸이 휘청이더니 정신이 아찔해졌다. 나는 균형을 잃고 바닥에 주저앉았다. 엄마가 내 뺨을 후려친 것이었다.

"…너, 너! 너! 그런 소리 하는 거 아니야!"

엄마가 내 머리끄덩이를 우악스럽게 움켜잡았다.

"이 못된 년! 어디서 그런 소릴 해? 그 사람이 죽을지 살지 네가 어떻게 알아!"

'당연히 알지. 내가 그 괴물한테 우리 대신 그 아저씨 잡아먹으라고 했으니까!'

떼어내려 할수록 엄마는 내 머리채를 더 세게 움켜쥐었다. 머리 가죽이 뜯겨 나갈 것처럼 아팠다. 엄마를 이해할 수 없었다. 앙다문 어금니 사이로 웃음이 새어 나왔다.

"웃어? 너 정말 미쳤구나?"

쨍한 침묵이 이어졌다. 그때 엄마는 어떤 표정을 짓고 있었을까? 웃을 때 소녀처럼 예뻤던 엄마의 얼굴이 떠올랐다. 엄마는 내가 진짜 미쳤다고 생각했을까? 아니면 무섭다고 생각했을까? 엄마는 거실 바닥에 엎어진 나를 버려두고 어딘가로 전화를 걸었다.

"뭐라고요?"

엄마가 갑자기 비명을 지르며 뛰어나갔다. 현관문이 큰 소리를 내며 열리고 닫혔다.

'그 아저씨 정말 죽었나 봐.'

아저씨가 죽은 것도, 엄마가 나를 때린 것도 믿기지 않았다. 일어서려 했지만, 다리에 힘이 들어가지 않았다.

"네 엄마 어디 가니?"

괴물이 속삭였다.

'다시 왔구나. 우리도 마저 잡아먹으려고.'

둔탁한 발소리가 현관을 향했다. 엄마를 따라가려나 보다. 하필 내가 눈이 멀어서, 하필 그날 술을 들고 집 밖에 나가서, 하필 늙은 개를 불러서 모두 잡아먹히게 된 것이다.

"저 그날 아무것도 못 봤어요. 정말이에요."

벌써 엄마를 쫓아 나갔는지, 집 안에서는 아무 소리도 들리지 않았다.

"나 눈 안 보여요, 진짜예요! 보고 싶어도 못 본다고요!"

그것이 벌써 엄마를 잡아먹었을까 봐 두려웠다.

"시키는 거 다 할게요. 차라리 날 잡아먹어요. 우리 엄마는 살려주세요. 제발요! 제발 엄마는 살려주세요!"

죽어가는 개를 모르는 척하고 아저씨를 괴물에게 팔아먹은 건 나니까, 엄마 대신 내가 잡아먹혀야 했다. 다급하게 팔을 허우적거렸지만, 아무것도 손에 잡히지 않았다.

"큭큭큭큭큭!"

언제 왔는지 괴물이 등 뒤에서 웃고 있었다. 차갑고 축축한 것이 손등을 타고 올라왔다. 소름이 끼칠 만큼 끔찍했지만, 입술을 깨물어 참아냈다. 내게는 괴물을 뿌리칠 자격이 없었다. 그날 나는 온기

없는 괴물의 손에 붙들려 천천히 집 밖으로 걸어 나왔다.

그게 내 마지막 외출이다. 나는 삼 년째 여기에 갇혀 있다. 당장 살점을 물어뜯길 줄 알았는데 불행히도 아직 살아 있다.

괘종시계가 세 번 울렸다. 이어 달각대는 소리가 들린다. 영감님이 구멍을 막는 소리다. 손님이 떠나면 가차 없이 구멍이 막힌다. 막힌 구멍은 무슨 짓을 해도 내 힘으로는 열리지 않았다.

나는 다시 이불에 들어가 몸을 웅크렸다. 사람과 대화하는 시간은 아주 잠깐이다. 주로 잠을 자며 시간을 보낸다. 처음에는 끊임없이 잠이 쏟아지는 게 이상했지만, 이제는 상관없다. 눈꺼풀이 내려앉으면 손님이 밖에서 말을 걸어도 자고 싶다는 생각밖에 들지 않았다.

"벌써 자니? 밖을 봐. 아직 한낮이잖아."

"저는 볼 수 없잖아요."

"그렇지. 내가 깜박 잊었네."

영감님이 재미있다는 듯이 웃었다. 놀리려고 저러는 것이다. 눈꺼풀이 내려앉고 몽롱한 기분에 빠져든다. 괴물의 못된 손이 슬며시 이불 속을 파고들었다. 차가운 감촉이 발목에 닿자 번뜩 정신이 들었다. 당장 발목이 뼈째로 우두둑, 뜯겨 나갈 것만 같다.

"…아아, 배가 고프다, 나는 너무 배가 고파."

이불 속에서 영감님이 중얼거렸다. 사이사이 입맛 다시는 소리도 들린다. 이 괴물이 나를 먹으려고 데려왔단 사실을 잊지 않고 있다.

가죽이 벗겨진 채 접시 위에 올려진 듯한 기분이다. 탐욕스러운 손가락이 종아리를 타고 치마 속 허벅지까지 벌레처럼 기어오른다. 나도 모르게 다리를 버둥거렸다.

"싫어요!"

살점이 뜯겨 나가기 전에 내가 할 수 있는 일이 있을까? 바들거리는 내 몸뚱이는 너무 나약하다. 차가운 손이 발버둥 치는 내 손목을 잡아끌었다.

"놔! 이거 놔! 놓으라고!"

숨이 잘 쉬어지지 않았다. 헐떡이며 겨우 숨을 토해내는데 괴물이 잡았던 손목을 놓아주며 소리를 질렀다.

"이년이 진짜, 짜증 나게!"

큰소리로 성질을 부렸지만, 더는 몸을 더듬지 않는다. 오늘도 죽을 날은 아닌 모양이다.

영감님에게 업혀 이 방에 들어온 날부터 기묘한 겨루기가 반복되고 있다. 힘으로는 막을 수 없는 상대인데 울며불며 기를 쓰면 이상하게 물러선다.

'쓸모가 있어서 아직 잡아먹지 않는 건가?'

놈이 마음만 먹으면 그게 언제든 나는 죽겠지. 지긋지긋한 시간을 끝내고 싶으면서도 차가운 손이 몸에 닿을 때마다 발버둥 치는 걸 보면 나는 아직 살고 싶은가 보다.

저 괴물은 사람에게 얼굴을 보이는 걸 끔찍이 싫어해서 나를 여기에 데려다 놓은 것 같다. 밖에 누가 찾아오면 숨어서 내게만 들리는 목소리로 점괘를 일러줬다. 어쩌다 모습을 훔쳐본 사람들은 비명을 지르며 도망갔다. 도대체 어떻게 생겼길래? 딱 한 번, 전봇대 아래 있을 때 흐릿하게나마 모습을 봤지만, 그 기억을 떠올리려 할 때마다 불쌍하게 죽은 개 생각이 나서 고통스럽다. 어차피 볼 수도 없는 괴물의 얼굴 따위 생각하고 싶지 않다. 징그럽거나 아니면 더 징그럽겠지.

"네 엄마는 새서방을 찾았더라?"

소리를 질러 밀어냈더니 심통을 부린다. 제 마음처럼 굴지 않으면 협박하듯 엄마 이야기를 꺼내는 게 저 괴물의 못된 버릇이다.

"어디서 또 비슷하게 생긴 놈을 데리고 왔더라. 음흉하고 색기 흐르는 그런 것. 변태 같은 것."

내게 한복을 입히고 영감님이라고 부르게 하는 주제에 누구더러 변태라는 거야.

"포동포동한 사내아이도 낳았고."

쩝쩝, 입맛을 다시는 소리에 머리끝이 쭈뼛 일어섰다.

"너는 까맣게 잊었더라. 누구 덕에 사는 줄도 모르고."

이불 속에서 괴물이 떠나기를 기다릴 뿐, 나는 아무 대답도 하지 않았다. 살을 쓰다듬는 차가운 손가락만큼 엄마 이야기를 듣는 것도 끔찍하다.

한참을 떠들던 소리가 멈췄다. 밖으로 나갔을까? 이 방에는 문이 없는데 괴물은 어디로 드나드는 걸까? 생각해야 하는데 잠이 쏟아진다.

한 시, 괘종시계 소리에 눈을 떴다. 새벽일 수도 한낮일 수도 있다. 사방은 고요했고 괴물의 기척이 없으니 일단 마음이 놓인다. 잠든 사이 차가운 손가락이 다시 와서 입맛을 다시며 몸을 더듬었대도 몰랐을 것이다. 생각하니 구역질이 났다.

바닥을 더듬어 몸을 일으켰다. 조금 배가 고픈 것도 같다. 여기서 지내는 동안 무엇을 먹은 기억이 없다. 계속 잠이 쏟아지니 어제와 오늘도 구분되지 않는다. 그나마 시계 소리 덕분에 시간이 가고 있다는 건 안다.

손에 잡히는 딱딱한 것은 금덩이다. 이 방에는 셀 수 없이 많은 금덩이가 각종 쓰레기와 함께 바닥에 굴러다닌다. 점을 보러 온 사람들이 투덜대지 않았다면 나는 이게 금인 줄도 몰랐을 것이다. 그 괴물은 탐욕스럽다. 금을 열심히 모으고 있지만 어디에 쓰는 줄은 모르는 것 같다. 나가기 전에 꼭 하나는 손에 들고 가야지. 나갈 수 있다면 말이지만.

조심스럽게 벽을 짚고 서서 손이 닿는 곳을 살피기 시작했다. 기운은 없지만 천천히 움직이면 괜찮을 것이다. 계속 잠이 쏟아지니 조금이라도 정신이 들었을 때 나갈 구멍을 찾아야 한다. 괴물이 드나들 때, 바깥 공기가 안으로 들어오는 느낌을 받았다. 분명 어딘가 숨겨둔 문이 있다.

똑똑똑.

소리에 놀라 벽에서 손을 뗐다. 밖에서 누군가 벽을 두드리고 있었다. 점을 보러 온 사람인가? 아닐 것이다. 괴물 없이 혼자 사람을 만난 적은 없었다.

"저기요, 거기 누구 없습니까?"

한 발짝 뒤로 물러섰다. 분명 사람의 목소리였다. 몸이 떨리고 심장이 쿵쾅거렸다. 급하게 벽을 더듬어 막아둔 구멍 쪽으로 기어가 귀를 갖다 댔다.

"왜 문이 없지?"

어른 남자의 목소리였다. 머릿속이 얼음을 가져다 댄 듯 싸늘해졌다.

'혹시 밖에 누가 와도 괜한 짓 말아라. 그거 사람 아니야. 안에 금이 있다는 걸 알면 너를 찢어 죽일 거다. 금도 다 가져갈 거고.'

겁박하던 괴물의 목소리가 떠올랐다. 여기저기를 한참 더 두드리던 남자가 중얼거렸다.

"이게 뭐지?"

덜컹덜컹, 벽이 흔들리더니 손 하나가 불쑥 들어와 내 손목을 잡았다. 나는 놀라서 소리도 지르지 못하고 바둥거렸다. 남은 손으로 할퀴고 때려봤지만, 낯선 손은 더 단단하게 내 손목을 그러쥐었다.

'너를 찢어 죽일 거다.'

몸속의 피가 죄다 얼어붙는 기분이었다.

"…살려주세요!"

"괜찮아요. 진정하세요."

울먹이며 내지른 소리에 남자가 당황한 목소리로 말했다. 서러운 마음에 눈물이 쏟아졌다. 남자는 가만히 우는 소리를 듣고 있었지만, 그렇다고 손목을 놓아주지는 않았다.

"살려주세요. 제발요."

떨리는 목소리로 사정했다. 구멍으로 방 안을 다 들여다봤을까? 바닥에 쌓인 금덩이를 봤다면 큰일이다. 어두워 보이는 게 없다던 손님들의 투정이 생각났지만, 혹시 모를 일이다.

"살려줄 테니까, 내 얘기를 좀 들어봐요. 그 안에 혼자 있어요? 다른 건 없어요?"

금덩이가 아주 많이 있지. 역시 금을 노리고 온 것일까, 혼란스럽다. 그때 괘종시계가 두 번 울렸다. 지금이 새벽인지 낮인지 나는 모른다.

"소, 손을 놔줘야 믿죠. 밖에 시계를 좀 봐요. 이 시간에 갑자기 찾아와서 이러는데 어, 어떻게 믿어요?"

"시계요?"

더 얕보이고 싶지 않았지만, 마음과 달리 목소리가 파들파들 떨렸다. 잠깐 말이 없던 남자가 슬며시 손을 놓아주었다. 다시 잡히지 않으려고 후다닥 뒤로 물러났다.

"밤에는 그것도 같이 있어요?"

질문의 의미를 모르겠다. 괴물을 말하는 걸까? 남자의 정체를 모르니 무슨 말을 해야 할지 모르겠다.

"저기요. 지금이 낮이에요? 밤이에요?"

이번에는 남자가 대답 없이 가만히 있었다. 방금까지 무서워 어쩔 줄 몰라 해놓고 이제는 그가 가버릴까, 겁이 났다.

"…한낮이에요. 비가 조금 오는데 이따가는 더 내릴 것 같아요."

그러고 보니 구멍을 통해 들어오는 공기에서 비 냄새가 난다. 잠에서 깨어난 것처럼 몽롱하던 머리가 맑아졌다.

"꼭 꺼내 줄게요. 조금만 기다려요. 대신 그놈이 오면, 아무 일 없는 척하면서 붙들고 있어 줄래요? 그럴 수 있겠어요?"

잠시 대답을 기다리던 남자가 한숨 소리를 냈다. 나도 뭐라고 말을 하고 싶었지만, 입만 벙긋댈 뿐 소리가 나오지 않았다. 손끝에 닿은 금덩이 때문에, 남자를 믿어야 할지 확신이 서지 않았다.

"억지로 무리하지는 말고요. 다시 올게요."

덜컹거리는 소리가 들리더니 이후 사방이 고요해졌다. 손을 뻗어 구멍을 만져보니 괴물이 막아둔 그대로였다. 그 사람은 이걸 어떻게 열었을까? 무슨 수를 써도 열리지 않던 구멍이었다. 역시 그것도 사람이 아니었을까? 잡혔던 손목이 욱신거렸다. 심장이 터질 것 같았다. 남자가 손목을 잡았을 때, 사람의 체온이 느껴졌다. 차갑고 거칠거칠한 괴물의 기괴한 손이 아니라 따뜻하고 부드러운 사람의 손이었다. 더는 잠이 오지 않았다.

예상대로 괴물이 날뛰었다. 짐승처럼 쿵쿵 소릴 내며 방 안을 돌아 다니는 괴물의 발소리보다 내 심장 소리가 더 크게 느껴졌다.

"진짜 아무 일 없었다고?"

"잠만 잤어요. 정말 왜 이러세요?"

"저기 구멍이 열렸는데 아무 일도 없었다고?"

"구멍이라니요?"

괴물에게서 서늘한 기운이 느껴졌다. 나는 바닥에 앉아 졸린 척 하품했다. 멍한 표정을 유지하려고 애썼지만, 속으로는 들킬까 봐 조마조마했다.

"그럼, 이 멍은 뭔데?"

괴물이 내 손목을 붙들었다.

"영감님이 잡아끌었잖아요. 힘이 이렇게 센데, 당연히 멍이 들죠."

영감님이라 부르니 목소리가 조금 누그러졌다.

"그럼, 이 냄새는 뭔데?"

"무슨 냄새요?"

"네 손에서 어떤 새끼 냄새가 나잖아!"

딱딱한 것이 이마를 스치고 지나갔다. 괴물이 바닥에 있던 금덩이를 집어 던진 것이다. 머리가 흔들릴 정도로 아프고 놀랐지만, 담담한 척 말해야 했다.

"누가 왔다 갔으면 여기 금덩이가 남아 있겠어요? 한번 세어 보던

가요!"

"…거짓말이면 어떻게 되는지 알지?"

괴물의 의심이 한풀 꺾였다. 나는 엄마의 얼굴을 떠올리며 고개를 끄덕였다. 일이 잘못되면 엄마도 같이 잡아먹힐 것이다.

"저런, 피가 나는구나."

괴물의 손이 다친 이마에 닿았다. 상처 낸 손으로 어루만지는 것이 가증스럽다.

"흠. 안 되겠어. 바깥에 뭔가 숨어 있진 않은지 살펴봐야겠어."

"잠깐만요, 가지 마세요!"

이마를 만지던 괴물의 손을 다급히 움켜잡았다.

"왜?"

"무서워요."

"뭐가 무서운데?"

괴물이 간지럽게 웃으며 물었다.

"낯선 냄새가 난다면서요. 누가 오면 어떡해요? 혼자 있기 무서워요."

차가운 손이 내 볼을 쓰다듬었다. 끔찍한 기분이 들었지만 참아야 했다.

"왜 이렇게 떠니?"

"영감님 손이 너무 차가우니까요."

"그래서 싫으니?"

“아니요.”

“옳지, 착하다.”

차가운 손이 어깨를 쓰다듬는다. 등을 쓸어내리는 손의 냉기가 천천히 허리까지 내려온다. 괜한 짓을 했다는 생각에 다급히 손을 뿌리쳤지만, 괴물의 팔이 다시 허리를 감싸안고 그대로 끌어당겼다. 차가운 품으로 몸이 끌려갔다.

“아니야! 싫어요. 싫다고요!”

괴물은 대답하지 않았다. 괴물의 몸에서 으르렁대는 짐승 소리가 났다. 몸이 뻣뻣하게 굳었다. 이제 틀렸다. 너무 무섭다. 여기서 꺼내 준다던 그 사람은 왜 안 오는 걸까. 눈물이 뚝뚝 떨어졌다. 내가 울든 말든 차가운 손가락이 치마 끝을 들어 올리고 허벅지를 쓸어내린다. 질끈 깨문 입술에서 피 냄새가 났다.

투둑.

얼굴에 물방울이 닿았다. 머리 위에서 바람이 불고 거센 빗줄기가 방으로 쏟아져 내렸다. 허벅지를 쓰다듬던 손이 빠르게 사라지더니 어디선가 괴물의 비명이 터졌다.

“천장에 문이 있었네. 어쩐지.”

그 남자의 목소리였다. 쿵 하고, 뭔가 떨어지는 소리가 들리더니 따뜻한 손이 나를 잡아 일으켰다. 한없이 반가운 사람의 체온이었다.

“잠깐만 귀 막고 있어요.”

남자의 손이 나를 놓으려 했다. 나는 그의 손을 붙들고 필사적으로 매달렸다. 몇 년 만에 느낀, 타인의 온기였다. 놓아버리면 다시는 못 잡을 것 같은 사람의 손이었다.

"이러면 내가 움직이기 어렵습니다."

남자가 손을 뿌리쳤다. 마음을 겨우 지탱하던 가느다란 끈 하나가 툭, 끊어진 기분이었다.

"날 속였어?"

괴물이 울부짖는 소리와 함께 내 고개가 뒤로 확 젖혀졌다. 괴물에게 머리채를 잡힌 것이다.

"은혜도 모르고 이년이!"

싹둑, 순간 무언가 잘려 나가는 소리가 나더니 괴물의 손에 잡혔던 머리카락이 자유로워졌다. 그리고 목덜미가 허전하다. 무슨 일인지 깨닫기도 전에 여태껏 들어본 적 없는 징그러운 비명이 쩌렁쩌렁 울렸다. 나는 벽에 등을 붙이고 앉아 웅크렸다. 공포에 짓눌린 마음이 통증도 잊게 했다. 너무 끔찍하다. 차라리 이대로 죽었으면 좋겠다고 생각했다. 저런 징그러운 소리를 내지르는 괴물을 사람이 이길 리 없다. 곧 차가운 손이 나타나 다시 내 머리끄덩이를 잡겠지. 결국 엄마도 나도 다 죽는구나.

그때 믿을 수 없는 목소리가 들렸다.

"이게 뭐야? …자물쇠?"

그 남자의 목소리였다.

"곳간 자물쇠가 욕심이 과했구나."

묵직한 쇳덩이가 발에 차이는 소리를 들었다.

"괜찮아요?"

남자가 물었다. 나는 보이지도 않는 눈을 손바닥으로 가린 채 꼼짝하지 않았다. 손바닥과 얼굴이 눈물범벅이 되었다.

"여기 갇힌 지 얼마나 됐어요?"

"…삼 년이요!"

허공을 향해 뻗은 나의 손을 그가 말없이 잡아주었다. 다시 붙잡은 사람의 온기에 닦아낼 겨를도 없이 눈물이 쏟아졌다.

* * *

"밖에 나와보니까, 갇혀 지낸 시간이 삼 년이 아니라 고작 사흘이었다네요."

"아이고 저런"

연희의 이야기에 제대로 몰입한 듯 노인이 안쓰러운 얼굴을 했다.

"사방이 잡초뿐인 버려진 땅에 창고 같은 건물만 하나 달랑 서 있었대요. 거기 갇혀서 시간이 어떻게 흐르는지도 몰랐나 봐요. 정시마다 울렸던 괘종시계도 찾을 수 없었고요."

"헛소릴 들은 게지. 그게 도깨비란다. 도깨비가 그렇게 사람을 홀린다고."

노인이 혀를 차며 말했다. 마주 앉은 연희가 도깨비라는 말에 살짝 몸을 움츠렸다.

"어르신, 도깨비를 아세요?"

"아유, 잘 알지. 우리 어릴 때는 간간이 나타나서 사람들 놀려먹고 그랬어. 요즘 사람들은 안 믿겠지만."

노인이 옛 생각에 아이처럼 키득키득 웃음을 흘렸다.

"그놈들은 짓궂어. 사람 놀리는 게 낙이야. 도깨비한테 홀리면 하루가 일 년이 되고 일 년이 하루가 된다더라. 어디 사는 아무개가 도깨비를 만나서 신나게 놀고 집에 갔는데, 그 잠깐 사이 몇십 년이 지났더란 얘기도 들었지."

예인당의 세습무 연희와 이웃 노인이 살림채 마루에 나란히 앉아 있다. 연희가 식어버린 찻물을 버리고 보온병에 담아둔 따뜻한 꽃차를 찻잔에 나누어 따랐다. 달큰한 꽃 향이 기분 좋게 흩어졌다.

보통의 사람들은 인생에 큰일이 생기지 않는 이상 예인당을 찾지 않는다. 큰무당이 무서워 선뜻 문턱을 넘기 어렵다고 한다. 하지만 아흔을 넘긴 이 노인은 빈번히 드나들며 큰무당과 친구처럼 지내고 있다. 오늘은 큰무당이 자리를 비워 연희가 대신 말동무가 되었다.

"얼굴도 예쁜 아가씨가 말도 참 재미나게 잘하네. 이런 이야기는 누가 해줬어?"

"예인당에 오가는 분들이 해주시지요."

재잘대는 연희의 말간 얼굴을 노인이 귀하게 들여다보았다.

'참말로 곱다. 점점 더 고와지는구나.'

큼지막한 눈동자에 늦여름의 맑은 하늘이 비칠 것 같다. 노인은 안타까웠다. 정작 저 예쁜 눈으로 이 청량한 계절을 볼 수 없다니.

'치료가 늦어 손을 못 썼댔지.'

노인은 탄식하던 큰무당을 떠올렸다. 팔 년 전, 예인당의 심부름꾼이 앞을 못 보는 아이를 데리고 왔다. 어미에게 아이를 데려가라 일렀더니 미련 없이 예인당에 자식을 팔았다. 아픈 아이, 없는 집 아이, 팔자가 사나운 아이를 부모가 무속인에게 맡기는 것을 '판다'고 한다. 하지만 그것은 먹고살기 힘든 시절, 말 그대로 배 곯던 시절의 이야기다. 요즘에도 그런 부모가 있다니, 노인은 못마땅했다.

"그래서 그 애는 어떻게 됐는가? 집으로 갔는가?"

"글쎄요. 저도 이야기를 끝까지 못 들어서요."

연희가 말을 멈추고 데워진 찻잔을 손에 쥐었다. 방금 떠오른 이야기는 찻물과 함께 삼켜버렸다.

'갇혀 있던 방에는 금덩이도 잔뜩, 사람 뼈도 잔뜩 섞여 있었다네요.'

노인이 다정히 연희의 등을 쓸어주며 말했다.

"도깨비 이야기는 재미있지. 그렇다고 머릿속에 오래 담아두지는 말어. 사람 사는 얘기만으로도 충분히 시끄러운데 뭐 하러 도깨비까지…."

노인의 말이 끝나지 않았는데, 멀리서 요란한 발소리가 들렸다. 노인이 알아채고 고개를 흔들었다. 잰걸음으로 나타난 중년의 여인이 연희의 손에서 찻잔을 낚아챘다.

"앗 뜨거! 너는 이 더운 날, 뜨거운 차를 마시니?"

연희의 꽃차가 마당에 뿌려졌다. 남의 잔을 멋대로 비우고 연희 옆에 털썩, 자리를 잡고 앉았다. 여자는 휴대용 선풍기를 손에 들고도 연신 덥다며 짜증을 부렸다.

"큰무당은 또 어디 갔다면서? 늙은이, 체력도 좋아."

흠흠, 노인이 얼굴을 찌푸리며 콧숨을 내뿜자, 여자가 돌아보고 민망한 척했다.

"어르신도 계셨네요? 아니, 걱정돼서 하는 말이지요. 세상이 험하잖아요. 귀신한테나 용한 무당이지 사람 앞에서는 별수 있나요? 그냥 노인네지요."

"듣기가 좀 그렇네."

"아, 말이 심했네요. 큰무당께는 이르지 말아 주세요."

노인의 노기 띤 목소리에 여자가 눈을 찡긋거렸다. 미안한 기색은 아니다.

"오늘 무슨 날이에요? 예인당이 텅텅 비었네. 얘, 다른 사람은 없니? 내가 큰무당께 전할 중요한 이야기가 있어 그러는데."

"말씀하세요. 제가 전해드릴게요."

어색한 적막이 찾아왔다. 그 잠깐 사이 여자의 한쪽 입꼬리가 여러 번 씰룩댔다.

"어머 얘, 내가 생각해서 하는 말인데 눈치 좀 챙겨. 눈이 안 보이면 귀라도 잘 열어놔야지. 중요한 이야기라고 했잖니! 아무한테나 할 이야기가 아니라고."

여자의 무례에 이골이 난 듯 연희는 표정 변화 없이 가만히 앉아 있다. 오히려 옆에 있던 노인이 그 꼴을 참지 못하고 혀를 차며 말했다.

"말하는 꼬락서니 하고는. 쯧쯧, 잘됐네. 자네 어디 가지 말고 여기서 기다리게. 큰무당 곧 올 때 됐으니까."

"산에 갔다면서요? 언제 올 줄 알고요?"

당황한 기색이 역력하다.

"내가 오늘 왜 왔겠나? 얼굴 보기로 약속이 됐으니까 와서 앉은 게지. 곧 올 테니까, 그 중요한 이야기 얼굴 보고 직접 하게."

"아니, 그럴 필요까지는 없고요. 그냥 전해만 주면 되는데요."

"왜? 중요한 이야기라며?"

"…어머, 내 정신 좀 봐. 은행! 은행에 가던 길이었어요. 문 닫기 전에 빨리 가봐야겠다."

여자가 허둥대며 자리에서 일어났다. 뒤뚱대며 뛰어나가는 모습을 보며 노인이 코웃음 쳤다.

"저 사람은 나이를 먹어도 변하지를 않아. 큰무당 무서워서 일부러 없는 날 찾아온 게지. 옛날에 큰무당 앞에서 입 한번 잘못 놀렸다가 물바가지 제대로 뒤집어썼거든."

연희가 웃으며 빈 찻잔만 만지작댔다.

"그렇게 혼나고도 저렇게 뻔질나게 드나드는 이유를 모르겠네. 너도 그러지 말어. 저이한테 특히 무르게 구는 것 같아."

연희가 무안함을 감추려고 생긋 웃었다. 노인은 그 웃음이 애처롭게 느껴졌다.

"저런 물건은 있는 듯 없는 듯 무시하고 지내는 게 건강에 좋아."

"괜찮아요, 어르신. 그렇게 나쁜 분 아니잖아요. 저도 큰 도움 받았는걸요."

"이 말 저 말 가리지 않고 나불대는 사람이 도움은 무슨! 아이고 아가, 너무 착해도 못쓴다."

"정말인데."

노인의 걱정에 연희가 웃음을 터뜨렸다. 다행히도 웃음소리에 그늘이 없다. 노인은 팔 년 전, 살림채 마루 끝에 멍하니 앉아 있던 연희를 처음 보았다. 정확한 사연은 모르지만 애닯지 않게 그늘진 얼굴이 애달팠었는데 세월을 보내며 잘 자란 것 같아 마음이 놓였다.

마당을 맴돌던 노랑나비가 날아와 연희의 단발머리 위에 내려앉았다. 노인이 휘저어 쫓으려던 손을 거두었다. 숱 많은 까만 머리칼 위에서 노란 날개가 살랑거린다.

"예쁘구나."

노인의 말에 연희의 볼이 붉게 물들었다. 무릎에 내려놓은 연희의 손을 노인이 다정히 잡아주었다.

헌책방 이야기

*

그럴 때가 있다. 꿈속의 일이 실제로 일어난 것인지 아닌지 헷갈리는 때가. 꿈이 너무 생생했거나, 꿈속에서 감정 소모가 컸을 때 종종 일어나는 일이다. 예를 들자면 지금 홍사장이 그렇다. 방금 잠에서 깬 홍사장은 그대로 자리에 누워 물끄러미 허공을 보고 있다. 꿈에서 만난 소년이 지금도 등을 돌린 채 눈앞에 서 있는 것 같아서다.

'팔다리가 그게 뭐야. 왜 그리 말라빠졌어.'

애달프다. 홍사장은 소년의 뒷모습에 온통 마음이 가 있다. 실제로 눈을 끔벅이며 그가 보는 것은 누렇게 바랜, 쪽방의 천장 벽지뿐인데도.

'한번 안아 줄걸, 그냥 보냈네.'

펼친 공책만 한 조각창으로 따뜻한 볕이 들어왔다. 책 냄새와 고양이 우는 소리, 익숙한 분위기에 그의 마음이 조금 나아졌다. 아래층에서 차분한 말소리가 들려왔다.

"…내일 다시 오시면 사장님이…."

김선생의 목소리다. 오늘 홍사장 대신 헌책방 계산대에 앉아 있다.

'그렇지. 내가 앓아눕는 바람에.'

그제야 홍사장은 소년의 뒷모습에서 눈을 떼고 현실로 돌아왔다. 오늘 아침 그는 책방 앞을 비질하다 잠시 정신을 잃었다. 몸살로 열이 심했던 탓이다. 뜻밖의 손님이 다녀간 후 며칠간 신경증에 시달렸더니 몸이 버텨내지 못한 모양이다. 때마침 김선생이 나타나지 않았다면 골목 시멘트 바닥에 그대로 고꾸라졌을 터였다.

"이럴 때는 하루 쉬셔도 됩니다."

김선생이 전에 없이 화난 말투로 말했다. 그는 홍사장을 2층 방에 눕히고 열이 떨어질 때까지 절대로 일어나서는 안 된다고 신신당부했다. 김선생이 아래층에서 지키고 있으니 홍사장은 꼼짝없이 온종일 이불 속에 누워 있게 되었다.

홍사장이 책방에 출근하지 않은 날은 이십 해를 통틀어 손에 꼽힐 정도로 드물다. 워낙 성실한 사람이기도 하고 딱히 책방을 떠날 일이 생기지도 않았다.

"하루 문 닫으면 될 것을, 괜히 엄한 사람 고생시키네…."

내뱉은 말과 다르게 김선생이 책방에 있으니 홍사장은 마음이 놓인다. 김선생은 책방 주인 자리도 제법 잘 어울린다. 전에도 몇 번, 한두 시간씩 가게를 맡아 줬는데 이후 키 큰 사장의 안부를 묻는 손님이 생겼다.

'그럼 나는 키 작은 사장인가?'

아래층 김선생의 목소리가 홍사장 귀에는 자장가처럼 들린다.

'부탁하면 정말 맡아 주려나.'

홍사장이 혼자 헌책방을 지킨 지 이십 년이 지났다. 업종은 달라졌지만, 이 가게는 증조부에서 조부로 그리고 아버지에서 아들인 홍사장으로 오랜 세월 이어져 왔다. 혈혈단신인 홍사장은 김선생이 책방을 맡아 주길 바랐다. 떠돌아다니는 일은 그만뒀으면 좋겠다. 김선생이 겨우 아문 흉터 위에 새로운 상처를 달고 나타날 때마다, 그의 팔다리에 겹겹이 쌓인 멍 자국을 볼 때마다 홍사장은 마음이 아팠다.

까무룩, 홍사장은 다시 잠에 빠져들었다. 감은 눈에서 눈물이 흘러내렸다. 이번에도 꿈에서 소년을 만났을까.

홍사장이 빗소리에 눈을 떴을 때, 창밖은 완전한 밤이었다. 이마를 짚어 보니 다행히 열은 내린듯했다. 김선생의 고집대로 종일 누워 앓아낸 덕에 병이 나은 모양이다. 기운은 쭉 빠진 상태지만 몸은 개운했다. 언제 왔는지 아래층에서 고씨가 한참 수다를 떨고 있다.

'저 친구는 참…'

평생 책방 안으로는 들어올 생각도 하지 않더니 한번 발을 들여놓고 나서부터 뻔질나게 드나든다. 책방 구석구석을 뒤적이며 이것저것 물어서 홍사장을 귀찮게 했다.

원체 말이 많은 사람이지만 김선생과 주거니 받거니 하는 목소리가 유난히 들떠 있다. 고씨의 목소리는 크고 울림이 있어 김선생의 것처럼 뚝뚝 끊어지지 않고 홍사장의 귀에까지 또렷이 들렸다. 물론 쓸데없는 말뿐이었다.

"며칠 전에 유리창이 하나 박살 났다니까."

'아휴, 저 인간이 진짜!'

"유리를 늦게 끼웠거든. 며칠 찬바람이 들어와 병이 난 거야."

'의사 나셨네. 자기가 뭘 안다고.'

"통 잠을 못 자더라. 밤늦게까지 불이 켜져 있었어."

고씨는 홍사장의 일거수일투족을 감시한 사람처럼 김선생에게 그간의 일들을 줄줄이 고해바쳤다.

'별말을 다 하는구나.'

홍사장은 김선생이 걱정할 만한 이야기는 하지 않는다. 마음 쓰게 하기 싫어서다. 그런데 지금, 홍사장이 애써 숨긴 이야기를 고씨가 냅다 일러바치고 있다.

'저 눈치 없는 사람! 뭔 말이 저리 많아?'

홍사장이 몸을 일으켰다. 오래 누웠던 탓에 곳곳이 삐걱댔다. 굳은 몸을 움직이느라 애썼더니 시간이 조금 흘렀다. 계단 끝에 내려섰을 때, 고씨는 이미 돌아가고 없었다. 홍사장은 혼자 남은 김선생의 뒷모습을 멀뚱히 바라보았다. 꿈에서 본 소년이 거기 있었다.

"일어나셨어요?"

김선생이 기척을 느끼고 돌아봤다.

214

‘언제 저렇게 컸나.’

홍사장은 제 정수리에 내려앉은 세월은 잊고 김선생의 흘러간 시간만 아쉬워했다. 교복 입은 소년일 때 만나서 그런지 마흔이 가까운 어른인데도 홍사장의 눈에는 앳된 모습이 겹쳐 보인다. 또다시 가슴이 시렸다.

‘한번 안아 줄걸.’

그런 홍사장의 마음을 아는지 모르는지 김선생의 얼굴에 엷은 미소가 번졌다.

“하루를 통째로 뺏어 먹었네. 미안해서 어쩌나?”

“종일 책도 읽고 좋았어요. 몸은 좀 어떠세요?”

“개운해. 하루 게을리 보내면 될 일이었나 봐.”

따라 웃던 김선생의 얼굴이 굳었다.

“누가 창문을 깼다면서요?”

올 게 왔다.

“아니 그게…. 이런 일이 종종 생기네. 애들이 장난치기도 하고 술 먹은 인간들이 진상 짓을 하기도 하고. 여기 골목이 워낙 그렇잖아.”

거짓말은 아니다. ‘귀신 골목’이란 오명을 뒤집어쓸 만큼 밤이고 낮이고 그저 적막한 길이었는데 언제부턴가 밤마다 시끄럽고 골치 아픈 일들이 벌어졌다. 주로 길을 잘못 든 주정꾼이 말썽을 부렸고 가끔 교복 입은 무리가 몰려와 싸움을 벌이기도 한다. 옆집, 빈 가게에 숨어든 노숙자가 밤새 고성을 지르다 경찰이 출동한 적도 있다.

다만 책방이 범죄의 대상이 된 것은 이번이 처음이다.

"왜 말씀 안 하셨어요?"

"경찰이 순찰도 해주고 유리도 잘 끼워 넣었는데 뭘 굳이 떠벌려? 정말 별일 아니야. 걱정 안 해도 돼."

그런다고 마음 놓을 김선생이 아니다.

"그래도 이야기해 주세요."

"알았어, 그럴게."

머쓱해진 홍사장이 괜히 분주하게 책방을 둘러보았다.

"벌써 겨울이 오나, 바람이 차네."

한 뼘 남짓 열린 문틈으로 찬바람이 제법 들어온다. 문가에 선 홍사장이 흠칫 놀라 골목을 살폈다. 어둠 속, 쏟아지는 빗줄기 너머로 새하얀 얼굴 하나가 둥둥 떠 있는 것을 본 것 같은데.

"왜 그러세요, 사장님?"

"아니야. 아무것도."

홍사장 가슴이 철렁했다. 다시 보니 어둠뿐이다. 예전이라면 잘못 봤다고 생각했겠지만, 지금은 살갗에 스치는 바람도 두렵다.

'헛것이야. 헛것일 거야.'

나이 들어 겁이 많아진 게라고 홍사장은 생각했다.

'잃을 것이 생기면 두려움도 커지지.'

아버지가 하신 말씀이다. 홍사장은 오랜만에 아버지를 떠올렸다. 초췌한 얼굴, 지친 목소리, 흔들리던 눈동자. 그때의 아버지가 잃고 싶지 않았던 것은 무엇이었을까. 어렴풋이 알 것도 같다.

'또 쓸데없는 생각을!'

홍사장이 고개를 흔들었다.

"김선생, 오늘은 자고 가야겠어. 비가 제법 오네."

거절할 줄 알면서도 던져본 말이다. 언제 시작됐는지 모를 빗소리가 처연했다.

"그러네요. 하룻밤 신세 져야겠어요."

자정이 넘어서도 제집으로 돌아갈 궁리만 하던 김선생이 고작 빗방울에 붙들렸다. 얼떨떨해하는 홍사장을 두고 김선생이 가게 정리를 시작했다. 홍사장은 세면대 거울에 얼굴을 비춰보고 나서야 김선생이 가지 않은 이유를 깨달았다.

'곧 죽을 사람 같구나.'

핼쑥한 얼굴에 거무죽죽한 낯빛. 또 한 번 고꾸라질 듯한 몰골이다. 그는 자신의 얼굴을 견디지 못하고 고개를 돌렸다.

홍사장이 먼저 2층 쪽방에 올라갔다. 종일 덮고 있던 이불을 끌어당겨 공간을 만들었다. 작은 창문 아래 어른 한 명이 더 누울 자리가 생겼다. 거기에 깨끗이 빨아둔 요와 이불을 꺼내 펼쳤다. 김선생을 위해 마련한 이부자리였다.

'여기서 둘이 아침까지 술을 마셨지.'

옛날 일이다. 다 큰 남자 둘이 어찌나 할 이야기가 많은지 막차 시간을 놓칠 때도 많았다. 그때는 일어서겠다고 고집을 부리는 김선생을 다시 잡아 앉히는 일이 어렵지 않았다.

'재밌었어.'

홍사장은 추억에 빠져들었다. 김선생도 이십 대의 어린 남자이던 때가 있었다. 술을 더 마시겠다며 밤새 객기를 부리고 다음 날 숙취로 고생하던 모습이 눈에 선하다. 술국을 끓여 밥상 앞에 마주 앉으면 제 아들처럼 애틋하게 느껴지기도 했다. 홍사장도 아직 사십 대이던 시절이다. 환갑이 코앞인 지금 돌이켜보니 스물 언저리의 김선생이나 사십 대에 접어든 자신이나 풋내 나는 건 마찬가지였다. 그때는 홍사장도 머리숱을 걱정하지 않았다. 여러모로 그리운 시절이다.

언제부턴가 김선생은 미적거림 없이 열두 시가 되기 전에 제집으로 돌아갔다. 어쩌다 자정을 넘기더라도 붙잡는 손을 뿌리치고 단호히 일어섰다. 서운할 때도 있었지만, 홍사장도 서서히 혼자 남는 것에 익숙해졌다. 어떤 생각으로 김선생이 책방에서 멀어졌는지 알게 된 지금은 모든 게 후회스럽다.

낮에 긴 잠을 잔 홍사장은 좀처럼 잠이 오지 않았다. 오랜만에 함께 누운 자리가 낯설기도 했다.

"잠이 안 오죠?"

"그러게. 낮에 실컷 잤더니 눈이 말똥말똥하네. 내가 김선생까지 못 자게 하지?"

"아니에요. 저도 늦게 자는 편이라 잠이 안 오네요."

“나 어릴 적에는 잠 못 들고 뒤척일 때, 아버지가 옛날이야기를 해 줬어.”

홍사장이 옆으로 누워 한 손으로 머리를 괬다.

“옛날이야기요?”

“응. 촌스러운 얘기 있잖아. 물에 빠져 죽은 처녀 귀신, 원한 맺힌 총각 귀신, 천 년 묵은 구렁이, 은혜 갚아주는 까치, 씨름하자고 덤비는 도깨비 같은 거. 우리 땐 그런 게 판타지고 만화영화였어.”

“사장님 아버지도 이야기를 좋아하셨나 봐요.”

“그렇지. 나는 듣는 걸 좋아하고 우리 아버지는 들려주는 걸 좋아하셨지.”

홍사장은 아버지가 떠난 가게에서 김선생의 이야기를 들으며 세월을 보냈다는 걸 깨달았다. 아버지와 자신, 헌책방과 김선생. 모든 게 보이지 않는 무언가로 연결된 것 같았다.

“그 양반, 숨겨두고 보는 얘기책도 많았어. 우리 집이 그때 골동품 가게를 했었거든. 한쪽 귀퉁이에 오래된 책이 탑처럼 쌓여 있었지. 그때는 책 한 권도 귀할 때라 아버지가 보던 책을 어머니가 몰래 팔 아버리기도 했어. 읽은 책을 보고 또 보는 게 어머니는 이해가 안 됐대. 그런 날에는 두 분이 생전 안 하던 부부 싸움을 했어.”

“사장님은 누구 편이었어요?”

“나? 당연히, 엄마지. 책 판 돈으로 엿을 한 개씩 사주셨거든. 입막음용으로.”

좋았던 시절을 이야기하는데도 홍사장은 씁쓸했다.

"우리 아버지는 말을 맛깔나게 잘하는 사람이었어. 잠이 안 올 때 이야기를 들으면 잠이 더 달아나. 다음 날 학교 가야 하는데 이야기가 재밌어서 더 해달라고 조르다가 잠 한숨 못 자고 학교 가고 그랬어."

홍사장은 칭얼대는 아들을 다정히 토닥이며 밤새 이야기를 들려주던 아버지를 떠올렸다. 크고 반짝이던 눈동자, 깔끔히 빗어넘긴 머리카락이 근사했던 아버지를.

"지금, 책방에 계셨으면 김선생이 해주는 도깨비 이야기도 좋아하셨을 거야. 자주 와서 이야기 좀 해주라고 귀찮게 했을걸?"

사실 홍사장은 다른 사람에게 아버지 이야기를 하지 않는다. 지독했던 어린 시절의 기억이 떠오르기 때문이다. 성실하고 사람 좋던 아버지는 가족에게 아픈 기억을 심어주었다. 유년 시절 잠자리에서 들려주던 옛날이야기가 그나마 추억으로 남았다.

"이야기 하나 들려줄까? 자장가처럼 들어볼래?"

"좋죠."

홍사장이 눈을 감았다. 그러자 흐릿했던 기억이 다시 색을 입고 선명해져 간다. 적막한 귀신 골목이 시끌벅적한 사람 소리로 채워지고 버려진 가게의 진열장에 각양각색의 물건이 들어찼다. 가게 앞 평상에는 노인들이 손부채질하며 옥수수를 나눠 먹고 아이들은 소리를 지르며 골목의 끝에서 끝으로 달음박질했다. 손님과 흥정하다 다

투는 상인도 있고 일찍 장사를 접고 이웃끼리 모여 술잔을 나누기도
한다.

"넉넉한 시절은 아니었지만, 이웃 간에 사이가 좋았지. 여기 골목
에도 사람 냄새가 폴폴 풍기던 때가 있었다니까."

그런 평화로운 골목길에 단 한 사람, 세상 모든 근심을 짊어진 듯
안색이 어두운 사내가 가게 앞에 앉아 있다. 희끗희끗한, 헝클어진
머리카락 때문에 삼십 대 중반이라는 나이가 믿기지 않는다. 반짝이
던 눈빛은 생기를 잃었고 혈색 없는 입술은 더는 어떤 농담도 내뱉
지 못한다. 달음질하던 아이들도 그 앞에서는 겁을 집어먹고 제 부
모의 품으로 도망치듯 뛰어든다. 사내를 바라보는 이웃의 시선에는
혐오와 연민, 걱정이 뒤섞여 있다. 그 남자는 헌책방의 전대 주인이
던 홍사장의 아버지다.

"그날, 아버지를 만나러 여기 골목에 왔지. 부모님이 이혼하고 삼
년 만이었어."

** **

버스 유리창에 비친 소년의 눈동자에 근심이 가득했다. 어머니께
거짓말한 것이 마음에 걸려서다. 친구네 집에서 하룻밤 자고 오겠다
고 했을 때 어머니는 한동안 아무 말도 하지 않았다. 남편 없이 키우
는 아들이 손가락질당할까 늘 전전긍긍하던 어머니였다.

"어른 앞에서는 바르게 행동하고, 짓궂은 짓은 하지 말거라."

어머니의 목소리에 걱정이 묻어났다. 그런데도 외박을 허락한 건, 숫기를 잃어가는 아들을 염려했기 때문일 것이다. 하지만 열네 살 소년에게는 밤새도록 긴말을 나눌 친구 따위 없었다.

소년은 학교에서 외톨이였다. 사람과 말을 섞는 일이 어려워 고립된 삶을 살고 있었다. 깊은 우울에서 빠져나오기 위해 소년은 버스에 올랐다. 그는 지금 아버지를 만나러 가는 길이다. 부모가 이혼하고 삼 년 만이었다.

홍수택, 소년은 교복 상의 왼쪽에 수놓인 자신의 이름 세 글자를 매만졌다. 빨리 아버지를 만나 교복 입은 모습을 보이고 싶었다. 버스를 두 번이나 갈아탔다. 반나절을 길에서 보냈지만, 전혀 고되지 않았다. 아버지 생각을 하면 죄책감은 멀찌감치 사라졌다. 그가 너무 그리웠다.

사거리 정류장에 내렸을 때는 이미 밤이었다. 수택은 풀벌레 소리를 들으며 열심히 걸었다. 아버지의 가게까지 가려면 논밭 사잇길을 한참 더 걸어야 했다. 그때는 그랬다. 건물보다 벌판이 더 많았다. 친구들과 근심 없이 벌판을 내달리던 때가 떠올라 콧등이 시큰했다.

수택은 아버지와 사이가 좋았다. 그 시절의 무뚝뚝한 아버지들과는 다른 사람이었다. 아내와 아들에게 다정하고 상스러운 말 한마디 입에 담지 않는 고고한 사람. 시샘하여 뒷말하는 사람이 없진 않았지만, 이웃의 평가는 대체로 '요즘 세상에 보기 힘든 좋은 사람'이었다.

그 시절 수택은 친구들을 모아놓고 떠드는 일을 좋아했다. 수택의 한마디에 친구들이 탄성을 질렀다. 밤마다 아버지가 들려준 이야기 덕분이다.

아버지의 이야기 속 주인공 이름은 항상 '수택'이었다. 이야기 속에서 소년은 하늘을 날고 도술도 부렸으며 나쁜 놈을 혼내줄 만큼 힘이 셌다. 실제 이야기가 아닌데도 수택은 친구들 앞에서 영웅이 된 것처럼 의기양양했다.

수택이 어린 시절 겪은 행복한 일들은 모두 아버지와 함께한 것들이다. 소년은 아버지와 함께 걸을 때 가장 우쭐했다. 그의 아버지가 병에 걸리기 전까지는 그랬다.

동네 어른들은 아버지가 '귀신 병'에 걸렸다고 했다. 귀신에 씐 사람처럼 망가졌다는 이야기다. 그때 소년은 열한 살이었다. 보통 때라면 해지기 전에 집으로 돌아왔을 아버지가 자정이 가깝도록 소식이 없었다. 가게로 달려가 봐도 아버지는 없었다. 어머니는 밤새 마당을 서성였다. 통행금지 사이렌이 울렸으니, 집에서 기다리는 것 말고는 방법이 없었다.

"어찌 가게도 내비두고 나갔다니?"

"걱정돼 죽겠어요. 이런 적이 없었는데."

어머니와 이웃 어른의 불안한 대화를 들으며 수택도 쉽게 잠들지 못했다. 아버지는 새벽녘에야 돌아왔다. 여러 군데 멍이 든 꼴로 동네 유명한 노름꾼 등에 업혀 왔다.

그날이 불행의 시작이었다. 수택의 아버지는 별의별 화투판에서 목격되었다. 갑자기 다른 사람이 된 것처럼 시비를 걸고 떼를 쓰다 매번 두들겨 맞았다. 새로 멍든 데 없이 돌아오는 날은 운이 좋은 날이었다. 그런 날에도 아버지의 주머니에는 동전 한 닢 남아 있지 않았다. 밤새 아버지를 기다리던 어머니는 속옷 바람으로 돌아온 남편을 보고 말없이 부엌으로 향했다. 그는 아내의 울음소리를 들으며 잠든 아들 곁에 웅크려 그대로 잠이 들었다.

"자네 도대체 왜 이러나? 처자식 보기에 부끄럽지도 않은가?"

동네 어르신들이 돌아가며 호통을 쳤다. 친한 이웃들도 수십 번 타일렀지만 소용없었다. 수택의 아버지는 하루도 빠짐없이 노름판을 기웃댔다. 며칠 뒤 아버지의 오랜 친구가 소식을 듣고 찾아왔다. 수택이 송 씨 아저씨라 부르던 골동품 중개상이었다. 그는 변해버린 친구 모습에 큰 충격을 받았다.

"지금 자네 꼴을 봐. 사람 꼴이 아니야."

나중에 듣기로는 그날 아버지가 송 씨 아저씨에게 이상한 고백을 했다고 한다.

"누가 속삭인단 말이야. 자꾸만 놀자, 놀자 그러는데 그 소리만 들으면 손이 떨리고 숨이 차면서 아무 생각도 안 나."

물 흐르는 소리와 함께 스산한 목소리가 들려오면, 홀린 듯 일이 벌어지더라고 했다. 정신을 차렸을 땐, 화투판에 앉아 제 손으로 속옷까지 벗어주고 있더란다. 어머니는 노름꾼의 흔한 변명이라고 말했다.

그날도 수택은 수업이 끝나자마자 가게로 달려갔다. 아버지가 가게 앞 의자에 눈을 감고 앉아 있었다. 소년은 움직이지 않는 아버지를 보고 덜컥 겁이 났다. 며칠 동안 아버지가 뭘 먹거나 자는 모습을 본 적이 없었다. 아버지의 어깨를 흔들어 깨웠다. 힘겹게 눈뜬 아버지의 팔을 붙잡고 소년은 엉엉 울었다.

"아버지, 오늘은 제발 거기 가지 말아요."

눈물을 닦아주며 그래, 했지만 밤이 되자 아버지는 눈을 뒤집고 집에 있는 돈을 모두 긁어 주머니에 찔러 넣었다. 그는 바짓단을 붙잡는 아내와 아들을 사정없이 두들겨 패고 숨을 헐떡이며 노름판으로 뛰어갔다. 수택은 두려웠다.

"어머니, 이러다 아버지 죽겠어요."

"…수택아, 그전에 우리가 죽겠다."

어머니의 목소리에는 감정이 없었다. 수택은 그제야 어머니를 보았다. 어머니는 그늘진 얼굴로 자꾸만 멍든 자기 뺨을 손톱으로 긁어내렸다. 반들반들 고왔던 어머니는 사라졌다. 아버지가 노름을 시작하고 반년도 안 돼서 벌어진 일이었다.

가게도 집안 살림도 남아나는 것이 없었다. 수택의 자랑이던, 대대로 이어 온 골동품가게에 빚쟁이들이 몰려왔다. 그들은 도자기와 불상, 족자 등 돈이 되는 것이라면 모조리, 간판마저 떼어서 들고 갔다.

아버지 가게의 신기한 물건 덕에 수택의 어깨가 으쓱하던 때가 있었다. 다른 나라에서 온 옛날 인형과 중국 도자기, 각종 장신구 앞에서 친구들이 '우와' 소리를 지르며 감탄했다. 그랬던 가게가 텅 비었다. 바닥에는 수택의 아버지가 읽던 낡은 이야기책만 몇 권 떨어져 있었다.

사정없이 물건을 집어 가던 빚쟁이는 옆집 살고 앞집 살던 이웃 어른들이었다. 형님 동생 하던 호칭은 사라지고 '홍 씨', '홍가 놈'이라며 안면박대했다. 그러자 어머니는 아들의 손을 잡아끌고 외갓집으로 갔다. 수택의 어머니는 자존심이 강한 사람이었다. 남편의 주먹질은 참아냈지만, 경조사든, 이사든, 김장이든 때마다 내 일처럼 도왔던 이웃의 하대는 견디지 못했다. 훗날 수택의 어머니는 헤어져 살자마자 남편의 노름 병이 싹 낫더라며 쓴웃음을 지었다.

삼 년이 지났다. 아들이 온다는 사실을 아버지는 알지 못했다. 가끔 편지를 주고받기는 했지만 직접 얼굴을 보는 건 아버지와 떨어져 산 이후 처음이다. 어린 수택이 오가기에는 거리가 만만하지 않았다. 가끔은 서운했다.

'왜 아버지는 나를 보러 오지 않을까?'

아버지가 만나러 와주었다면 이렇게까지 오래 떨어져 지내지 않았을지도 모른다. 수택은 아버지에게 말할 생각이다. 외갓집 더부살이가 어찌나 고된지, 숙모와 사촌의 심술에 얼마나 서러웠는지 아느냐고. 그러면 아버지는 미안한 얼굴로 어머니를 찾아와 말하겠지.

'집으로 갑시다. 내가 잘못했소.'

어머니도 마지못해 따라나설 거라고 수택은 확신했다. 노름을 끊은 아버지라면 당연히 다정하고 멋진 모습으로 돌아갔을 테니까.

골목 입구에 도착했을 땐 모든 가게가 문을 닫은 뒤였다. 시간이 늦었으니, 가게 불이 꺼진 것은 당연한데 어두운 골목으로 내딛는 걸음이 석연치 않았다. 수택은 문이 잠긴 이웃 가게들을 하나씩 스쳐 지나갔다. 태어나고 자란 골목인데 길을 잘못 들어선 것처럼 낯설게 느껴졌다.

아버지의 가게에는 아직도 간판이 없었다. 헌책방으로 업종이 바뀌었다는 이야기를 편지로 전해 들었다. 가게는 원래 책이 쌓여 있던 것처럼 자연스럽게 책방이 되어 있었다. 마지막으로 본 모습이 너무 처참했기 때문에 가게 안에 뭐라도 들어찬 모습에 가슴이 벅찼다.

"아버지! 문 열어주세요! 수택이 왔어요!"

여러 번 문을 두드려도 반응이 없었다. 2층 다락방도 불이 꺼져 있어 아버지가 깊이 잠든 건지, 가게를 비우고 다른 곳에 갔는지 알 수 없었다. 어린 소년은 여기 말고는 갈 데가 없었다. 친하게 지내던 이웃도, 친척의 집으로도 갈 수 없었다. 삼 년 전 무섭게 변했던 어른들을 아직 기억하기 때문이다. 수택은 가게 입구 작은 돌계단에 엉덩이를 대고 앉았다. 돌에 스민 냉기가 교복 바지를 뚫고 피부에 닿았다. 그런데도 피곤했던지 금세 꾸벅꾸벅 졸았다.

"너 누구야?"

누군가 잠든 수택의 어깨를 흔들어 깨웠다. 손전등을 얼굴에 닿을 듯 갖다 대는 바람에 눈뜨기가 어려웠다. 단박에 아버지인 줄 알았지만, 얼른 말이 나오지 않았다. 분명 아버지의 목소리가 맞는 데 사람이 내는 소리 같지 않게 전혀 감정이 느껴지지 않았다.

"아버지, 저 수택이요."

"수택이…, 그게 누구야?"

아버지는 아들의 얼굴을 알아보지 못했다. 냉랭한 눈으로 자신을 내려다보는 아버지 때문에 수택의 머릿속이 고장 난 듯 엉켜버렸다.

"…아 그래. 수택이, 수택이구나. 수택이야."

잊지 않으려 애쓰듯 아버지는 아들의 이름을 연거푸 불렀다. 수택은 그런 아버지의 모습에 충격을 받았다. 하얗게 센 머리칼에는 검은 머리털은 한 가닥도 남아 있지 않았다. 가죽만 남아 움푹 팬 볼에 검버섯이 가득했다. 고작 삼 년이 지났는데 아버지 혼자 수십 년을 보낸 것처럼 늙어버렸다. 목소리를 먼저 듣지 않았다면 못 알아봤을지도 모른다.

여전히 거리를 두고 서 있는 아버지에게 아들은 선뜻 다가서지 못했다. 아버지의 시선이 너무 차가웠다.

"멋대로 오면 어떡하니?"

아버지는 화난 사람처럼 보였다. 뭔가에 쫓기는 듯 작은 소리에도 신경질적으로 반응했다. 그는 가게 불도 켜지 않고 다락방으로 아들을 데리고 갔다.

"일단 자고, 내일 일찍 가."

창문 아래, 낡은 이불만 한 장 던져 주고 아버지는 맨바닥에 드러누웠다. 보고 싶었다는 말 한마디도 못 하고 수택은 그대로 이불을 뒤집어썼다. 변해버린 아버지의 모습이 보기 싫었다.

'이제 노름 안 한다더니!'

편지에 쓴 모든 말이 거짓인 것 같았다. 소년은 간절히 움켜쥐었던 희망이 손가락 사이로 빠져나가는 것을 느꼈다.

그날의 서먹한 재회가 홍 씨 부자의 마지막 만남이 되었다. 밤새 훌쩍이는 아들의 울음을 듣고도 아버지는 아무 말도 하지 않았다. 수택에게는 그 침묵이 다시는 오지 말라는 것처럼 느껴졌다. 이후로는 편지마저 끊어졌다.

이십여 년 후 수택의 어머니가 돌아가셨다. 아버지와는 연락이 닿지 않았다. 수택은 외롭게 상을 치렀다. 외가 쪽 사람들은 아버지를 향해 사나운 말을 쏟아냈다. 인간 같지 않은, 쓰레기 같은, 짐승만도 못한. 그런 아버지를 둔 수택은 모진 말들을 묵묵히 받아냈다. 수택은 며칠 뒤 원망과 걱정이 뒤섞인 마음으로 다시 고향을 찾았다. 아버지와 마지막 인사를 할 생각이었다.

이번에는 훤한 대낮인데도 골목의 모든 가게가 닫혀 있었다. 아예 장사를 접은 듯 가게가 텅 비었거나 버려진 물건들로 너저분했다. 오직 아버지의 헌책방만 문을 활짝 열어두고 있었다. 가게 어디에도 아버지의 모습은 보이지 않았다. 계산대 위에 흩어져 있는 종이에는 아버지 필체의 뜻 모를 문장들이 남아 있었다. 다락방에 개어놓은 이불도 눈에 익은 것이었다. 가게를 둘러볼수록 수택은 이상한 기분이 들었다. 계산대에 놓인 컵 바닥에 갈색 액체가 말라붙었고 전시된 책 위에도 계산대에도 다락방에도 먼지가 수북했다. 그 위에 찍힌 건 수택이 낸 발자국뿐이었다.

'사람 사는 곳 같지 않아.'

가게는 오래 비어 있던 것 같다. 문이 열려 있는 걸 볼 때 갑작스러운 외출인 것 같았다. 열린 문을 닫아야 할지, 그대로 열어두고 가야 할지 고민했지만, 답을 찾지 못했다. 무엇보다 빈 가게를 내버려두고 가려니 마음이 좋지 않았다. 아버지의 행방을 알아보려 해도 방법이 없다. 친가 쪽 사람들과는 오래전에 연락이 끊어졌고 골목에 문을 연 가게라고는 헌책방뿐이었다. 모두 어딘가로 떠나고 없었다.

잠깐 사이 몇몇 손님이 가게로 들어왔다. 주인이 없다며 돌려보내다가 어쩔 수 없이 대충 값을 받고 팔기도 했다. 음침한 골목에 하나 남은 가게인데도 단골손님이 많았다. 다양한 연령대의 사람들이 책방을 찾았다. 그들은 수택의 아버지에게 좋은 인상을 받았는지 사장님의 안부를 물었다.

“글쎄요. 곧 오시겠죠.”

헌책방 사장이 언제 돌아올지, 수택도 궁금했다.

늦은 오후까지 계산대를 지키던 수택이 가방을 들고 일어섰다. 결국, 인사도 없이 끝이구나 싶어 마음이 허탈했다. 그때 교복 입은 남자아이가 쭈뼛대며 책방 안으로 들어왔다. 소년은 수택에게 꾸벅 인사를 하더니 이상하게 생긴 가위를 계산대에 내려놓았다. 그리고 창문에 붙은 글자를 가리키며 물었다.

“…얼마 줄 수 있어요?”

유리창에는 옛날 가게의 흔적인 ‘골동품 삽니다’라는 글자가 아직 남아 있었다. 아이답지 않게 깍듯한 소년의 눈동자에 두려움이 있었다. 수택의 눈에는 그 두려움이 절박함으로 읽혔다. 그는 남아 있던 만 원짜리 세 장을 아이 손에 쥐여 주었다.

‘나는 너만도 못하구나.’

소년이 떠나고 수택은 책방에 남아 생각에 잠겼다. 아이의 얼굴과 손목에 남은 멍 자국이 수택의 마음을 붙들었다. 어른인 저보다 고단한 얼굴로 서 있던 소년의 눈동자에 살고자 하는 본능이 가득했다. 그 본능 앞에서 수택은 주눅 들었다.

“너 혹시 수택이냐?”

책방 문 앞에 낯익은 사람이 서 있었다. 아버지 친구인 송 씨 아저씨였다. 그가 놀란 눈으로 소리를 질렀다.

“어쩜 이렇게 네 아버지랑 판박이냐?”

아저씨는 여전히 골동품 거래를 하고 있고 그날도 물건을 보러 왔다고 했다.

"드디어 찾았다고 얼른 가져가 달라더니 이 사람, 도대체 어딜 간 거야?"

송 씨 아저씨가 찾는 물건은 그림이었다. 수택의 아버지가 귀신 병에 시달리기 전에 가게에 들여놓은 그림이라고 했다.

"그러니까 그게 민속화인데, 양반들이 물가에서 질펀하게 노는 그림이지."

꽤 귀한 그림인 모양이다.

"진품이면 부르는 게 값이다."

뭔가 마음에 걸리는 눈빛으로 아저씨가 속삭였다. 그러나 수택은 어떤 그림을 말하는지 알지 못했다. 그 시절 가게에 가장 흔했던 게 그림과 도자기였다.

"나는 영 찝찝해서 말이야."

송 씨 아저씨는 이십여 년 전 수택의 아버지가 그림을 얻고 나서 노름에 빠졌다고 했다. 수택이 쓴웃음을 지었다. 그때 가게 물건을 실어 간 이웃 중에 누군가가 문제의 그림을 가져갔다. 송 씨 아저씨의 기억으로는 그림이 사라지고 나서 아버지가 노름에서 손을 뗐고 속삭이던 목소리도 들리지 않는다고 했단다. 대신 다른 가게에 불상사가 생겼다.

수택은 송 씨 아저씨의 이야기를 건성건성 들었다. 전염병처럼 불행이 번졌다니, 너무 황당했기 때문이다.

먼저 잡화점 아저씨가 종일 술만 마시다 병을 얻었다. 신발가게 사장은 갑자기 경찰서에 끌려갔는데 간첩 모함을 받았다는 소문이 파다했다. 표구사 아저씨는 남의 아내와 여관방에서 나오다가 상대 남편의 칼에 목을 찔렸다. 수택의 기억에도 어렴풋이 남아 있는 이웃들이다.

"그 인간들도 비슷한 얘길 하지 뭐냐? 물 흐르는 소리랑 어떤 목소리를 들었다는 거야."

수택이 말도 안 된다며 웃었다.

"내가 뭐에 쓴다고 말을 지어내냐? 네 아버지도 그랬다니까. 그게 다 그림 때문이라고."

송 씨 아저씨는 진지했다. 얼마 전 수택의 아버지가 문제의 그림을 찾았다며 연락했다는 것이다.

"아무리 좋은 그림이래도 찝찝하잖냐. 엄두가 나야 말이지. 한참 뜸 들이다가 사겠다는 사람이 있길래 이제야 바쁘게 왔는데…."

본인이 먼저 그림을 가져갔더라면 수택의 아버지가 사라지는 일이 없었을 거라며 송 씨 아저씨는 미안해했다. 수택은 고개를 저었다.

"아저씨 그게 다 사실이라면요. 아버지는 겨우 벗어났다면서 그 그림을 왜 다시 찾았을까요?"

"…글쎄 말이다. 그걸 못 들었다."

그건 수택의 아버지가 답해야 할 일이었다. 그로부터 벌써 이십 년이 지났지만, 헌책방의 진짜 주인은 나타나지 않았다.

*　*　*

"나는 그 이야기를 믿지 않았어."

홍사장이 담담한 목소리로 말했다.

"그림이 사람을 망가뜨려? 말이 되냔 말이지. 노름판에서 자기 신세 망치고 가족도 버린 사람의 변명이고 핑계인 거지."

원망이 담긴 목소리는 아니다.

"그런데 도깨비 사냥꾼 얘기를 계속 들으니까, 어쩌면 정말 그랬을 수 있겠다는 생각이 드는 거야."

홍사장은 낮에 꿈에서 본 소년이 어쩌면 불 꺼진 책방 앞에서 아버지를 기다리던 열네 살의 자신일지도 모른다는 생각이 들었다.

"진즉에 그 말을 믿었다면 기다리는 마음이 조금은 편했을지도 모르지. 덜 원망하며 보냈을 거 아냐?"

어둠 속, 헌책방 2층 살림방에 누운 홍사장의 귀에는 김선생의 규칙적인 숨소리만 들렸다.

"김선생, 자는 거야?"

답이 없다. 이야기에 심취했던 홍사장은 정신이 더 또렷해졌다. 그는 몸을 일으켜 앉았다. 비 오는 밤, 귀신 골목에는 늘 그렇듯 지나는 이 하나 없다.

“내가 그때 김선생한테 빚을 졌지.”

하나뿐인 청중은 잠들었는데 홍사장은 이야기를 멈추지 않았다.

“김선생이 처음 여기, 책방에 왔을 때 말이야. 사실 내 상태가 많이 안 좋았거든.”

홍사장은 다시 이불 위로 몸을 뉘었다. 삼십 대 후반, 우울했던 날들이 떠올랐다. 마음의 병은 자연스레 몸도 망가뜨렸다. 무엇을 먹어도 모래알을 씹듯 삼키기 어려웠다. 몇 달간 잠들지 못한 몸에는 푸석한 살가죽만 남아 있었다. 다시 생각하니 그때의 아버지를 닮았다. 아침에 눈을 뜨면 살아 있는 자신이 역겨워 견딜 수가 없었던 지옥 같은 시절이었다.

병원 침대에서 눈을 감은 어머니는 그런 아들을 두고 떠나야 하는 것을 애통해하셨다. 오죽하면 유언이 살아달라는 말이었을까. 마지막 끈이라 생각하고 아버지를 찾아왔건만 아버지는 끝까지 자식을 돕지 않았다. 헌책방에 앉아 아버지를 기다리다 삶을 내려놓고 싶은 욕망에 빠져들었을 때 그 소년이 나타났다.

아이는 이상하게 생긴 가위를 계산대에 올려놓더니 대뜸 돈을 달라고 했다. 싸웠는지 맞았는지 얼굴과 손에 겹겹이 피멍이 들었고 사는 게 버거운 듯 지친 표정이었다. 그때도 홍사장은 책방 앞에 쪼그려 앉아 아버지를 기다리던 어린 제 모습을 떠올렸다.

‘얘도 사연이 있겠지.’

계산대에 얼마간의 돈이 남아 있었다. 아버지의 돈이었다. 홍사장은 그중 만 원짜리 세 장을 아이 손에 쥐여 주었다.

‘어차피 이 돈 주인은 여기 없단다.’

그 아이가 얼마나 기뻐하던지 홍사장은 한결 마음이 편했다. 그리고 몇 시간 지나지 않아 송 씨 아저씨가 찾아왔다. 아저씨는 원하던 그림을 가져가지 못했지만, 계산대 위에 놓인 가위를 보고 반색했다.

‘이놈아. 이거 고려 가위다. 적어도 천년은 묵은 거라고!’

홍사장은 삼만 원에 산 가위를 무려 삼백만 원에 팔게 되었다. 난감했다. 소년의 이름도 연락처도 알지 못했다.

‘꼭 어린애 등쳐 먹은 거 같잖아.’

소년을 찾을 방법이 없었다. 이백구십칠만 원을 돌려주려고 무려 사 년을 기다려야 했다. 소년이 다시 책방을 찾았을 때 홍사장은 어리숙함을 벗어낸 어엿한 헌책방 사장이 되어 있었다.

“덕분에 살아남았네, 이렇게.”

홍사장은 가만히 김선생의 숨소리를 들었다. 오롯이 살기 위해 내뱉는 숨소리에 가슴이 울렁거렸다.

‘그 빚, 내가 갚아 보려고.’

차마 마지막 한마디는 입 밖으로 내뱉지 못했다. 소리를 냈다면 흔들렸으리라. 홍사장은 잔뜩 겁을 집어먹었다는 것을 자신에게도 들키고 싶지 않았다. 빗소리가 그쳤다.

도깨비 이야기

*

"인간이란 참말로 우둔한 존재라니까."

도깨비가 말했다. 그 옆에 붙어 앉은 검은 고양이가 열심히 털을 핥고 있다. 온몸이 검은 털로 뒤덮인 녀석은 눈을 감으면 어둠 속에 완전히 스며들어 모습이 보이지 않는다.

"세상 똑똑한 척은 다 하지만 말이야. 정작 중요한 순간에는 제 눈으로 보고도 믿질 않으니 하는 소리라네."

도깨비는 술집 처마 그늘에 앉아 주절대고 있다. 그곳에서는 헌책방 안이 훤히 보였다. 해가 꼴깍 넘어간 시각, 홍사장이 가게 안을 어슬렁거리고 있다. 도깨비가 빗속으로 목을 쭉 내밀어 홍사장의 안색을 살폈다.

"종일 열에 들떠 일어나질 못하더니 좀 살만해진 게로구나."

야옹. 도깨비의 말에 대답이라도 하듯 고양이가 울었다. 수상한 기척을 느낀 홍사장이 문 앞에 다가서서 비 오는 골목을 내다보았다. 홍사장과 도깨비의 눈이 마주쳤다. 도깨비는 놀란 기색 하나 없이 음흉한 웃음을 흘렸다.

"저 책방 사내가 하는 짓을 보라고."

희멀겋고 반질반질한 도깨비를 본 홍사장이 놀란 눈을 했다. 몸뚱이는 어둠에 숨기고 허연 얼굴만 앞으로 내밀었으니 공중에 뜬 각시탈처럼 보였을 것이다. 도저히 사람의 얼굴로 볼 수 없을 것인데, 홍사장은 곧장 도리질을 치고 등을 돌려 책방 안쪽으로 들어가 버렸다.

"속으로 이렇게 말했을 거야."

도깨비가 조롱하듯 홍사장의 목소리를 흉내 냈다.

"그럴 리 없지! 내가 잘못 봤을 거야!"

중얼중얼, 도깨비가 내뱉는 말들이 빗소리에 가려졌다.

"아니야, 이 멍청한 놈아! 너는 제대로 봤어. 네 눈앞에 있던 깐 달걀 같은 훤하고 잘생긴 건 도깨비 얼굴이야! 바로 나, 도깨비라고!"

신나게 홍사장을 놀려대던 도깨비가 입을 딱 다물고 급히 몸을 숨겼다. 헌책방 안에 있던 또 한 사람, 김선생이 몸을 일으켰기 때문이다. 김선생은 도깨비가 보이기라도 하듯 한참 동안 비 오는 골목을 노려보았다. 그가 사라질 때까지 도깨비는 어둠에 숨었다. 이번에는 고양이가 도깨비를 비웃듯 갸르릉 소리를 냈다.

"그런 소리 말어. 무서워 숨은 게 아니라네. 귀찮아지는 게 싫을 뿐이야."

도깨비가 변명하는 사이 헌책방 전등이 모두 꺼졌다. 귀신 골목에 완전한 밤이 찾아왔다. 한참을 더 기다린 도깨비가 웅크렸던 몸을 쭉 폈다. 구척장신, 우람한 몸뚱이가 서 있기에는 골목이 비좁아 보인다. 털 고르기를 끝낸 고양이도 앞다리를 쭉 뻗어 기지개를 켰다.

도깨비가 조심스럽게 고씨네 가게 문을 밀었다. 삐걱 소리가 요란했지만, 다행히 더 요란한 빗소리에 묻혔다. 어두운 바닥을 더듬으며 술집으로 기어가는 도깨비의 모습은 영락없이 침입자의 모습이다. 도깨비의 손에 술 항아리가 닿았다. 도깨비는 긴 팔로 항아리를 쓱 끌어와 품에 안았다. 때가 된, 잘 익은 술 냄새가 가게에 진동했다.

"이 단지를 열기 위해 자그마치 백 일을 참아냈지."

도깨비는 침을 꼴깍 삼키며 면 보자기를 열어젖혔다. 작은 표주박을 움켜쥐고 조심스럽게 한 바가지를 떠 마신 도깨비가 부르르 몸을 떨었다.

"크으으! 좋다!"

탄성을 내지르는 도깨비를 고양이가 신기한 것 보듯 올려다봤다.

"이크!"

도깨비는 그제야 누가 저를 보고 있지는 않은지 사방을 두리번거렸다. 골목은 빗소리로 가득했고 헌책방도 불 꺼진 그대로다. 책방의 2층 조각창을 물끄러미 보던 도깨비가 다시 홍사장을 입에 올렸다.

"고 선생도 잘 알겠지만, 저 헌책방 사장은 천성이 둔하디둔한 작자란 말이지.”

고양이가 도깨비 곁에 바짝 다가앉았다.

“내가 저이에게 얼굴을 보인 것이 이번이 처음은 아니라네. 보통 사람이라면 이 관옥 같은 얼굴을 보자마자 기절했을 거란 말이야. 그게 아니면 귀신이네 뭐네, 소리라도 질렀을 텐데 방금 자네도 봤잖은가? 아무 일도 일어나질 않는다고. 매번 저렇게 고개를 절레절레 휘젓고는 멀쩡한 제 눈만 탓하더라는 거지. 덕분에 나만 나태해졌지 뭐야.”

자세히 보면 제 입으로 관옥 같다던 도깨비 얼굴에 사람의 핏줄처럼 실금이 어지럽게 뻗어 있다.

“아이, 그렇게 보지 말라니까. 하루 종일 사람 얼굴을 하고 있을 수는 없잖아. 나도 피곤하단 말이야.”

도깨비는 주절주절, 고양이에게 변명을 늘어놓았다.

“사람으로 둔갑하는 건 생각보다 대단한 일이야. 수련에 수련을 거듭한 끝에 얻어지는 고도의 재주랄까.”

도깨비가 하품하는 고양이의 목덜미를 쓰다듬었다. 기분 좋아진 고양이가 그르렁그르렁 소리를 냈다.

“사람도 잘 먹어야 힘을 쓰듯이 도깨비도 마찬가지야. 잘 먹지 못하면 그놈의 재주도 영 맥을 못 춘단 말이지. 내가 요즘 양껏 먹어본 적이 언젠지 모르겠어.”

도깨비는 자신의 배를 쓰다듬으며 아쉬운 표정을 지었다.

"둔갑할 깜냥이 못 되는 것들은 사람을 놀라게 해 손에 든 걸 빼앗거나 짐승을 잡아 끼니를 해결할 수밖에 없다네. 꼴사납긴 하지만 어쩔 수 없지."

도깨비가 고양이를 매만지며 입맛을 다셨다. 고양이가 신경질적으로 꼬리를 흔들었다.

"어허! 나를 뭐로 보는 거야? 나는 그런 너절한 도깨비가 아니야. 고양이를 잡아먹다니? 내 얼굴에 먹칠하는 짓이지. 그거야말로 나는 둔갑도 못 하는 한심한 도깨비라고 동네방네 소문내고 다니는 꼴이라고."

도깨비가 짓궂게 웃었다.

"재주가 엉성한 놈들이 하는 짓은 정말 가관이야. 외다리로 뛰어다니질 않나, 팔다리를 한두 개 더 달고 있지 않나. 얼굴만 그럴듯하게 만들면 뭐 하냐고. 짐승 몸뚱이를 한 줄도 모르고 도로를 뛰어다니는 꼴이라니! 한번은 말일세, 그러니까 칠팔십 년은 된 이야긴데 말이야. 커다란 머리카락 뭉치가 꼭 살아서 돌아댕기는 것처럼 장바닥을 굴러다니는 거야! 말꼬리라는 둥, 거인 머리털이라는 둥, 저마다 미친 소리를 해대는데, 자세히 보니까 도깨비더라고. 너무 흉측해서 사람들 틈에 끼어 있던 나도 질색했다니까!"

도깨비가 덥수룩한 제 머리카락을 쓸어 넘기며 말을 이었다.

"그래서 도깨비감투란 물건이 필요한 거야. 재주가 하찮아도 그것만 뒤집어쓰면 감쪽같이 사람 행세를 할 수 있다더라고. 물론 나는 잘 몰라. 필요도 없고 본 적도 없거든."

그딴 것에 관심이 없다는 듯 도깨비가 콧방귀를 뀌었다. 얼굴 가득 거만한 웃음이 들어찼다.

"나는 감투 따위에 의지할 만큼 재주가 하찮은 쪽이 아니라네."

재주가 부족해 홍사장에게 얼굴을 들킨 것이 아니라는 소리다.

"몇 번이나 이 잘난 얼굴을 보였는데도 아무 일도 안 일어나니까, 가끔 둔갑해야 한다는 걸 잊어먹는 거라고."

새하얗던 도깨비 얼굴이 순식간에 혈색 있는 사람의 얼굴로 변했다. 빤들빤들 유리 같던 미간에도 주름이 생겼다. 감쪽같이 사람 얼굴로 둔갑한 도깨비가 으스대며 말했다.

"봤지? 내가 이 정도라네. 골목에 갇혀 낡아가기에는 아까운 도깨비지."

천연덕스럽던 도깨비의 얼굴이 이내 흐려졌다. 한숨을 토하는 모습까지 영락없이 사람이다.

"도깨비 팔자 도깨비가 꼰다고. 이 꼴이 된 데에는 사실 내 탓이 전혀 없다고는 말 못 하겠네."

처연한 빗소리를 두르고 앉은, 어느 도깨비의 신세 한탄이 시작됐다.

도깨비가 삼백여든두 살이던 해의 일이다.

도깨비는 며칠 밤낮을 누워만 지냈다. 머리맡에 놓인 초록색 궤짝에는 빈 병이 늘어서 있다. 잠시 개었던 하늘이 다시 굵은 빗줄기를 토해냈다. 좀처럼 움직일 줄 모르던 우람한 그림자가 빗소리에 꿈틀댔다. 도깨비의 발목을 타고 넘는 새끼 쥐 서너 마리는 개의치 않고 제 갈 길을 갔다.

무릇 도깨비는 생을 즐기기 위해 존재하는 것이다. 해가 지기 무섭게 밤거리로 뛰어들어야 할 도깨비가 먼지 쌓인 마룻바닥에 누워 발가락 하나 꼼짝하지 않고 자빠져 있는 것은 흔치 않은 볼거리였다.

도깨비에게도 사정은 있었다. 생의 삼백 해를 맞이했을 때만 해도 도깨비는 착실하게 유흥을 즐기며 살았다. 흥청망청 술잔치가 벌어지는 곳이라면 두루 찾아다녔다. 노름꾼을 만나면 부추겨 재산을 탕진시키고 건달을 만나면 싸움을 붙여 끝장을 보게 하였다. 술이라는 것이 어쩌나 신통방통한지 선비질 하던 것들도 술에 절면 짐승이 되는지라, 밤새워 먹고 마시고 안고 뒹굴다 보면 시간 가는 줄을 모르겠더라.

꽃놀이도 한때라더니, 도깨비는 갑자기 모든 것에 싫증이 나버렸다. 삼백 년을 한결같이 질펀하게 놀았으니 그럴 만도 하다만 하필 홀딱 벗은 여인과 이불 속에 누웠을 때 권태증이 찾아올 건 뭐란 말인가. 끼워두었던 몸을 슬쩍 빼낸 도깨비가 가로누워 쩌억 하품을 했다. 까닭을 모르는 여인네가 발갛게 달아오른 얼굴로 도깨비를 보았다.

"미안하지만 그만 돌아가 주겠소? 오늘의 무례는 언젠가 꼭 갚아

주리다.”

도깨비가 정중히 부탁하였다. 제법 예의범절을 아는 도깨비였다. 하지만 알몸의 여인은 고상함과는 거리가 멀었다.

“이 오라질 놈이 뭐라는 거야?”

여인네가 눈깔을 희번덕거리며 도깨비에게 덤벼들었다. 아이고, 도깨비는 할 수 없이 뺀들뺀들한, 잘난 얼굴을 드러냈고 여자는 속곳도 챙겨 입지 못하고 그대로 줄행랑을 쳤다. 이후로 도깨비는 여자 사람이라면 일절 말도 섞지 않았다.

‘오래 산다는 건 징그럽게 지겨운 일이구나.’

도깨비의 권태증이 깊어 갔다. 심심하고 지루하고 고독한 날들이 반복되었다. 그것은 오래 산 도깨비라면 모두가 겪는 것이었다. 사람으로 치면 ‘사춘기’나 ‘갱년기’와 같이 자연스러운 시기라 내버려 두면 지나갈 것이었다. 하지만 도깨비는 권태증의 정체를 알지 못했다. 태어날 때도 혼자, 죽을 때도 혼자, 도깨비의 삶은 각개전투이기 때문이다.

사람이든 도깨비든 나불대는 것이라면 쳐다보기도 싫었다. 도깨비는 툭 건들면 바스러질 듯한 버려진 집 한 채를 골라 틀어박혔다. 한동안 사람은 물론이고 도깨비도 얼씬하지 않았다. 도깨비는 서로의 영역을 존중하는 평화로운 존재이므로 낯선 도깨비가 방문할 일은 없었다.

마당에 잡풀이 사람 허리까지 올라오고 집 안 천장마다 거미줄이 엉켜 있었다. 꼴이 그 지경이라 어중이떠중이는 감히 들어올 엄두도 못 내었다. 나중에 알았지만, 그곳은 일가족이 한날한시에 비명횡사한 집이었다. 사람은 사람이 죽은 자리라면 웬만해서는 가까이하질 않는다. 가끔 술에 취해 앞뒤 분간 못 하는 놈들이 발을 디딜 때가 있긴 했는데, 도깨비 호통 한 번이면 해결이 되었다.

"이노오오옴!"

제대로 된 도깨비라면 소리깨나 지를 줄 알아야 한다. 고함 한 번에 유리창이 흔들리고 마룻바닥이 뒤틀렸다. 취기에 용감했던 작자들도 혼비백산하여 뒤도 돌아보지 않고 내뺐다.

도깨비가 머물던 집은 그렇게 귀신 나오는 집이 되었다. 귀신이라니, 도깨비로서는 체면 구길 일이지만 그 덕에 몇십 년은 평화로웠다. 그렇게 도깨비는 종일 먼지 쌓인 바닥에 누워 뒹굴거나 술을 마시며 지냈다. 하여튼 모든 게 귀찮았다.

시간이 흘러 도깨비가 삼백여든두 살이던 해의 여름이었다. 며칠째 빗소리를 들으며 누워 있는데 늦은 밤에 일이 벌어졌다.

"소리 참, 맛있다."

도깨비는 빗소리를 좋아하였다. 하나 남은 소주병을 끌어안고 누워 타닥타닥, 빗소리에 장단 맞춰 발가락을 꼼지락거리는데 웅성대는 목소리가 마당을 가로지르는 것이 아닌가. 그 집에 사람이 들어선 것은 정말 오랜만이었다.

'요것들 봐라?'

그날 뭐에 동했는지 도깨비는 몇 년 만의 사람 구경이 싫지 않았다. 어쩌면 권태증이 끝나는 때였는지도 모른다. 교복을 입은 사내아이들이 우르르 마루를 밟고 집 안으로 들어섰다. 그들은 그 안에 도깨비가 있을 줄 꿈에도 몰랐다. 애초에 도깨비라는 신묘한 것이 존재한다는 것조차 알 리 없었다.

소년들은 호기롭게 들어섰으나 도깨비의 눈에는 겁을 집어먹은 것처럼 보였다. 어둠 속에서 비겁한 눈동자들이 번쩍거렸다.

'아서라 요것들아.'

도깨비가 비웃었다. 개중에는 떨리는 마음을 숨기려고 일부러 큰 소리로 지껄이는 놈도 있었다.

"귀신아! 이리 나와 봐! 형님 왔다!"

웃는지 우는지 모르게 굳어 있는 표정들이 참으로 우스웠다. 도깨비는 잠시 망설였다. 도깨비를 불렀다면 냉큼 일어섰을 것이다. 하지만 귀신더러 나오라는데 도깨비가 나서기에는 멋쩍은 일이라 일단 지켜보기로 하였다.

그런데 기껏 소리나 깩깩대다 갈 줄 알았던 녀석들이 한 소년을 끌어다 바닥에 꿇어앉히는 게 아닌가.

"야 눈깔 귀신, 빨리 변신해 봐!"

"왜 안 해? 우리 무시하냐?"

"아까처럼 해보라고!"

무식한 발길질이 이어졌다. 놈들은 귀신 놀이나 하자고 폐가에 들어선 게 아니었다.

'뭐야? 시시하게.'

도깨비는 김이 샜다. 자고로 싸움이라면 기둥 몇 개쯤은 뽑아서 휘둘러야 보는 재미가 있는 법이거늘, 여럿이서 한 놈을 패고 있으니 도깨비 보기에 한심하기 그지없다. 도깨비는 주머니에 꽂아 두었던 마른오징어를 질겅대며 놈들을 지켜보았다.

'지루하다. 지루해.'

고함을 쳐서 쫓아낼까, 하는데 흥미로운 것이 도깨비의 눈에 들어왔다. 치졸한 발길질을 홀로 버텨내던 아이의 한쪽 눈에서 좁쌀만 한 붉은 불씨가 타올랐다. 아주 잠깐이었지만 도깨비는 분명히 보았다.

'도깨비불?'

사납고 오싹한 기운. 여느 도깨비불과는 달랐다. 도깨비는 언젠가 겪었던 기분 나쁜 일을 떠올렸다.

마주치면 등골이 서늘해지고, 오금이 저려 주저앉고 싶어지는, 영감이라 불리는 사내와 맞닥뜨린 적이 있었다. 사람 눈에는 도깨비불이 거기서 거기겠지만 도깨비라면 그 차이를 모를 수 없었다.

처음부터 도깨비로 태어난다는 '영감'에 관한 항설을 폐가의 도깨비도 여러 번 전해 들었다. 물건이 오랜 세월, 사람 손을 타 태어나는 보통의 도깨비와는 다르다. 산과 강, 바다와 하늘처럼 애초에 무엇도 아닌 그 자체인 존재. 도깨비로 태어난 도깨비를 영감이라 부른다.

‘한 번 스쳐 지나간 적이 있었지.’

백 년도 더 전에 도깨비는 아주 잠깐 영감이란 것과 마주친 적이 있었다. 창피한 이야기지만 뒷모습만 보았는데도 다리가 후들거리고 눈동자가 뱅글뱅글 돌 정도로 겁을 먹었더랬다.

‘영감의 기운을 가진 사람 꼬맹이라.’

참으로 괴괴한 일이다. 다만 흘러나오는 기운이 영감과 완전히 같지는 않다. 그랬다면 도깨비도 저 하룻강아지들도 이미 줄행랑을 쳤을 것이다.

‘희한한 놈이네?’

저런 눈을 가진 녀석이 사람에게 맞고 다닐 리 없다. 녀석이 마음만 먹으면 이 자리에서 모조리 맨손으로 때려죽일 수도 있다. 물정 모르는 멍멍이들이 호랑이를 알아보지 못하고 덤벼든 꼴이었다.

‘그래서 우르르 단체로 때리는 건가? 치사하게?’

인간은 겁쟁이라 섬뜩한 기운 앞에서 꼬리를 말기 마련이다. 저들이 제정신이라면 가까이 가지도 않았을 것이다.

‘저놈 정체가 뭐야?’

도깨비가 벌떡 몸을 일으켰다. 한 손에 술병을 움켜쥐고 무리의 등 뒤에 다가섰다. 구척장신의 도깨비가 가까이 있는 줄도 모르고 소년들은 정신없이 날뛰었다. 도깨비는 맞고 있는 소년을 내려다보았다. 아이에게서 묘한 냄새가 났다.

‘요놈 보게. 사람 같기도 하고 도깨비 같기도 하네? 도깨비 냄새에

사람 냄새를 섞어 놓은 것 같잖아?'

자세히 보고 싶은데 둘러싼 어린놈들이 성가시다. 도깨비가 긴 팔을 뻗어 얻어터지고 있는 어린 범의 목덜미를 움켜쥐었다. 도깨비 손에 들어 올려진 소년은 한참 전에 의식을 잃은 듯 축 늘어졌다. 보기보다 헌칠하고 뼈가 굵었다. 그제야 도깨비를 발견한 무리가 어어, 소릴 내더니 일제히 입을 떡 벌렸다. 혼자 지내는 데 익숙해진 도깨비가 그만 둔갑도 하지 않고 반들반들한 맨얼굴을 드러낸 것이다.

"딴 데 가서 놀아!"

마룻바닥이 우웅 소리를 내며 흔들렸다. 교복 무리는 바퀴벌레가 흩어지듯 순식간에 사라져 버렸다. 방해꾼들을 쫓아내고 도깨비는 손에 쥔 소년을 살펴보았다. 녀석은 여전히 늘어진 채 눈을 감고 꿈쩍도 안 했다.

"어라? 죽었냐?"

도깨비가 소년을 제 눈 가까이 들어 올렸다. 눈으로는 정체를 알 수 없었다. 생긴 건 영락없이 사람인데, 이 묘한 냄새라니!

"너 정체가 뭐냐?"

아직 숨이 붙어 있는데 죽은 척을 하는 건지 전혀 반응이 없었다. 도깨비는 소년의 얼굴을 제 코에 가까이 댔다. 맞은 자리마다 살이 터져 피 냄새가 났다.

'우와, 냄새 끝내주는데!'

도깨비의 정신이 아찔할 정도로 소년은 매혹적인 피 냄새를 풍겼다. 큉큉대며 놈의 몸 구석구석 냄새를 맡던 도깨비가 저도 모르게 침을 꼴깍 삼켰다. 순간 소년이 눈을 번쩍 뜨더니 도깨비 얼굴을 냅다 걷어찼다. 기습을 당한 도깨비가 나가떨어졌다. 그건 사람의 힘이 아니었다. 어지간한 도깨비도 감당 못 할 충격이었다.

"아휴! 조심해!"

도깨비가 소릴 질렀다. 쨍강하는 소리에 도깨비의 얼굴이 사색이 되었다. 제 몸 곳곳을 살피던 도깨비가 바닥을 보고 망연자실했다. 들고 있던 소주병이 떨어져 깨진 것이다.

"내 술!"

분한 마음에 도깨비가 으르렁거렸다. 하지만 소년은 미안하다는 말 한마디 없이 도깨비를 빤히 올려다보았다.

"귀신이에요?"

"누구더러 귀신이라는 거야?"

도깨비가 허리를 쭉 폈다. 정수리가 천장에 닿을락 말락 했다. 소년의 얼굴에 핏기가 사라졌다.

'어때? 무섭지, 요놈아?'

도깨비가 위엄 있는 목소리로 말했다.

"나는 도깨비다!"

유리창이 파르르 떨렸다. 연거푸 소리를 질렀더니 도깨비의 기분도 조금 나아졌다. 하지만 소년은 겁을 집어먹기는커녕 맥이 빠진 목소리로 중얼거렸다.

“도깨비? …그게 뭐야.”

도깨비의 미간이 꿈틀댔다.

“도깨비가 뭐냐고? 참 나! 그럼 너는 뭔데? 너야말로 그 뻘건 눈깔은 대체 뭐냐? 사람이야? 도깨비야?”

윽박지르며 다가서던 도깨비가 멈춰 섰다. 소년의 한쪽 눈에 불꽃이 타올랐기 때문이다. 조금 전 뭇매를 맞을 때 봤던 것보다 크고 뜨거워진 붉은빛에 도깨비의 마음이 출렁댔다.

‘만져보고 싶다!’

도깨비의 손가락이 제멋대로 소년의 눈으로 다가들었다. 아이가 황급히 손바닥으로 눈을 가리고 뒷걸음질했다. 뒤돌아 도망치는 소년의 신발에 깨진 술병이 밟혔다. 와작와작, 초록색 유리 조각이 부서지는 소리에 도깨비도 퍼뜩 정신을 차렸다.

“야, 술값은 주고 가야지!”

도깨비가 느긋한 걸음으로 소년을 쫓았다. 그깟 짧은 다리를 쫓는 일은 도깨비에게 아무것도 아니었다. 진즉 중년 남자의 모습으로 둔갑한 도깨비가 자연스럽게 사람 사이에 섞여 들었다. 소년의 피 냄새가 사방에 흩뿌려져 있었다.

‘이거 좀 위험한데.’

도깨비뿐만 아니라 온갖 것을 불러들일 탐스러운 냄새였다. 도깨비는 몇 걸음 만에 소년의 뒤통수를 찾아냈다. 아이는 번듯한 2층짜리 양옥집 앞에 초조한 기색으로 서 있었다. 행색이 초라해 없는 집

애겠거니 했던 도깨비의 눈이 휘둥그레졌다.

'있는 집 애가 야박하게 내 삼천 원을 떼먹어?'

그때 어른 여자가 대문을 열고 나왔다. 소년은 고개도 들지 못하고 눈치만 보았다. 엄마라 부르며 중얼중얼 변명하는 소리가 들렸다. 여자는 팔짱을 끼고 말없이 아이를 보기만 했다. 여자의 배가 봉긋하게 불러 있었다.

'사내아이구나.'

도깨비가 설레설레 고개를 내저었다. 뱃속 아기의 심장 소리가 너무 작았다. 운 좋게 세상에 나온다 한들 며칠 살지 못할 몸이었다. 여자는 잔뜩 화난 얼굴로 소년을 데리고 들어갔다.

'하긴 아들놈이 얻어터지고 왔으니, 심사가 뒤틀리겠지.'

여자의 냉담한 눈빛에 입맛이 텁텁했지만, 그건 그들 모자의 사정이고 도깨비는 소줏값이 우선이었다. 도깨비가 선비답게 초인종을 눌러야 할지 몰래 소년의 방으로 들어가야 할지 고민하는 사이 2층 어느 창문에 불이 켜졌다. 그 창문을 향해 코를 킁킁대던 도깨비가 굳은 얼굴로 미련 없이 몸을 돌렸다. 창문에 붙은 더러운 것이 입맛을 떨어트렸기 때문이다. 그것은 도깨비들 사이에서도 취급받지 못하는 썩은 살점을 탐하는 괴물이었다.

"사람의 살을 먹는 족속이란 말이지."

이야기를 멈춘 도깨비의 눈에 혐오가 스쳤다. 떠올리는 것만으로도 불쾌한 듯 몸서리쳤다.

"그런 건 도깨비라고 부르고 싶지도 않다니까. 사람 사이에도 사람 취급 못 받는 놈들이 있잖아? 도깨비도 그렇다네. 절대로 얽히고 싶지 않은 더러운 놈들이 있지."

도깨비가 오만상을 찡그렸다. 항아리에 담긴 술이 어느새 반절밖에 남지 않았다.

"시체 썩은 내를 풍기면서 사람 살점을 찾아 어슬렁댄단 말이야. 역겹기 그지없다고. 듣기로는 물건에 죽은 사람의 피가 배어들면 그런 것이 된다더구먼. 한두 방울 갖고는 어림없고 비린내가 진동할 정도로 흠뻑 스며야 한다더라. 이백 년 전인가? 더 옛날인가? 아무튼 시체를 덮어뒀던 거적때기가 그리 변하는 걸 본 적이 있어. 맞아 죽은 어린애를 산짐승의 먹이로 던져 주더란 말이야. 살이 죄다 터져서 옷이든 몸이든 핏물로 얼룩덜룩했지. 무슨 사연이었는지는 잊어먹었어. 누가 거적때기를 가져다 덮어놨더라고. 가여웠는지 보기 싫었는지 그 마음은 알 수 없지. 짐승도 짠했는지 차마 입질을 못하더라고."

도깨비가 옛 기억에 빠져들었다. 눈도 못 감고 죽은 어린아이의 얼굴이 떠올랐다. 거적때기 아래 삐죽 나와 있던 멍투성이의 작은 발도 생생하다.

"그때는 나도 참 둔했지 뭐야. 사람 살점이 썩어 뭉개지는 동안 거적때기가 어디 한 군데 삭지 않고 멀쩡한 것을 의심하지 않았으니까. 그게 몸을 일으켜 사람을 흉내 내는 걸 보고서야 알았지. 저거 도깨비구나. 저런 것도 있구나.”

도깨비가 코를 킁킁댔다. 기억 속 비릿한 냄새가 지금도 가까이에서 나는 듯했다. 그러거나 말거나 고양이는 이야기에 흥미를 잃고 제 볼일 보기에 여념이 없다. 가게에 숨어든 귀뚜라미가 재수 없게 고양이 눈에 띄었다. 고양이가 엉덩이를 씰룩대며 귀뚜라미에게 덤벼들었다.

“그걸 뭐라고 부르는 게 좋을까? 사람 살을 뜯어 먹으니까 식인 도깨비라고 부를까? 그런 이름을 붙이면 뭔가 거창해 보이겠지만 크게 걱정할 상대는 아니라네. 죽은 사람의 살점을 뜯는 이유가 뭐겠어? 살아 있는 것을 잡아먹을 깜냥이 안 되기 때문이야. 사냥하기에는 느리고 약하지. 썩은 내만 견딜 수 있다면 고양이도 이겨 먹을 수 있다고. 어이 고 선생! 내 얘기 듣고 있는 거야?”

고양이의 입에 물린 귀뚜라미가 바둥댔다. 도깨비가 보고 얼른 손바닥을 펼쳤다.

“어허, 이리 내놓지 못해? 먹을 것도 아니면서!”

허연 손바닥 위에 귀뚜라미가 떨어졌다. 다리 한쪽을 잃었지만, 다행히 살았다. 고양이가 혀를 튕겨 입속에 남은 다리를 뱉어냈다.

“누가 자네 다리를 물어뜯으면 좋겠어? 귀뚜라미의 입장도 생각을 해주라고.”

도깨비가 열린 문틈으로 귀뚜라미를 놓아주었다. 정신을 못 차리고 뱅뱅 돌던 귀뚜라미가 이내 사라졌다.

"자네는 장난질이겠지만 이놈한테는 죽고 사는 문제란 말이야."

도깨비가 한숨을 쉬었다. 한때 자신의 한쪽 다리를 내줬던 그 아이의 얼굴이 떠올랐기 때문이다. 크게 하품을 한 고양이가 잠자리를 찾아가 누웠다. 민속화 아래 놓인 방석이 고 선생의 자리다. 고양이는 눈을 감았지만, 도깨비는 개의치 않고 하던 이야기를 이어갔다.

"분명히 해둘 게 있어. 그날 내가 식인 도깨비를 두고 돌아선 건 그리 매정한 처사는 아니었다네."

소년의 방 창문에 붙은 것을 보고 도깨비는 돌아섰다. 그는 도깨비치고 세상일에 무관심한 편이었다. 권태증이 오기 전부터 그랬다.

'팔자대로 사는 게지.'

그렇다고 소년이야 죽든 말든 도깨비가 나 몰라라 했다고 생각하면 곤란하다. 배곯은 시시한 도깨비 따위는 소년을 위협할 수 없다고 생각했을 뿐이다.

'평범한 애가 아니잖아. 이 몸을 후려친 놈이라고.'

도깨비는 소년에게 얻어맞은 턱을 만지작댔다.

'하마터면 황천길 갈 뻔했지. …죽은 도깨비도 받아줄는지는 모르지만.'

그런 사특한 것이 어쩌다 사람 사는 곳까지 내려왔을까, 아무래도 소년의 피 냄새 때문인 것 같았다. 제 냄새가 저지른 것이니 녀석의 책임이라고 도깨비는 되뇌었다.

집으로 돌아오는 길에 도깨비는 단골 술집에 숨어들어 소주 궤짝을 양쪽 어깨에 하나씩 지고 나왔다. 아마도 술집 주인은 도깨비가 제집 외상 단골이라는 사실을 모를 것이다.

'고맙소, 나중에 꼭 값을 치르리다.'

집에 돌아온 도깨비는 소주 한 병을 단숨에 들이켰다. 미지근한 것이 아쉽지만, 나름 목을 축일만했다. 도깨비는 다시 낡은 마룻바닥에 몸을 뉘었다. 마룻바닥에 스며든 소년의 피 냄새가 진동했다. 도깨비는 바닥에 살짝, 혓바닥을 대보려다 그만두었다.

'이건 너무 추접스럽지.'

피 냄새를 피해 멀리 떨어진 탁자 아래로 자리를 옮겼지만, 소년은 도깨비의 머릿속을 떠나지 않았다.

'왜 냄새가 반반이었을까? 설마…?'

도깨비와 사람 사이에 태어난 아이라니, 말도 안 된다며 스스로 머리를 쥐어박았다. 사백 년 가까이 사는 동안 도깨비가 자식을 낳았단 소리는 들어본 적 없었다. 얼토당토않은 상상에 흐흐흐, 웃음을 흘리는데 소년의 달콤한 피 냄새가 도깨비의 코끝을 스쳤다.

'그 애송이한테 홀린 게야.'

절레절레 고개를 흔드는 도깨비 앞에 정말로 소년이 나타났다.

'설마 나를 찾아온 거냐?'

아이는 잔뜩 긴장한 얼굴로 사방을 두리번거렸다. 어둠 속에서 결연히 주먹을 쥐고 서서 작은 목소리로 중얼댔다.

"내가 이길 수 있을까?"

'뭐를? 나를?'

도깨비가 속으로 웃음을 터뜨렸다. 곧바로 삐걱, 대문이 열리는 소리가 들렸다. 소년만큼은 아니었지만, 도깨비도 예민하게 반응했다. 역한 썩은 내가 코를 찔렀다. 유리창에 붙어 있던 그것이 소년을 따라 겁도 없이 도깨비의 영역에 들어선 것이다. 소년이 다시 한번 중얼거렸다.

"내가 이길 수 있을까?"

"물론이지."

"헉!"

도깨비의 목소리에 소년이 숨을 삼키며 주저앉았다. 그사이 침입자가 마당을 가로질러 마루에 올라섰다. 삐거덕, 소리가 집 안에 울려 퍼졌다. 묵직한 몸뚱이가 다가오고 있었다. 소년이 다급히 몸을 숨겼다. 솜털이 보송한 소년의 목덜미에서 땀이 뚝뚝 떨어졌다. 도깨비는 비웃지 않았다. 목숨이 걸렸으니, 겁이 나는 건 당연했다.

그런데 겁먹은 아이가 숨어든 곳이 하필이면 탁자 아래, 도깨비가 앉아 있는 자리였다. 고개를 돌리다 바짝 붙어 앉은 도깨비를 발견한 소년이 실성한 놈처럼 비명을 내질렀다.

"아아아악!"

도깨비가 널따란 손바닥으로 소년의 입을 틀어막았다. 놀란 녀석이 뿌리치고 일어서다 탁자 모서리에 이마를 찧었다. 사람 살가죽은 어찌나 약해빠졌는지, 단박에 피가 주르륵 흘렀다.

'큰일 났네.'

따끈한 피 냄새가 침입자를 더 자극해 버렸다. 빠르게 다가온 식인 도깨비가 소년의 머리통을 움켜쥐었다. 순식간에 벌어진 일이라 도깨비도 정신을 쏙 뺐다. 머리를 붙들린 채 공중에서 팔딱대는 아이의 다리를 멍하니 올려다보았다.

"…먹고 싶어…한 입만 주라…"

그놈 목소리에 도깨비도 흠칫 놀랐다.

'저 새끼가 지금 뭐라는 거야?'

산 사람 몸을 한 입만 달라니, 그게 무슨 말 같지도 않은 소리인가. 기가 막힌 것은 그뿐이 아니었다. 가까이서 본 놈의 생김새가 도깨비가 알던 것과 전혀 달랐다. 도깨비가 본 거적때기는 등이 굽고 빼빼 마른 모습이었다. 눈앞의 저것은 덩치도 도깨비 못지않은 데다 쩍 벌린 입이 어찌나 큰지, 한 입만 달래놓고 뼈째 오독오독, 소년을 통째로 씹어먹으려는 것 같았다.

"놔! 이거 놓으라고!"

커다란 손에 머리를 붙들린 소년이 식인 도깨비의 손가락을 할퀴며 소리를 질렀다. 놈은 몸부림치는 아이를 바닥에 패대기쳤다. 붙들어 내던지고 또 붙들어 내동댕이쳤다. 먹기 좋게 정신을 잃게 하려는 것 같았다. 폭음이 터지고 갈라진 마룻바닥이 들썩이며 나무

먼지가 피어올랐다. 보통 사람이었으면 단번에 죽었을 것이다. 기절한 듯 마루에 자빠져 있는 소년을 보니 도깨비 마음에 천불이 났다. 아이의 한쪽 다리가 힘겹게 꿈틀댔다. 도깨비는 안도의 숨을 내쉬었다.

'어휴, 살았구나.'

하지만 싸움은 끝나지 않았다. 놈이 소년의 한쪽 다리를 움켜쥐더니 정말로 한 입 뜯어먹으려는 듯 아귀 같은 입을 쩍 벌리는 것이 아닌가? 벌어진 입에서 쏟아져나오는 악취는 도깨비도 코를 움켜쥘 정도로 고약했다. 도깨비는 정말 끼어들기 싫었지만, 이제는 나서지 않을 수 없었다.

"어이! 걔 내려놔!"

도깨비가 제대로 으르렁대자 지붕이 들썩였다. 이쯤 하면 되겠지 생각한 순간 도깨비의 머리가 얼얼해졌다.

"…한 입만 먹을래…."

그 소리에 정신을 차리고 보니 자신이 바닥에 주저앉아 있다. 도깨비는 어이가 없었다.

'뭐야? 내가 한 방 먹은 거야?'

도깨비는 그제야 상황을 깨달았다. 눈앞의 저것은 식인 도깨비 냄새를 풍기고 있으나 생전 처음 보는 것이었다. 말귀도 알아먹지 못하고 본능에만 매달리는 못 배운 물건이었다. 살아 있는 것을 먹겠다고 덤벼든 게 처음이 아닐 것이다. 사람이든 도깨비든 먹어 치운 기억이 있기에 분간 없이 달려드는 것이다. 소년을 씹어 삼킨 다음에는 도깨비에게도 한 입을 내달라, 할 놈이었다.

'역시 세상에는 배울 것이 많구먼.'

삼백팔십이 년 만에 처음으로 겸손해지는 순간이었다.

"야 이놈아! 넌 빨리 도망가!"

도깨비는 큰맘 먹고 남의 일에 끼어들기로 했다. 먼저 소년을 피신시키고 제대로 싸움에 나설 생각이었다. 그런데 정신을 차리고 자리에서 일어선 소년이 전과는 달라진 눈으로 그것과 마주 섰다.

'우와! 저거 진짜 영감의 눈깔이잖아!'

살벌하게 타오르는 한 개의 눈동자가 도깨비를 멈춰 세웠다. 자신이 나서지 않아도 된다는 확신이 섰다. 같은 편이 된 도깨비가 소년에게 소리쳤다.

"목을 부러뜨려!"

소년은 머뭇댔다. 놈이 어설프게나마 사람 꼴을 하고 있었기 때문이리라. 살아 있는 것의 목을 부러뜨리라니, 말처럼 쉬운 일이 아니다. 게다가 눈앞의 그것은 입은 세숫대야만 하고 덩치는 집채같이 크다. 목은커녕 어디 한 군데라도 부러질는지 장담할 수 없었다. 도깨비가 고개를 흔들며 다시 몸을 일으켰다.

"알았어. 내가 하지 뭐."

오만한 생각이었다. 붉은 눈의 소년은 누구의 도움도 필요하지 않았다. 짐승처럼 빠르게 바닥에 뒹굴던 깨진 병 주둥이를 집어 들더니 주저 없이 놈의 목에 찔러 넣었다. 급습을 당한 놈이 비틀댔다.

"아니 그걸로 안 되고. 머리통을 잡아서 아예…"

도깨비의 훈수가 끝나기도 전에 소년이 놈의 목에 꽂힌 병 주둥이를 못질하듯 주먹으로 내리쳤다. 속절없이 처맞은 괴물이 괴성을 지르며 몸을 부르르 떨었다. 소년을 움켜쥐려고 팔을 휘적댔지만 소용없었다. 이미 목이 부러졌다. 오싹한 기운에 구경하던 도깨비도 괜히 근질거리는 제 목을 쓰다듬었다. 소년은 멈추지 않았다. 다시 놈의 목에 박힌 병 주둥이를 움켜쥐더니 단숨에 뽑아버렸다. 뚫린 목구멍에서 핏물이 분수처럼 뿜어져 나왔다. 검붉은 피가 끊임없이 흘러 마루를 적시고 마당까지 흘렀다. 소년이 피 냄새를 맡은 들짐승처럼 포효했다. 도깨비도 소년의 붉은 눈을 마주 보지 못하고 고개를 돌렸다. 그 옛날 영감을 만났을 때처럼 다리가 오들거렸다.

도깨비가 이야기를 멈췄다. 멀지 않은 곳에서 사람의 웃음소리가 들렸기 때문이다. 소리는 골목 안까지 들어오지 않고 다시 멀어졌다. 바깥소리에 귀 기울이던 도깨비가 자리에서 일어섰다. 어깨와 허리를 구부린 어정쩡한 자세다. 술집 천장이 낮아 몸을 다 펴지 못한 것이다. 얼굴만 사람을 흉내 낼 뿐 그 아래는 도깨비의 몸뚱이 그대로였다.

도깨비는 술집을 어슬렁거리며 먹을 것을 찾았다. 찬장에 신문지로 싼 육포 한 주먹이 손에 들어왔다. 도깨비에겐 한 입 거리일 뿐이지만 그거라도 움켜쥐고 다시 술 항아리를 끌어안았다. 냄새를 맡고 잠에서 깬 고양이가 주둥이를 씰룩대며 다가왔다.

"고 선생, 서운하게 왜 이래? 사람 앞에서는 꽁지 빠지게 도망가는 주제에 도깨비는 만만하다는 거야?"

검은 털로 뒤덮인 짐승은 아랑곳하지 않고 도깨비 무릎에 머리를 비비적댔다. 도깨비는 어쩔 수 없다는 듯 육포 한 조각을 먹기 좋게 찢어 던져 주었다.

"귀신 골목. 사람들이 여길 그렇게 부른다지?"

도깨비는 가게 창밖, 어둠에 둘러싸인 골목의 풍경을 예술 작품 감상하듯 찬찬히 뜯어 보았다. 골목을 적시던 비가 어느새 그쳤다.

"음침한 분위기를 만드는데 내 재주가 역할을 했지만 말이야. 그래도 불쾌하다고. 귀신이라니! 그런 치욕이 없다네. 사람의 상상력이란 정말 형편없다니까. 왜 사람이 아니면 죄다 귀신 취급이냔 말이야."

도깨비가 입술을 씰룩거렸다. 그 사이 그림자 여럿이 가게 앞으로 몰려들었다. 도깨비는 손에 든 육포를 잘게 찢었다.

"애초에 귀신 따위가 뭐가 무섭냐고! 이해를 못 하겠다니까? 진짜 무서워해야 할 것은 도깨비지! 우리는 사람 얼굴을 하고 사람 옆에서 살을 맞대고 살고 있잖아. 우리가 귀신 나부랭이보다 한 수 위라고."

도깨비가 육포 조각을 바닥에 던지자 어느새 문틈을 비집고 들어온 고양이들이 각자의 몫을 챙겨 입에 물었다.

"에잇! 요 귀신 같은 털북숭이들! 하여간 먹을 거라면 빼지 않고 몰려든다니까."

육포를 죄다 나눠주고 다시 빈손이 되었다. 도깨비는 입맛을 쩝쩝 다시고는 술이 찰랑거리는 표주박을 제 입에 가져다 댔다. 표주박을 움켜쥔 손은 더는 하얗지도 반들반들하지도 않다. 털이 부숭한 중년 남자의 손으로 바뀌어 있었다.

"하지만 나는 참말로 무서운 건 도깨비도 귀신도 아니라고 확신한다네. 몇백 년을 살아낸 도깨비의 말이니까 믿어도 좋아."

도깨비는 계속해서 중얼댔다. 아무도 들어주지 않는 이야기지만 내뱉지 않고서는 견딜 수 없었다.

"실체가 없어 무섭고, 죽은 것이 나타나 해코지할까 무섭고, 생전 처음 보는 것이라 무섭다고? 그런 헛소리는 집어치우라고 해. 무서운 것은 그런 게 아니야. 나는 정말 무서운 것을 알고 있지. 그건 참말로 구질구질하고 징그러운 거야. 술맛이 싹 가실 만큼 기분 나쁘고 나 같은 훌륭한 도깨비도 어쩌지 못하는 끔찍한 것이라네."

도깨비는 핏물이 흥건하던 이십 년 전의 폐가를 다시 떠올렸다.

싸움이 끝난 자리에 남은 것은 괴물의 사체가 아니었다. 한쪽 날에 구멍이 뚫린 이상하게 생긴 가위가 덩그러니 놓여 있었다. 마룻바닥을 타고 흐르던 핏물도 온데간데없이 사라졌다. 소년은 숨을 헐떡이며 그 자리에 가만히 서 있었다. 땀으로 뒤덮인 이마의 상처가 제법 아물었다. 찢어진 상처가 한 식경 만에 낫다니, 사람에게는 일어날 수 없는 일이었다.

'도깨비 피가 섞인 것이 분명한데.'

하지만 소년의 겉모습은 틀림없이 사람이다. 아이는 울 것 같은 얼굴로 가위에서 눈을 떼지 못했다.

'앞으로 더한 것들이 나타날 게다. 안됐지만, 네놈 팔자는 계속 뒤틀릴 일만 남았구나.'

제 앞날도 모르는 도깨비가 소년을 측은히 여겼다.

"저거라도 가져가라. 네 거니까."

소년이 도리질했다.

"어른이 가져가라면 가져가. 저쪽 골목에 골동품 매입쟁이가 산다. 간판 없이 책만 잔뜩 쌓인 가게인데, 거기 갖다주면 값을 잘 쳐줄 게야."

소년이 징그러운 소릴 들었다는 듯 도깨비를 노려보았다. 도깨비는 더 강요하지 않았다. 눈알 속의 불덩이도 서서히 사그라지고 있었다. 짐승 같던 숨소리도 잦아들었다. 하지만 아이의 꼴이 말이 아니었다. 군데군데 얼룩진 핏자국에, 옷이 전부 찢어져 너덜너덜했다.

'집에 가면 또 한 소리 듣겠구먼.'

도깨비는 엄마라는 여자의 애정없는 눈빛을 떠올렸다. 소년은 뭔가 할 말이 남은 얼굴로 쭈뼛댔다. 사실 도깨비는 소년이 빨리 집에 가길 바랐다. 방금 벌어진 일에 충격받은 건 도깨비도 마찬가지라 혼자만의 시간이 필요했다.

"얼른 집에 가거라."

마지못해 걸어 나가던 녀석이 다시 뒤돌아서더니 힘겹게 한 마디를 내뱉었다.

"…고맙습니다."

도깨비는 바닥에 드러누운 채 아무 말도 하지 않았다. 멋쩍었기 때문이다. 좋은 일을 한 건지 괜한 짓을 한 건지 헷갈리는 중이었다. 그런데 대문 닫히는 소리에 마음이 허전해졌다.

'오랜만에 재밌었네.'

거미줄로 덮인 천장을 바라보다 저도 모르게 헛말이 흘러나왔다.

"또 안 오려나?"

누가 들었을까 무섭다. 도깨비가 사람 아이를 기다린다니 백 년은 놀림 받을 일이다.

하지만 하루가 지나기도 전에 소년이 도깨비를 찾아왔다. 또 제멋대로 들어오더니 바닥에 주저앉아 하염없이 눈물을 쏟아냈다.

"너는 눈물에서도 좋은 냄새가 나는구나."

농담도 소용이 없었다. 도깨비는 소년이 실컷 울도록 내버려두었다. 한참을 울고 난 아이가 설움에 찬 목소리로 말했다.

"집에서 쫓겨날 것 같아요."

이어지는 소년의 고백에 도깨비는 말을 잃었다. 대충 짐작은 했지만, 함께 사는 사람들은 친부모가 아니었다. 모친은 저를 낳다 죽었으며 부친은 누군지도 모른단다. 외할머니 손에서 자라다가 여덟 살에 자식이 없는 친척 집에 입양되었는데, 여자의 뱃속에 아이가 들어서면서 객식구로 전락했다. 그들 부부는 하루가 멀다고 싸움질을 해대는 아이는 버겁다며 이제 와 소년을 시설에 보내려 했다. 십 년을 함께 살았음에도 정이 들지 않더라면서.

"엄마는 내가 징그럽대요."

도깨비는 화가 났다.

'애한테 그런 말을 지껄였단 말이야?'

그 뱃속에 든 아이는 그 안에서 명을 다하겠지만, 도깨비는 말하지 않았다. 도깨비는 또 한 번 사람들 세상에 염증을 느꼈다. 떠나가던 권태증이 힐레벌떡 돌아올 것 같았다.

도깨비가 이런저런 생각으로 복잡한 사이 소년은 잠이 들었다. 밤을 새웠을 테니 피곤하겠지만, 도깨비 다리를 베고 누울 줄이야.

'감히 내 다리를 베다니, 이런 인간은 처음일세.'

조금 전까지 엉엉 울던 주제에 쌔근쌔근 잘도 잔다.

"데리고 살아볼까? 어느 정도는 도깨비 같으니까 못 키울 것도 없지."

사람에게 정을 주는 것, 도깨비가 가장 두려워하는 일이었다. 사람은 빨리 죽는다. 고작 몇십 년 정을 쌓다 떠나버릴 것이다. 다시는 죽은 사람을 붙들고 울지 않겠다고 결심했건만, 도깨비는 잠든 소년의 얼굴에서 눈을 떼지 못했다. 도깨비는 밤새 아이의 숨소리를 들었다. 빗소리를 들을 때보다 기분이 좋았다. 분위기에 취해 헛말을 내뱉지 않았다면 좋았을 텐데.

"문제는 이 눈깔인 것 같은데 말이야. 아무래도 도깨비가 주고 갔지 싶어."

소년이 깨어 있었다는 걸 도깨비가 눈치챘다면, 그 말을 소리 내지 않고 속으로만 생각했더라면, 아니면 그쯤에서 그만두고 아이를 둘러업고 어디론가 떠났다면 어땠을까?

"이유는 모르겠지만 너한테 눈을 하나 뽑아 주고 대신 네 눈을 가져간 도깨비가 있을 거야. 그놈을 찾아서 눈을 돌려받으면 해결되려나?"

도깨비는 이십 년이 지난 후에도 이때 뱉은 말을 후회하고 있다.

해가 뜨기도 전에 불청객이 나타날 줄 누가 알았을까. 날이 샐 무렵, 수상한 기척에 당황한 도깨비가 황급히 몸을 숨겼다. 사락사락 치맛자락 스치는 소리가 나더니 백발의 무당이 들어왔다. 나중에 알게 됐지만, 폐가를 물려받은 후손이 엉뚱하게 머리를 쓴 것이었다. 귀신 나오는 집이라 도통 팔리지 않으니, 무당을 부른 것이다. 늙은 무당이 잠든 아이를 유심히 들여다보았다.

"쓸 만하네."

도깨비는 어이가 없었다. 소년이 잠든 사이 주머니 속에 가위를 넣어두었기에 그것을 훔치려는 줄 알았다.

‘그래 그것만 가지고 꺼져.’

도깨비의 바람과 다르게 무당은 엄한 것을 탐내고 있었다. 뒤따라 들어온 심부름꾼이 아이를 둘러업고 가는 것이 아닌가. 갑자기 일어난 일에 어찌해야 할지 도깨비는 알 수 없었다. 눈앞에서 중요한 것을 도둑맞은 기분이었다. 하지만 도깨비는 아무것도 할 수 없었다. 그 무당과 엮이는 일만큼은 피하고 싶었기 때문이다.

그때는 몰랐다. 그 늙은이가 도깨비 잡는 도구로 아이를 데려갔다는 것을! 그뿐인가, 그 등에 업혀 보냈다는 죄책감 때문에 남은 평생을 소년의 뒤치다꺼리나 하며 살게 될 줄이야!

도깨비가 나불대던 입을 다물자, 고씨네 술집은 정적에 잠겼다. 도깨비는 잠시 숨을 고르며 흥분을 가라앉혔다.

“그놈이 말이야. 그때 내가 뱉은 말을 주워듣고는 여태껏 외눈박이 도깨비를 찾아다닌다니까. 늙은 무당한테 이용만 당한 게 아니라 저 나름대로 필요한 것을 얻어내고 있다더라고.”

한때 소년이 베고 누웠던 다리에 오늘은 고양이가 기대앉아 잠이 들었다. 말랑한 까만 배가 오르락내리락했다.

“하여간 사람 새끼나 고양이 새끼나 왜 이렇게 들러붙는지.”

도깨비의 손가락이 잠든 고양이의 턱을 긁자 고롱고롱, 녀석이 기분 좋은 소리를 냈다.

“녀석을 따라 터를 잡은 곳이 여기라네. 맞아, 종종 술 궤짝을 훔쳤던 단골 가게지. 잠깐 사이에 이상한 게 숨어들었더라고.”

도깨비가 벽에 걸린 민속화를 힐끗 바라보았다.

“그간의 외상값이라 생각하고 이 몸이 해결해 주었지. 이래 봬도 빚지고는 못 사는 도깨비라네.”

이번에는 도깨비의 시선이 불 꺼진 책방으로 향했다.

“저 맞은편 책방이 한때 얼굴을 트고 지냈던 홍가 놈 가게인데, 그새 세월이 많이 흘렀던 모양이야. 진짜 홍사장 대신 아들놈이 책방을 지키고 앉았더라고. 부자가 대를 이어 도깨비의 술친구가 되다니, 참말로 우스운 일이지.”

해가 뜨려는지 어둠이 옅어졌다. 안개 낀 골목에 헌칠한 그림자가 다가섰다. 도깨비가 샐쭉한 얼굴로 말했다.

“그놈이 어찌나 뻔뻔한지 말이야! 제 목숨 살려준 것만으로도 감지덕지할 판에 나더러 헌책방 사장까지 맡으라는 거야! 나란 도깨비는 정말이지 마음이 여려서 탈이라네. 물론 책방 사내는 죄가 없지! 운도 없고! 어쩌다 우리랑 엮여서 여러 번, 저도 모르게 죽을 고비를 넘기고 있으니 말이야. 덕분에 집 지키는 개처럼 밤마다 책방 앞에서 뭐 하는 짓인지 모르겠어. 하여튼 사람 새끼 키워봤자 사람밖에 모르더라니까!”

          **

"고양이랑도 말이 통해요?"

김선생이 술집 문턱에 기대섰다.

"아이고 깜짝 놀랐다, 이놈아."

"놀라긴. 방금 나 들으라고 한 소리 한 거면서."

"들렸어?"

여전히 술 항아리를 품에 안고서 도깨비가 말했다. 도깨비의 다리 사이에 끼어 앉은 고양이가 살짝 눈을 떴다. 고양이는 김선생을 보고도 경계 없이 다시 눈을 감았다.

"사람 새끼 어쩌고는 확실하게 들었어요."

그가 손에 든 검은 비닐봉지를 내밀자, 도깨비가 냉큼 받아 들었다.

"사람 새끼 키워준 값이 고작 편의점 안주라니!"

말은 그렇게 하면서도 벌써 소시지를 까서 한입에 삼켜버렸다. 철수가 맞은편 의자에 걸터앉으며 말했다.

"아까 일부러 들켰죠? 책방 사장님한테."

"이딴 걸 누구더러 먹으라고 가져온 거야?"

도깨비가 딴청을 부렸다. 소시지를 세 개째 까서 입에 넣는 중이었다. 어느새 얼굴에 흥이 가득한 술집 주인 고씨의 모습으로 완벽히 바뀌어 있다.

"그거는? 잘 싸서 가지고 나왔어?"

김선생이 고개를 끄덕였다. 가방에서 꺼내 건넨 것은 헌책방에 있던 칼날이었다. 칼날은 붉은 천에 둘둘 감겨 있다. 도깨비가 더러운 것을 만지듯 싫은 얼굴로 칼날을 받아 들었다.

"사람 피 냄새가 나는데?"

킁킁대며 냄새를 맡던 고씨의 눈빛이 반짝였다.

"잘했다. 거기 뒤봤자 신경만 쓰이지."

김선생이 한숨을 쉬고 몸을 일으켰다.

"가려고?"

"일찍 일이 있어요."

"옆에서 자던 사람이 가고 없으면 서운할 텐데."

홍사장이 깼을 때 놀라지 않겠느냐는 이야기다. 김선생은 대꾸하지 않았다. 근심 가득한 얼굴로 맞은편 헌책방을 바라볼 뿐이다. 혹시 나타날 도깨비를 염려하는 거라면 괜한 걱정일 것이다. 고씨의 기운에 눌려 감히 골목에 들어오는 도깨비가 없는 데다 골목에는 죽은 도깨비 냄새가 잔뜩 배어있다. 사람이 사람 죽은 자리를 꺼리듯 도깨비도 도깨비가 죽은 자리라면 질색하니 아직은 귀신 골목만큼 안전한 곳도 없다.

'언제 저렇게 컸나?'

도깨비는 어른이 된 소년의 뒷모습을 보았다. 치열하게 살아왔지만, 등에 멘 가방이 그가 가진 전부였다.

'여벌 옷가지, 통장, 유서 그리고 또 뭐가 들었으려나.'

언제 어디에서 죽을지 모르는 팔자라서 그는 가진 것 전부를 등에 지고 다녔다.

"셋이 또 술 한잔하자고. 지난번에 재밌었잖아."

"싫어요. 도깨비가 주는 술 먹었다가 무슨 일을 당하려고."

그는 돌아보지도 않고 손을 흔들며 밖으로 나갔다.

"저 고약한 말버릇 좀 보게!"

김선생이 가고 없는데도 도깨비는 괜히 한 번 더 소리를 질렀다. 홍사장이 깰까 봐 걱정할 필요는 없다. 홍사장이 밤마다 홀린 듯 잠자리에 들었던 데는 이유가 있었다.

한참 동안 밖을 내다보던 도깨비가 잠든 고양이에게 속을 털어놓았다.

"남들은 저희 것만 챙기면서 잘들 살던데, 저놈은 글러 먹었어."

홍사장도 마찬가지다. 남에게 퍼주기만 할 뿐 뭐든지 셈이 흐린 홍사장도 저놈만큼 한심하다고 도깨비는 생각했다.

"그래도 말을 해줄 걸 그랬나?"

며칠 전 헌책방에 반갑지 않은 손님이 찾아왔다. 홍사장이 그 후로 앓아누웠으니 그냥 넘길 일이 아니다. 하지만 도깨비는 입이 떨어지지 않았다.

"에잇, 나도 몰라! 백 년도 못살다 죽는 게 사람인데 조금 일찍 죽을 수도 있는 거지 뭐."

손에 쥐고 있던 칼날을 빈 항아리에 던져놓고, 입구에 천을 덮어 단단히 봉했다. 그러고도 마음이 놓이지 않아 큰 돌멩이를 가져다 입구를 눌렀다. 웬만한 사람은 들어 올릴 수 없는 무게다.

'이것 때문에라도 일은 벌어질 거야.'

자리로 돌아온 도깨비는 마시던 술 항아리를 다시 끌어안았다. 표
주박 가득 술을 떴지만, 입에 대지 않고 그대로 내려놓았다. 영 술맛
이 나지 않았다.

사냥꾼 이야기

*

비는 새벽에 그쳤지만, 하늘은 여전히 우중충했다. 예인당 마당은 밤새 내린 비로 진흙밭이 되어버렸다. 홍사장은 성기게 박힌 돌길을 걸으며 연희의 뒤꿈치에서 눈을 떼지 못했다. 저러다 질척한 흙바닥에 발을 잘못 디딜까, 걱정되었다. 그러나 염려와 달리 회색 단화를 신은 두 발은 사뿐히 돌길을 밟으며 망설임 없이 나아갔다. 전해 들은 것과 다르게, 앞이 보이는 건 아닌지 의심이 들 정도로 거침없다.

"예인당엔 처음 오셨죠?"

홍사장이 저를 잘 따라오는지 확인하듯, 앞서가던 연희가 돌아보며 물었다.

"네? 아! 네, 처음 와보네요."

홍사장은 차마 연희의 얼굴에 눈을 두지 못하고 그녀의 머리칼에 꽂힌 노란 나비 핀만 힐끔 올려다보았다. 빤히 쳐다보자니 아가씨에게 실례인 것 같았다. 홍사장의 복잡한 속내를 아는지 모르는지 단아한 걸음은 멈추지 않고 앞으로 나아갔다. 졸래졸래 뒤따르던 홍사장은 문득 책방에서 고씨와 나눴던 대화를 떠올렸다.

'연희가 누구지? …예쁘대요?'

어디선가 그의 걸걸한 목소리가 들려오는 듯하다.

'예쁘네. 아주 예쁜 아가씨야.'

처음 만났을 땐 연희가 누구인지도 모른 채 인사를 나눴다. 다시 제대로 마주하니 그녀의 선한 눈매가 특히 마음에 들었다. 인상이 강한 편인 김선생 옆에 저 고운 아가씨가 나란히 서면 어떨까, 상상했다. 둘 다 키가 헌칠해서 꽤 어울릴 것 같았다.

'나이 차이만 좀 덜 났어도.'

막상 짝을 지어주자니 김선생보다 열두 살이나 어린 연희에게 미안한 마음이 들었다.

'그 어린애가 언제 그렇게 늙어서는!'

홍사장은 주름진 얼굴을 손바닥으로 쓸어내리며 김선생의 어린 시절을 떠올렸다. 두려움, 슬픔, 고독과 같은 온갖 무거운 것들이 가득 차 있던 열여덟 소년의 우울한 눈동자를 다시 마주 보는 것만 같다.

"어디 불편하세요?"

"아, 아닙니다."

홍사장이 나쁜 짓을 하다 들킨 사람처럼 또 버벅거렸다.

'이렇게 소심해서야. 큰무당 앞에서 입이나 한번 뻥긋할 수 있을

까?'

홍사장은 자신이 없다.

아침에 눈을 떴을 때, 옆에 누워 있던 김선생은 이미 책방을 떠나고 없었다. 어디로 갔을까. 오늘은 어디에서 어떤 고비를 마주하고 있을까. 그가 사지로 향할 때마다 잠에 빠져 있던 지난날이 한심했다. 이십 년 세월의 무심함을 이제야 깨달은 게 기막히다. 김선생이 단정히 개어놓은 이불을 보며 홍사장은 빚을 갚겠다던, 지난밤의 각오를 되새김했다.

그러나 전화를 받은 예인당에서 기다렸다는 듯 오늘, 당장 와 달라고 할 줄은 몰랐다. 세상사에 관심 없는 홍사장이 찾아보니 텔레비전에서 특집 다큐멘터리로 방영할 정도로 큰무당과 그녀가 거주하는 예인당은 이름난 문화재였다. 쉽게 만날 수 없는 사람이 당장 만나자 했으니, 줄지어 선 신도들 사이를 비집고 들어가게 될 줄 알았다. 하지만 예상과 달리 토요일의 예인당 앞은 썰렁했다. 문을 열어준 연희 말고는 내부에도 사람의 기척이 전혀 없었다.

"저기, 사람이 많을 줄 알았는데 한가하네요."

"원래는 매일 기도하러 오는 분도 있고 구경하는 관광객도 있는데요…."

며칠 전, 큰무당이 오늘 날짜를 알려주며 손님이 올 테니 사람을 들이지 말라고 했단다. 온몸의 털이 곤두섰다. 그때는 그의 결심이 서기도 전이었다. 홍사장은 오늘 아침에야 예인당에 전화를 걸었다.

"아까 입구에서 둘러본 데는 아래채고요. 여기가 굿당이에요. 오늘처럼 사람이 없을 때는 조금 썰렁한 기분이 든다고 하더라고요."

연희 말대로 관광객이 많이 찾는 곳인지, 안내하는 모습이 자연스럽다. 홍사장의 마음은 한가롭지 못했으나 예인당을 구경시켜 주겠다는 말을 거절하지 못해 그녀의 손에 붙들려 예인당을 거닐고 있다.

"거기 어린아이만 한 석상이 있지요? 신도들은 그 앞에서 소원을 빌어요. 꽤 영험 있대요."

굿당에서 멀리 떨어진 곳에 바위 하나가 오도카니 서 있었다. 홍사장 가슴께의 높이였다.

'이게 영험하다고?'

오랜 세월 수없이 어루만져졌는지 닳고 닳아 눈코입 형태만 겨우 남았다.

'지금 나보고 여기에 대고 소원을 빌라는 건가?'

연희가 말없이 멈춰 선 잠깐의 고요가 그에게는 강요로 느껴졌다. 홍사장은 이곳이 마음에 들지 않았다. 바닥에 박힌 돌멩이 하나까지 이질적이다. 바람이 불 때마다 스치는 터에 밴 향냄새도 불편했다. 처음, 책방 문을 열고 들어왔던 김선생의 앳된 얼굴이 계속 떠올랐다.

'이런 데서 지냈단 말이지.'

예인당은 유명세만큼 아름다웠지만 따뜻함이 느껴지지 않았다. 전에 보고 느꼈던 큰무당의 눈빛과 닮았다.

"어째 사람 사는 데 같지 않네."

"그렇죠. 아무래도 여기는 굿을 하던 곳이니까요. 저기 살림채에 가시면 조금 다를 거예요."

퉁명스러운 혼잣말에도 연희는 친절히 대꾸하며 웃었다. 귀밑까지 오는 단정한 머리칼이 바람에 찰랑였다. 앞이 보이지 않는 연희는 어떤 눈으로 예인당을 바라보는 걸까, 홍사장은 궁금했다. 그게 무엇이든 예인당을 향한 연희의 시선은 다정했지만, 그에겐 와닿지 않았다.

"마음이 복잡하시죠?"

"예?"

연희가 걱정스럽게 자신을 살피자, 홍사장의 얼굴이 붉어졌다. 앞 못 보는 상대가 눈치챌 정도로 불편한 마음을 드러냈다니, 또다시 스스로가 한심하게 느껴졌다.

며칠 전 헌책방에 손님이 찾아왔다. 책방의 창문이 깨져 고생했던 날, 짓궂은 농담을 해대는 고씨를 밖으로 내보내고 막 책방 문을 닫으려 할 때였다. 헌책방 앞에 두 사람이 서 있었다. 한복을 입은 백발 노인과 단발머리 아가씨였다. 어둠 속에서 그들을 발견한 홍사장은 하마터면 비명을 지를 뻔했다. 정신을 차린 홍사장이 급히 고씨를 찾아 골목을 두리번거렸으나 두 여인 말고는 아무도 보이지 않았다.

'이 사람! 금방 나갔는데, 대체 어디로 사라진 거야?'

이럴 때 옆에 있어 주면 마음이 놓일 텐데, 맞은편 그의 술집은 아예 불이 꺼져 있다.

'필요할 때, 꼭 이렇다니까.'

홍사장이 허둥대는 사이 큰무당이 먼저 입을 열었다.

"저는 예인당의 선화라고 합니다. 이쪽은 우리 세습무고요."

노인이 손을 잡아당기자, 단발머리 아가씨가 홍사장을 향해 고개를 숙였다. 홍사장의 머릿속이 혼잡해졌다.

'선화가 누구지? …선화, …선화? 예인당 큰무당?'

말도 안 된다고 생각했다.

'큰무당이라니? 예인당이라니?'

김선생이 들려주던 도깨비 이야기에 자주 등장했던 이름이었다. 조금 전까지 고씨와 막걸리를 마시며 떠들던 이야기 속 인물이기도 했다. 백발의 머리카락은 단정하게 쪽을 지었고 하얀 저고리, 구김 없는 검은색 치마, 신고 있는 하얀 고무신까지 노인의 차림새 중 눈에 걸리지 않는 게 없었다. 아무리 생각해도 이 시대의 사람으로 보이지 않았다. 머릿속이 고장 난 홍사장은 거듭 대꾸할 차례를 놓치고 말았다.

"인사를 드리려고 왔습니다."

서늘한 기품이 느껴지는 목소리였다.

"…저한테요? 왜요?"

그에 비해 홍사장의 목소리는 말한 자신도 흠칫 놀랄 만큼 방정맞게 들린다.

"철수를 돌봐주셨다고 들었습니다."

"철수요?"

"김철수 말입니다. 그 아이가 제 양아들입니다."

홍사장은 당황했다. 눈에 보이는 모든 게 이상해서 어느 것 하나 되묻지 않을 수 없었다. 김철수라는 이름마저 낯설게 느껴졌다.

'…그래. 김선생 이름이 김철수였지.'

"그 아이가 유일하게 왕래하는 분이라고 들었습니다. 뵙고 인사를 드려야 했었는데, 늦었습니다."

큰무당과 눈이 마주치자, 홍사장은 저도 모르게 고개를 돌렸다. 오금이 저리는 눈빛이었다. 평생 무속인으로 살아온 사람의 눈빛은 깊고 건조했다.

"이이이, 일단! 안으로 들어오세요."

놀란 마음을 진정시키려 애쓰며 홍사장은 두 사람을 안으로 들였다. 고씨가 남겨두고 간 술병을 급히 치워야 했던 홍사장은 체구가 작은 노인이 키가 큰 아가씨를 어린아이 다루듯 조심히 잡아끄는 장면을 보지 못했다.

책방 계산대를 테이블 삼아 세 사람이 둘러앉았다. 홍사장은 종이컵에 싸구려 녹차 티백을 담아 건네는 자신의 손이 부끄러웠다.

'컵 하나도 변변치 못한 데서 누굴 돌봤다는 건지.'

큰무당은 자리에 앉자마자 황당하고 섬뜩한 이야기를 내뱉었다.

"곧 철수한테 사고가 있을 겁니다."

속이 울렁거렸다. 홍사장은 아직도 이야기와 현실의 경계가 오락
가락하는데 노인은 거침없이 제 할 말만 쏟아냈다.

"그 아이 사주가 본래 험하기도 하지만, 쌓아온 업도 만만치가 않
아서요."

"지금 무슨 말씀을 하시는 건지 못 알아듣겠는데요?"

홍사장이 고개를 세차게 저으며 말했다. 큰무당이 곧장 말을 받
았다.

"철수가 곧 죽을지도 모른다는 얘길 하는 겁니다."

홍사장이 들고 있던 종이컵을 떨어뜨렸다. 바닥에 쏟아진 뜨거운
찻물이 큰무당의 치맛단에도 튀었다.

"아이고 이런! 죄송해요!"

홍사장의 호흡이 가빠졌다. 두루마리 휴지를 가져오려고 일어섰
지만, 팔다리가 생각대로 움직이지 않아 다시 주저앉았다.

'이런 말도 안 되는 소릴 듣고 있어야 해?'

홍사장은 떨리는 손을 무릎에 얹었다. 기막힌 말을 쏟아내는 저 노
인에게 뭐든 한마디 해야겠는데 마땅한 말이 떠오르지 않았다.

"매번 새로운 상처를 달고 나타났을 겁니다. 아닌가요?"

큰무당은 조금의 표정 변화도 없이 말을 이어갔다.

"보통의 사람은 그런 상처가 생길 일이 드물지요."

홍사장은 부정하지 못했다. 김선생의 얼굴에, 어깨에, 팔목에, 손
등에, 몸 곳곳에 분명 고통의 흔적이 있다. 큰무당의 말대로 평범한

사람의 몸에서는 쉽게 볼 수 없는 험한 흉터였다. 여태껏 모르는 척했지만, 상처가 늘고 있다는 걸 홍사장도 알고 있다.

"철수는 사람이 아닌 것을 상대합니다. 아시잖습니까?"

홍사장이 저도 모르게 고개를 끄덕였다.

"날 때부터 목숨이 위태로웠던 아이입니다. 운 좋게 고비를 넘겨왔습니다만, 이번에는 쉽지 않을 것 같네요."

큰무당이 홍사장을 가만히 보았다. 다그치는 듯한 눈빛이었다. 당신, 그 아이가 뭘 하고 다니는지 알잖아.

'그런가? 나는 알고 있었나?'

현기증이 일었다.

"여기를 귀신 골목이라고 부른다지요?"

"그게 무슨 상관입니까?"

불안을 달래려고 정수리를 쓸어 넘겼지만, 소용없었다. 홍사장의 목소리가 바들바들 떨렸다.

"이상한 일을 자주 겪었을 텐데요. 보고도 못 본 척하셨지요?"

그 말에 홍사장이 떠올린 것은 허공에 둥둥 떠다니던 하얀 얼굴이었다.

'하지만 그건!'

"잘못 봤다고 생각하셨겠지요. 그럴 리 없다고, 매번 보고도 믿지 않으셨지요?"

큰무당은 대답할 시간을 주지 않았다.

“철수는 여길 참 좋아해요. 걱정이 컸겠지요. 도깨비를 몰고 다니는 팔자 때문에 애먼 사람이 다칠까 전전긍긍했을 거고. 자주 찾아와서 들여다보는 게 지키는 일이라고 생각했겠지만.”

그런 행동이 오히려 헌책방을 위험하게 만들었단다. 위험한 것들이 철수의 냄새를 따라 골목에 모여든 것이다.

“이러지도 저러지도 못하게 된 겁니다.”

헌책방에 찾아오면 자신의 냄새가 더욱 짙게 밸 것이고 이제 와 발길을 끊자니 혼자 남은 홍사장이 걱정되었다. 철수는 할 수 없이 헌책방에 가는 날을 줄였다. 멀리서 골목 입구를 망보듯 지켜본 날도 있었을 거란다. 큰무당이 들려주는 김선생의 사정은 고독하고 딱했다.

“그 아이는 귀기를 부릅니다. 가까이 지내면 당연히 위험에 빠지겠지요.”

큰무당이 쓰레기통 속, 술병을 보며 말을 이었다. 조금 전까지 고씨와 홀짝이던 그 술병이었다.

“그래서 다른 도깨비의 힘을 빌려 책방을 지킨다더군요.”

도깨비는 사람만 홀리는 게 아니라 다른 도깨비의 눈도 속일 수 있다고 한다.

“여기에 도깨비가 있어요? 어, 어디요?”

홍사장의 눈이 다급히 헌책방 곳곳을 살폈다.

“그런 건 신경 안 쓰셔도 됩니다.”

노인의 얼굴에 조소가 스쳤다.

"사장님, 사람의 일을 먼저 걱정하세요."

'내 목숨이나 잘 챙기라는 거야?'

큰무당은 홍사장에게 충고했다. 지금까지는 운이 좋았을 뿐, 철수를 따라오는 도깨비는 쉽게 떨쳐 낼 상대가 아니란다.

"도깨비는 사람과 닮았어요. 성격도 사는 법도 사람처럼 제각각이지요. 들어서 아시지요?"

홍사장이 순순히 고개를 끄덕였다.

"하필, 제일 흉악망측한 것이 나타났습니다."

큰무당의 옆에 앉은 연희가 어깨를 웅크렸다. 노인이 연희의 손을 잡았다.

"그것들은 원래 냄새만 고약하고 별 볼 일 없는 도깨비랍니다. 힘도 재주도 없어서 죽은 사람의 살덩이만 찾아다녔어요. 예전에는 전쟁도 잦았고 역병이 돌아 길에 버려진 시체가 많았지요. 덕분에 그것들도 배를 채우는 데 문제가 없었어요. 하지만 세상이 변했잖아요."

큰무당의 이야기를 들으며 홍사장은 달달달 몸을 떨었다. 사람 모습으로 둔갑도 못 하고, 사람의 눈에 띄는 것도 두려워하던 하찮은 존재들이 배고픔을 못 이겨 서로를 잡아먹는 일이 벌어졌단다. 약한 것이 더 약한 것을 뜯어 먹고 몸집을 키운다는 허무맹랑한 이야기가 어째서 무섭게 느껴지는지, 홍사장은 알 수 없었다.

"그런 흉측한 것이 우리 동네에 나타났다고요? 왜요?"

큰무당은 대답하지 않았다.

'그 얘기 들었어요, 형님? 여자애 시체가 배수로에 끼어 있었다잖아요….'

홍사장은 몇 달 전 고씨가 했던 말을 떠올렸다.

'그 퍽치기범이 잡혔댔나? 아닌데, 잡혔단 말을 들은 적이 없는데….'

생사를 알 수 없는 실종자도 여럿이라고 했던가.

'계속 살인이 벌어졌다면 어딘가 못 찾은 시체도 있단 말인가? 시체 썩는 냄새를 맡고 그 흉한 것들이 나타났다고?'

홍사장은 겨우 구역질을 참아냈다. 죽은 사람의 몸을 뜯어 먹으려고 몰려든 도깨비 떼가 서로를 잡아먹는 광경이 머릿속에 펼쳐졌다. 살아남은, 몸집이 커진 한 놈이 시체를 차지한다. 시체의 뱃살에 머리를 처박고 썩은 살을 게걸스럽게 뜯어 먹던 도깨비가 갑자기 고개를 쳐든다. 입가에 피를 잔뜩 묻힌 채, 콧구멍을 벌렁거리며.

"하필, 철수의 냄새를 맡은 겁니다."

홍사장의 머릿속을 들여다보기라도 한 듯 큰무당이 답을 내놓았다.

"한 번 냄새를 맡으면 어떻게든 입에 넣으려 드는 것들입니다. 죽여야만 끝나는 싸움이지요."

잡아먹히는 쪽이 김선생일 수도 있다는 이야기였다. 홍사장은 당혹스러우면서도 화가 났다.

‘김선생이 뭘 잘못했길래 그딴 것이 달려든다는 거야?’

그러나 홍사장은 깨달았다. 김철수는 도깨비의 머리를 뜯어내며 살아온 사람이었다. 업을 쌓아왔다는 큰무당의 말은 그런 뜻이었다.

‘그건 당신도 나도 마찬가지지!’

지금껏 일을 시켜온 예인당의 큰무당도 골동품을 팔아 이익을 나눠온 홍사장 자신도 같이 쌓은 업이었다. 김선생 혼자 짊어질 일이 아니라고 홍사장은 생각했다. 미친 소리 그만하라며 이들을 내보내고 싶은데 큰무당과 눈이 마주치면 손이 떨리고 입술이 잘 벌어지지 않았다.

“나한테 왜 이런 얘길 하는 거예요?”

홍사장은 알 수 없었다.

“빌려주실 것이 있습니다.”

큰무당이 빌려달라는 것은 홍사장의 목숨이었다. 일이 벌어진다는 그날이 언제인지, 큰무당은 말하지 않았다. 결심이 서면 연락하라는 말만 남기고 그들은 책방을 떠났다.

그날 이후, 홍사장은 제대로 먹은 것이 없는데도 음식이 얹힌 듯 속이 매스꺼웠고 잠도 제대로 자지 못했다.

‘이렇게 망설이다가 어느 날 김선생이 사라지면 어쩌지?’

내내 그 생각뿐이었지만, 연락해 생사를 확인할 용기도 없었다. 열이 치솟아 바닥에 고꾸라질 뻔하던 어제, 김선생이 헌책방에 나타났다. 멀쩡히 서 있는 그를 보니 홍사장은 마음이 놓였다.

'다행이다. 정말 다행이야!'

그가 살아 있다는 사실이 그저 기뻤다. 헌책방 2층 쪽방에서 김선생과 나란히 누웠을 때 홍사장은 결심했다.

'이번에는 내가 너를 살릴 거야.'

마음을 정하니 오히려 편안해졌다.

예인당 살림채에서 큰무당과 홍사장이 다시 마주 앉았다. 무당을 향했던 홍사장의 의심이 한 겹 걷혔다. 그녀가 오늘, 홍사장이 올 줄 알고 있었다는 말을 듣고 나서부터다.

'이 정도로 용한 무당이라면 믿어봐도 되지 않을까?'

편안해진 홍사장과 달리 큰무당 옆에 앉은 연희의 얼굴은 굳어 있다. 마당을 거닐 때와 전혀 다른 모습이었다.

"그러니까 그날 하루 도망친다고 액운이 비껴가는 건 아니란 거죠?"

큰무당이 딱하다는 듯 그를 바라보았다. 벌써 여러 차례 같은 말을 반복했기 때문이다.

"그놈이 아니어도 다른 놈이 계속 나타날 거고요?"

"오늘을 살아야 내일도 있지요."

큰무당이 덤덤히 말했다. 홍사장은 더 묻지 못하고 입을 다물었다.

"아직 결정 못 하셨나 보지요?"

홍사장은 대답하지 않았다. 기분 탓일까, 노인의 목소리가 차갑게 들렸다.

"이해합니다. 목숨을 걸라니, 가족이라도 어려운 일입니다."

"아니, 그런 게 아니에요."

홍사장은 길게 숨을 내뱉었다. 너희는 가족이 아니라는 말 따위를 들으려고 이곳에 온 건 아니었다. 홍사장은 땀에 젖은 손바닥을 무릎에 갖다 대고 겨우 입술을 움직여 천천히 생각을 전했다.

"사실, 아직은요. 도깨비가 어쩌고 하는 소리가 와닿지 않아요. 어르신 말씀을 못 믿겠다는 게 아니고요. 꼭 꿈꾸는 기분이라 그래요."

큰무당의 눈동자가 살짝 흔들렸다. 말을 이어가는 홍사장의 목소리도 떨리기 시작했다.

"그래도요. 만에 하나라도 저는 그 사람, 김선생이 잘못되는 건 싫거든요. 그건 정말 싫어요. 그러니까 어르신이 하자는 대로 해볼게요. 오늘 그 말을 하려고 온 거예요."

말없이 듣기만 하던 연희가 갑자기 일어서서 방 밖으로 나갔다. 얼핏 눈물을 흘리는 것 같았다. 그 모습을 멍하니 보던 홍사장이 큰무당에게 물었다.

"그래서 도대체 그날이 언제입니까?"

"이틀 뒤입니다."

홍사장은 이번에도 할 말을 잃었다.

＊＊

— 죄송해요, 아저씨.

전화기 너머 연희의 목소리에 힘이 없다.

"네가 죄송할 일이 아니잖아."

— 그래도요.

월요일, 한낮의 버스터미널은 한산했다. 철수가 거듭 괜찮다고 하는데도 연희는 우물쭈물, 대화를 끌었다. 다른 할 말이 있는 건가 싶어 승강장 의자에 앉아 잠시 기다려 주었다.

철수는 통영행 버스를 기다리는 중이다. 이번에 일을 부탁한 이는 작은 섬에서 나고 자란 사람이었다. 육지에 터를 잡은 지 오래지만, 자살 바위로 오명이 씐 고향이 걱정되어 예인당에 도움을 청했단다. 철수는 버스를 기다리다가 충동적으로 예인당에 전화를 걸었다. 왠지 찜찜한 기분이 들어 일정을 바꾸자 했더니, 전화를 받은 연희가 큰무당과 연락이 되지 않는다며 난감해했다.

"할 수 없지. 다녀와서 연락할게."

철수는 연희의 할 말을 듣지 못하고 전화를 끊었다. 때맞춰 승강장으로 버스가 들어왔다. 연희의 불안한 목소리도, 자리를 비우고 사라진 큰무당도, 궂은날 마음이 가라앉는 것도 특별한 일은 아니었다. 그런데도 구름에 덮인 하늘이 계속 신경 쓰였다. 배를 타기에 좋은 날씨도 아니었다. 이렇게 음산한 때가 도깨비를 불러내기 좋은 날이긴 하지만, 오늘따라 이유를 알 수 없는 불안이 자꾸 들러붙었다.

'날이 이래서 배가 뜨려나.'

통영 버스터미널에 도착해서도 한 시간 넘게 배를 타야 했다. 하루 만에 오갈 거리가 아니다.

철수는 좌석 등받이에 기대 눈을 감았다. 앞으로 네 시간, 버스에 있어야 한다. 눈을 감으니, 생각이 더 많아졌다. 고씨네 술집에 두고 온 칼날이 계속 거슬렸다. 며칠 전 철수는 홍사장에게 맡겼던 문제의 칼을 다시 꺼내 왔다. 옥탑방에서 세입자를 골탕 먹였던 것은 칼날이 아니라 날을 감싸고 있던 나무 자루였다. 그 도깨비는 자루가 쪼개지면서 죽어 없어졌다.

철수는 후회하는 중이다. 애초에 칼날을 골목에 들고 가지 말았어야 했다. 날을 손에 쥐고 유난히 눈을 반짝이던 고씨가 생각났다.

'이거는 도깨비가 아니고 도깨비가 환장하는 물건이야. 나도 말로만 들었지 직접 보는 건 처음인데.'

요사스러운 기가 느껴진다며, 코를 킁킁대던 그 모습은 묘하게 들떠 보였다.

'여기서 사람 피 냄새가 나는데?'

한두 사람의 피가 아닌 것 같단다. 어떤 도깨비는 살아남기 위해 자신의 약점을 가려줄 물건을 찾아다닌다. 사람으로 둔갑할 재주가 없는 도깨비는 감투를 얻으려 애쓰고, 몸이 둔하고 힘이 부족해 싸움에 약한 도깨비는 날이 선 물건을 좋아한다.

‘특히 사람 피 맛을 본 쇠붙이에 환장하지.’

고씨가 알려주길, 사람을 해하는 데 쓰인 쇠붙이는 그 맛을 잊지 못해 피 냄새를 계속 쫓아다닌단다. 몹쓸 일이 거듭될수록 날은 더욱 예민해지고, 나중에는 살짝 스치기만 해도 연약한 피부를 찢어 상처를 낸다는 이야기다. 그런 부정한 물건을 헌책방에 맡겼다니, 철수는 홍사장에게 미안했다.

‘왜 술집에 두고 가라고 했을까?’

그날 고씨의 행동이 자연스럽지 않았다. 철수가 당장 갖다버리겠다고 했을 때, 고씨는 만약을 위해 자신이 칼날을 가지고 있겠다고 했다. 그러고 보니 칼날을 책방에서 꺼내 오라고 부추긴 것도 고씨였다. 그때는 고씨가 농담으로 받을 게 뻔해 되묻지 않았지만, 그 ‘만약’이 도대체 무얼 뜻하는지 제대로 확인할 걸 그랬다. 도깨비가 환장할 물건이라니. 정작 그 말을 내뱉은 고씨도 도깨비가 아닌가.

“정말 그 칼이 없어도 되나요?”

— 없어졌다니 할 수 없죠.

홍사장은 마지막으로 일의 순서를 확인하고자 큰무당에게 전화를 걸었다. 노인은 대수롭지 않다는 듯 칼날을 대신할 것이 있다고 말했다.

‘중요한 물건이라고 몇 번이나 당부하지 않았어? 이제 와 없어도 상관없다니!’

분명 서랍에 넣어 두고 다시 꺼내지 않았는데 어디로 사라진 걸까. 일을 그르치게 될까, 홍사장의 마음이 불안해졌다.

'혹시 그날인가?'

홍사장은 유리창이 깨졌을 때 없어진 물건이 없냐고 묻던 경찰이 떠올랐다. 그때는 책에 떨어진 유리 조각에 정신이 쏠려서 칼날 같은 건 확인하지 않았다.

'그런 걸 가져갈 거라고 생각이나 했겠어?'

자신이 어디로 옮겨 두고 잊은 건 아닌지 계속 떠올리려 했지만 소용없는 짓이었다. 홍사장은 분명 그 칼에 손을 대지 않았으니까.

— 기분은 좀 어떠십니까?

"생각보다 담담해요. 저는 괜찮습니다."

힘주어 말하고 전화를 끊었지만, 누가 들어도 긴장한 목소리였다.

오늘 새벽, 홍사장은 우시장에 가서 토막 내지 않은 커다란 소뼈를 이만 원 주고 사 왔다. 투명 비닐에 포장된 소의 다리뼈가 헌책방 계산대 위에 올려져 있다.

'정말 이걸로 될까?'

홍사장은 비닐을 벗겨낸 소뼈를 쓰다듬어 보았다. 손질된 우족은 큰무당의 말대로 사람의 피부와 비슷한 느낌이었다. 그러나 죽어 굳어버린 동물의 다리가 자신과 김선생의 목숨을 대신한다니, 쉽게 믿기진 않는다.

홍사장은 경건한 마음으로 연두색 베갯잇을 소뼈에 입히듯 둘둘 감았다. 김선생이 잘 때 베었던 베갯잇이다. 천을 씌운 소뼈는 홍사장의 앙상한 팔뚝을 갖다 댈 수 없을 정도로 두툼했다. 엊그제 그가 책방에서 자고 간 덕에 준비물을 갖출 수 있었다. 운이 좋았다.

홍사장은 감상을 멈추고 서둘러 소뼈를 냉장고에 넣었다. 혹시 고씨가 와서 보고 괜한 참견을 하지는 않을까 싶어 문 닫힌 술집을 힐끔대던 홍사장이 한숨을 쉬었다.

'정신머리 하고는. 고씨는 어디 놀러 간댔잖아.'

고씨까지 끌어들이고 싶지 않았는데 다행히 며칠 가게를 비운단다. 이제 해가 온전히 질 때까지 홍사장이 할 일은 없다.

홍사장은 전혀 몰랐지만, 몇 시간째 그를 지켜보는 이가 있다. 건너편 술집에 앉아 있는 고씨였다. 유리창 너머로, 우족을 품에 안고 허둥대는 홍사장의 모습이 아주 잘 보였다.

"하여튼 미련한 자라니까."

주전자 주둥이에 입을 갖다 대려던 고씨가 짜증스럽게 주전자를 흔들었다. 이런, 술이 바닥나버렸다.

"아오! 열받아! 그 노망난 늙은이 때문에!"

화가 난 고씨가 주전자를 던지듯 탁자에 내려놓았다.

며칠 전, 고씨는 골목 입구로 들어서는 큰무당을 단박에 알아보고 몸을 숨겼다. 처음부터 사이가 좋지 않았는데 세월이 지나도 여전히 껄끄러웠다.

"그거야말로 요물이지. 사람다움이라곤 눈곱만큼도 안 남은 괴물! 귀신! 몹쓸 할망구!"

고씨는 큰무당이 마음에 들지 않았다. 철수의 처지를 이용해 말썽을 부리는 도깨비를 처리하다니, 그딴 생각을 하다니! 참으로 못돼먹은 노인네가 아닌가. 또 무슨 꿍꿍인가 싶어 그날, 헌책방 안에서의 대화를 엿들었다.

'너 제대로 돌았구나! 사람이 도깨비한테 물리면 죽어! 책방 사장더러 지금 대신 죽으라는 게야?'

큰무당이 골목을 빠져나가기 전에 앞을 가로막고 소릴 질러댔다. 도깨비가 화를 주체 못 하고 펄쩍대는 소리에 겁을 집어먹은 연희가 큰무당 뒤에 숨어 덜덜 떨었다.

'어딜 감히 말을 걸어, 하찮은 게.'

큰무당은 눈 하나 깜짝하지 않았다. 그 모습이 고씨를 더욱 화나게 했다.

'너 진짜 이럴 거냐? 이거, 철수가 알면 진짜 난리 날걸? 애를 그만큼 이용해 먹었으면 미안한 마음이라도 가지거라! 이런 작당은 때려치우고!'

'작당?'

'이게 작당이 아니고 뭐야? 저 힘없는 사내한테 도깨비를 상대하라고? 그냥 뒈지란 소리잖아!'

그러자 큰무당이 고씨를 쏘아보며 말했다.

‘미련한 것! 그럼 둘 다 죽일까?’

고씨가 큰무당의 치맛자락을 움켜쥐며 물었다.

‘똑바로 말해. 무슨 일이 일어난다는 거야?’

‘이거 놓아라!’

큰무당이 호통을 치자 기세에 눌린 고씨가 손을 놓고 한 걸음 물러섰다. 고씨를 차갑게 노려보던 노인은 말없이 자리를 떠났다. 큰무당의 뒷모습을 보며 고씨는 멍하니 서 있었다. 사실 고씨도 알고 있었다. 늙고 쇠약해진 도깨비지만, 알 수 있었다. 귀신 골목에 더러운 기운이 스멀스멀 다가오는 중이라는 것을.

‘진짜로 어쩔 수 없는 거라고?’

한쪽을 선택해야 한다면 고씨도 방법이 없다. 여태 키워온 아이를 허망하게 내줄 수는 없다.

‘그래도 그렇지. 그 애한테 하나 남은 인간을 기어이 뺏겠다고?’

고씨는 오래전, 폐가에서 가족을 잃고 싶지 않다며 통곡했던 소년의 얼굴을 떠올렸다.

철수는 통영행 버스가 출발하기 직전, 연희의 전화를 받고 얼떨결에 버스에서 내렸다.

—아저씨 빨리 내려요! 어서요!

다급한 목소리였다.

“왜 그러는데? 무슨 일이야?”

─ …태풍이 온대요.

내리라고 다그칠 때와 다르게 작아진 목소리가 들릴락 말락 했다.

"야 너 지금 그게 무슨…!"

버스는 이미 터미널을 벗어나고 있다. 철수는 황당한 얼굴로 눈앞에서 멀어지는 버스 꽁무니를 보며 서 있었다.

─ 태풍 때문에 배도 못 뜬대요. 어차피 오늘은 섬에 못 들어가요. 가지 마세요.

어색한 침묵이 이어지더니 전화가 끊어졌다. 철수는 이상한 기분이 들었다.

'얘가 왜 안 하던 짓을 하지?'

지난 몇 년간 연희는 고집을 부리거나 어린애처럼 군 적이 없다. 큰무당의 지시 없이는 전화도 걸지 않는 아이였다. 멍하니 서 있던 철수가 구름이 짙게 깔린 하늘을 올려다보았다. 라디오 뉴스에서 잔뜩 겁을 준 것과 다르게 아직 빗방울이 떨어지지 않는다. 바다의 하늘은 난리가 났을지 몰라도 도시의 하늘은 고요했다.

'뭐 어쨌든 잘됐네'

철수는 요즘 몸도 마음도 상태가 별로 좋지 않았다. 특히 오늘은 도깨비와 엉겨 붙을 자신이 없었다.

'어찌 살아서 나오기는 하겠지.'

그러나 지난번과 같은 부상은 사양하고 싶다. 몇 달 전 도깨비에게 물린 자리가 아직도 말썽이다. 철수는 세월이 흐를수록 이런 싸움이 버겁게 느껴졌다.

'책방에 가 볼까?'

홍사장이 염려돼서만은 아니다. 고씨의 얼굴에 늘어난 상처도 신경 쓰였다.

'어이구 지랄헌다! 별걱정을 다 해주네. 나, 도깨비야!'

아마도 고씨는 앙칼지게 눈을 부릅뜨며 화를 낼 것이다. 사람으로 둔갑한 고씨와 자주 어울렸더니 종종 그가 도깨비란 사실을 잊어먹는 것 같다. 그러나 요즘 들어 이상한 것들이 자주 골목을 서성였다. 문지기 노릇을 하는 고씨도 피곤했을 것이다.

철수는 전통시장에 들러 술과 족발을 샀다. 시장 끄트머리 오래된 좌판의 메밀묵도 한 덩이 봉투에 담았다. 묵이든 비닐봉지를 열어본 철수가 피식 웃었다. 한참 지난 일이지만, 고씨에게 메밀묵을 사다 줬을 때가 생각나서다.

'이게 뭐야? 시대가 어느 땐데 도깨비한테 메밀묵을 들이밀지? 나는 튀긴 닭고기를 훠얼씬 더 좋아해!'

한참을 찡얼거린 주제에 메밀묵을 게걸스레 먹어 치우던 모습이 고씨다웠다.

'그래서 메밀묵이 좋다는 건지, 싫다는 건지.'

통째로 튀겨 놓은 닭 한 마리까지 손에 들고 철수는 시장을 벗어났다. 내색하지 않았지만, 셋이 또 함께 술자리를 갖자던 고씨의 말이 그리 싫지 않았다.

‘인간과 도깨비와 도깨비 사냥꾼이 술친구라니.’

먹이사슬 같은 사이인데, 의외로 함께 앉아 있던 순간은 꽤 즐거웠다.

도깨비 머리를 뜯어내고, 그 피를 뒤집어쓴 날이면 철수는 귀신 골목으로 향했다. 아무것도 모르는 홍사장은 철수를 다정히 반겼고 모든 걸 아는 고씨는 퉁명스러운 말투로 철수를 걱정했다. 그들과 함께 있으면 그다지 쓸쓸하지 않았다. 평화롭고 안락한 공간이었다.

태풍 때문에 평소보다 어둠이 빨리 내렸다. 귀신 골목을 향해 걷던 철수가 갑자기 속도를 늦췄다. 조금 전까지 옛일을 떠올리며 웃던 얼굴도 싸늘하게 굳었다. 서서히 거리를 좁혀오는 기이한 발소리를 눈치챘기 때문이다.

‘언제 따라붙었지?’

시장에서 나올 때는 아니다. 큰길을 지날 때도 없었다. 철수는 슬쩍 방향을 틀었다. 저런 걸 데리고 책방 골목으로 갈 수 없다. 인적이 끊긴 재개발 구역 쪽으로 수상한 기척을 유인했다. 지난번에 도깨비가 뜯어놓은 어깨가 아직 완전히 아물지 않은 터라, 더 긴장되었다.

‘쫓아온 건가? 나를?’

찾아가 싸움을 거는 쪽은 철수지 도깨비가 아니었다. 아주 드물게 먼저 찾아오는 경우가 있긴 했는데, 그럴 땐 항상 죽을 고비까지 가야 싸움이 끝났다.

‘우연히 냄새를 맡았나?’

그는 빈집이 늘어선 동네를 빙글빙글 돌며 고민했다. 도망쳐야 할지 놈을 잡아야 할지 판단이 서지 않았다. 가로등 아래를 지나며 뒤따르는 녀석의 그림자를 힐끗 엿보았다. 형태가 이상했다. 머리가 땅에 닿을 정도로 허리를 숙이고 비틀대는 모습이 네발로 기는 것처럼 보인다.

'저런 게 사람일 리가 없지.'

사람이라기엔 너무 컸다. 정수리가 땅에 부딪힐 때마다 쿵! 쿵! 골목의 시멘트 바닥이 파이는 듯한 소리가 들렸다. 근처에 빈집이 많긴 하지만 엄연히 사람이 사는 동네였다. 이런 데서 마주칠 도깨비라면 사람 흉내를 내는 것이어야지, 저런 모습을 보일 리 없다. 굵은 빗방울이 톡톡, 소릴 내며 떨어지기 시작했다.

'안 되겠다.'

정체를 제대로 확인하려고 고개를 돌린 순간, 놈이 철수가 메고 있던 가방을 붙들었다.

"하필, 날이 궂다."

불 꺼진 헌책방에 앉아 있던 홍사장이 구시렁댔다. 닫힌 문 너머로 보이는 것 역시 캄캄한 어둠뿐이다. 언제가 비가 내릴 것 같은 하늘을 보며 고씨가 했던 말이 떠올랐다.

'김서방이 오려나 봐요.'

괜한 소릴 해댄다고 핀잔을 줬는데 그의 말대로 도깨비를 기다리고 있으니, 헛웃음이 나온다.

'거봐요, 형님. 내 말이 맞잖아요.'

금방이라도 고씨가 거드름 부리며 문을 열고 들어올 것 같다.

"지금 어디에서 뭘 하고 있으려나. 저만 혼자 좋은 것 처먹고 고주망태가 됐으려나?"

그런데 고씨가 술집을 비운 적이 있던가? 술병이 났다며 며칠 가게 문을 닫고 누운 적은 있어도 골목을 떠난 적은 없는 사람이었다. 의아했지만 때마침 다행이라고 생각했다.

멍하니 생각에 잠겼던 그는 쏟아지기 시작한 빗소리에 정신을 다 잡았다. 세차게 고개를 흔들며 손바닥으로 자기 뺨을 여러 차례 내리쳤다.

"정신 차려. 지금 뭐 하는 거야?"

큰무당이 이 꼴을 본다면 혀를 차며 비웃을 것이다.

'마음을 차분히 가지세요. 너무 긴장하면 일을 그르칩니다.'

이번엔 큰무당의 목소리가 들리는 듯했다.

"누가 그걸 모르나?"

뻔한 잔소리 대신 도깨비가 언제 나타나는지 정확한 시간을 알려 줬으면 얼마나 좋았을까. 해가 진 뒤, 라는 말은 참으로 애매한 소리다. 저녁 일곱 시인지, 여덟 시인지, 아니면 열 시를 말하는지 알 수 없으니 말이다. 어둑어둑해지는 낮부터 몇 시간째, 홍사장은 베갯잇 씌운 소뼈를 안고 있어야 했다.

고된 기다림과 다르게 큰무당이 일러준 방법은 간단하다. 밤이 되면 문밖에서 도깨비의 기척이 느껴질 것이다. 도깨비는 주인이 허락하지 않으면 집 안으로 들어올 수 없으니, 도깨비가 말을 걸 때까지 문을 열지 말아야 한다.

'잊지 마세요. 도깨비가 사장님을 세 번 부를 때까지 절대로 문을 열면 안 됩니다.'

세 번, 도깨비의 목소리를 들었을 때 책방 문을 열고, 들고 있던 소뼈를 던져주는 게 홍사장의 역할이다. 김선생의 냄새가 밴 소뼈를 물어뜯고 그 맛에 실망한 도깨비가 돌아갈 거란 이야기다.

"정말 그렇게 간단하게 끝날까?"

인간을 잡아먹는다는 괴물을 소 다리뼈 하나로 쫓아낼 수 있다니, 아무리 생각해도 이야기가 허술하다. 소뼈로 한눈팔게 한 후 죽인다거나 하는 이야기가 이어져야 훨씬 자연스럽지 않을까.

"그렇다면 그걸 누가 죽여? 내가 죽일 순 없잖아."

김선생의 이야기에 따르면 도깨비는 머리를 뜯어내야 죽는다고 했다. 하지만 무슨 수를 쓴다 한들 자기 손에 도깨비 머리가 뜯겨 나갈 것 같지 않았다.

"그래. 여기까지 왔는데 믿어야지. 뭘 어쩌겠어?"

말은 그렇게 뱉었지만, 홍사장은 큰무당이 자신에게 뭔가 숨기는 것 같았다. 아침에 통화할 때도 그랬다. 직접 찾아와 목숨을 빌려 달라던 때의 비장함과 다르게 대수롭지 않게 답하던 목소리가 계속 귓가를 맴돌았다.

'하지 않은 이야기가 더 있을 거야.'

그렇대도 홍사장은 각오를 다졌다.

'만약에 소 뼈다귀로 해결이 안 되면 내 팔이라도 대신 내주면 되는 거야.'

생각만으로도 어깻죽지가 간질거렸다.

'팔 하나로 안 되면 두 개 다 떼주면 되는 거고!'

벌써 도깨비에게 팔다리를 모두 떼준 기분이었다. 과연 자신이 그 고통을 견뎌낼 수 있을지 모르겠다고 생각했을 때 쾅쾅쾅, 누군가 유리문을 두드렸다.

'벌써?'

홍사장은 그대로 얼어붙었다. 몸속의 피가 죄다 굳은 것처럼 한기가 돌았다. 공포에 질린 팔다리가 덜덜덜 호들갑을 떨었다. 저도 모르게 문에서 한 걸음 물러선 채 품속의 소뼈를 한껏 감싸안았다.

"형님. 그 문 열지 말아요."

문 뒤에서 고씨의 목소리가 들렸다.

"고씨? 자네 지금 여기 있나? 문밖에 있어?"

홍사장의 심장이 터질 듯이 뛰었다.

"가게 비웠댔잖아! 왜 여기 있어!"

고씨가 위험해졌다는 생각에 홍사장의 머릿속이 새하얘졌다. 책방 미닫이문 손잡이에 손을 뻗자, 고씨가 또 한 번 고함을 쳤다.

"열지 말라면 좀 열지 말아요, 형님!"

잔뜩 화가 난 목소리였다. 지진이 난 것처럼 헌책방의 유리창은 물론이고 진열장도 전부 덜컹거렸다. 중심을 잃고 비틀대던 홍사장이 이어지는 짐승 소리에 놀라 문에서 손을 뗐다. 으르렁, 뭔가 울부짖는 소리가 골목에 울려 퍼졌다. 유리창 밖은 장막이 쳐진 것처럼 너무 깜깜해서 홍사장의 눈에는 아무것도 보이지 않았다. 소뼈를 품에 안은 홍사장은 이러지도 저러지도 못해 애가 탔다.

'어쩌라는 거야! 나보고 어쩌라는 거야!'

눈물이 주룩 쏟아졌다. 그때 홍사장의 머리를 스친 것은 몇 달 전 책방에 들어와 행패를 부렸던 형사였다. 한쪽 팔로는 여전히 소뼈를 끌어안은 채 남은 손으로 계산대 서랍을 뒤졌다.

"어딨냐, 어딨어!"

형사가 던져주고 간 구겨진 명함이 손에 잡혔다.

'무슨 일 있으면 연락해요. …도깨비든 인간 새끼든 뭐든 보면 전화하라고요.'

앳된 얼굴과 건방진 목소리가 선명히 떠올랐다.

"그래 뭐라도! 뭐라도 와서 좀 도와주라!"

홍사장은 떨리는 손가락으로 몇 번의 시도 끝에 형사에게 전화를 걸었다. 전화 연결음이 몇 차례 울렸지만, 상대는 전화를 받지 않았다. 감당하기 힘든 긴장감 때문에 심장 언저리가 옥죄어왔다.

"이 나쁜 새끼야! 도와준댔잖아!"

전화기를 붙잡고 애타게 매달렸지만 상대는 전화를 받지 않았다. 연결음이 끊어지자 절망스러움에 홍사장의 호흡이 가빠졌다. 쏟아지는 빗소리에 간간이 섞여 든 비명이 날카롭게 귀에 꽂혔다.

"형님, 내 말 들어요. 절대로 문 열지 말아요!"

그러나 이미 머릿속에서 고씨의 팔다리가 뜯겨 나가는 처참한 상상을 해버린 홍사장의 귀에는 고씨의 다급한 외침이 들리지 않았다.

"이놈 도깨비야! 차라리 나를 먹어라! 나를 뜯어먹어!"

홍사장은 떨리는 손으로 문손잡이를 잡았다. 드르륵, 책방 미닫이문이 열리는 소리와 함께 홍사장은 머리에 강한 충격을 받았다. 눈 앞에 선 커다란 그림자가 홍사장의 정수리를 내려친 것이다. 그가 손에 들고 있던 우족이 공중에 튀어 올랐다. 바닥에 머리를 부딪치며 쓰러진 홍사장은 고씨의 신경질적인 목소리를 들으며 의식을 잃었다.

"거참, 열지 말라니까!"

철수는 기울어진 전봇대를 붙잡고 간신히 몸을 일으켰다. 흔들리는 전봇대의 진동이 붙잡은 손에 그대로 전해졌다. 내던져진 철수의 몸에 들이받혀진 충격으로 그 단단한 콘크리트 기둥이 크게 기울어졌다.

철수는 희미해지는 의식을 붙잡으려 애썼다. 얼굴을 몇 번이나 얻어맞았는지 턱뼈가 흔들렸다. 문제의 어깨는 충격으로 마비된 듯 아무 감각도 느껴지지 않았다. 눈앞의 저것은 지금껏 만난 도깨비 중 가장 힘이 셌다. 다행히 움직이는 속도는 힘에 못 미쳐 겨우 한 번 쳐 낼 수 있었다. 놈이 부딪힌 벽돌담 역시 속절없이 무너졌다. 그렇다 고 상대의 움직임이 느린 것은 아니었다. 어둠 속에서 가로등이 깜 박일 때마다 놈이 서 있는 위치가 바뀌어 있었다.

'어깨라도 멀쩡했으면!'

그랬으면 저놈을 제압할 수 있을까, 철수는 확신하지 못했다. 쏟아 지는 빗물도 가리지 못한 역한 썩은 내가 코를 찌른다. 여러 번 맡아 본 지긋지긋한 냄새였다. 그때 깜박이는 가로등 뒤, 어둠 속에서 또 다른 기척이 느껴졌다.

'하나가 더 있어?'

철수가 눈을 크게 떴다. 어둠뿐만 아니라 거센 빗줄기가 시야를 방 해했다. 하나도 버거운데 둘이라니. 이대로는 정말로 죽을지도 모르 는데, 여기서 멀지 않은 곳에 홍사장과 고씨가 있다는 사실이 철수 를 두렵게 했다. 혹여나 철수가 죽고 없을 때 이런 괴물들이 귀신 골 목에 들어간다면 그들이 위험해진다.

'빨리 끝내야 해.'

공포와 분노로 흥분한 눈동자가 붉은빛을 뿜으며 타올랐다. 비에 젖은 김철수의 몸에서 아지랑이처럼 열기가 피어올랐다. 눈이 마주 친 도깨비가 철수의 붉은 눈동자에 흠칫 놀라면서도 덤벼들길 멈추 지 않았다. 아슬아슬 도깨비의 커다란 손가락이 철수의 이마를 스치며 비껴갔다. 칼에 베인 듯 찢긴 상처에서 핏물이 주룩, 흘렀다. 피 냄새에 흥분한 도깨비가 천둥 같은 신음을 흘렸다.

'한 번만. 제발 한 번만!'

철수는 저를 움켜쥐려는 도깨비의 손을 피해 달리면서 끈질기게 녀석의 등을 노렸다. 허리가 긴 도깨비가 크게 팔을 휘적이다 철수를 놓치고 자기 힘에 못 이겨 휘청였다.

'지금!'

도깨비의 등이 시야에 들어온 순간, 철수가 순식간에 그 등에 올라탔다. 동시에 철수의 오른팔은 놈의 목을 단단히 감쌌다. 도깨비가 긴 팔을 뒤로 뻗어 제 몸에 올라탄 철수의 머리를 붙잡으려 했지만, 철수가 더 빨랐다. 도깨비의 머리통을 움켜쥔 철수의 왼쪽 팔에 힘이 들어갔다. 겨우 아물어 가던 어깨의 상처가 다시 터지면서 찾아온 끔찍한 고통에 철수도 비명을 참을 수 없었다.

따각!

도깨비가 맹수처럼 울부짖었다. 목이 부러졌는데도 바로 고꾸라지지 않고 철수를 등에서 떼어내려 안간힘을 썼다. 어둠 속에서 기회를 노리고 있을 또 다른 괴물이 움직이기 전에 끝내야 했다. 철수는 양손으로 도깨비의 머리 가죽을 움켜쥐었다. 그리고 있는 힘을 다해 손에 쥔 목을 뜯어냈다.

"으아아아아악!"

짐승이 부르짖는 소리가 골목에 울려 퍼졌다. 도깨비의 비명이 아니었다. 철수가 내지르는 소리였다. 사냥에 성공한 포식자의 흥분된 울부짖음이었다. 뜯어낸 도깨비의 머리를 손에 쥔 철수는 피가 끓어 오르는 듯한 희열을 느끼고 있었다. 마치 완전한 짐승이 된 것처럼 본능만 가득한 울음소리가 몸속 깊은 곳에서 터져 나왔다.

'진정해, 이 괴물 새끼야. 저기 한 놈 더 있잖아.'

철수는 힘겹게 흥분을 억눌렀다. 머리가 뜯겨 나간 도깨비의 몸이 털썩 바닥에 쓰러졌다. 분수처럼 쏟아지는 도깨비의 핏물을 뒤집어 쓴 철수가 천천히, 어둠 속에 숨어 있는 또 다른 그림자를 향해 다가 섰다. 이놈은 이상하게도 아까부터 한 발짝도 움직이지 않고 자리를 지키고 있었다.

'왜 아무 짓도 하지 않지?'

그것은 겁먹은 눈으로 철수를 쳐다보고 있었다. 철수는 자신의 몸 뚱이가 더 흥분하기 전에 놈의 목을 꺾어버릴 생각이었다. 끓어오르 는 쾌감이 두려웠다. 도깨비를 사냥하면서 한 번도 느낀 적 없는 환 희와 쾌락이 제 몸속에서 위험수위까지 찰랑이고 있었다. 선을 넘어 이대로 이성을 잃으면 곧장, 자신도 도깨비로 변해버릴 것 같았다. 그러나 킁킁대며 상대의 냄새를 맡는 모습은 이미 도깨비와 다르지 않았다. 양손으로 눈앞의 머리를 움켜쥔 철수가 움직임을 멈췄다. 갑자기 들려온 노랫소리 때문이었다.

"사, 살려주세요."

눈앞의 그것이 바들거리며 빌었다. 한쪽 손에 쥔 휴대전화 액정에 불이 들어와 있다.

'전화?'

전화벨 소리가 울려 퍼지자 흥분이 서서히 가라앉았다. 불안한 생각이 철수의 머리를 스쳤다.

'이거 사람인가?'

철수의 양손에 붙들린 작은 머리통이 부들부들 떨고 있다. 빗물에 뒤섞인 눈물과 콧물, 침으로 범벅된 일그러진 그 얼굴은 둔갑한 도깨비로는 보이지 않았다. 때마침 전화벨 소리가 울리지 않았다면 이미 뜯겨 나갔을 머리를 여전히 손에 쥐고서 철수는 혼란에 빠졌다.

'내가 지금 사람을 죽일 뻔한 건가?'

아무리 봐도 도깨비가 아닌, 어린 남자의 얼굴이다. 기분 나쁜 냄새를 따라 시선을 내리니 남자의 바지와 서 있는 자리에서 지린내가 올라오고 있었다. 남자의 머리카락을 단단히 움켜쥐고 있던 철수의 손에서 힘이 빠져나갔다. 그대로 머리를 놓아주자, 그는 괴성을 지르며 퍼붓는 빗속으로 달려 나갔다. 그가 버리고 간 휴대전화와 붉은색 벽돌이 바닥에 나뒹굴었다. 어디선가 피 냄새가 코끝에 스쳤다. 깨어난 몸의 감각이 사람의 피 냄새가 분명하다고 말해주었다.

'저 새끼 뭐야?'

남자가 떨어뜨리고 간 벽돌에서 나는 냄새였다. 퍽치기범이 기승이라던 고씨의 말이 떠올랐다.

'사람이 죽었댔는데.'

벽돌로 향하던 철수의 손이 그 옆의 휴대전화를 대신 집어 들었다. 도망간 남자의 휴대전화에 부재중 알림이 떠 있었기 때문이다. 눈에 익은 번호였다. 남자가 도망친 쪽으로 고개를 돌렸다. 겨우 가라앉혔던 흥분이 끓어올랐다.

같은 시각, 비 오는 귀신 골목에는 고씨가 숨을 헐떡이며 서 있었다. 한 손에는 철수에게서 전해 받은 칼날을 손에 쥐고서 경계하듯 주위를 살피고 있다. 위험하다는 핑계로 자신이 가지고 있겠다고 했지만, 거짓말이었다.

"이게 꽤 쓸모가 있긴 한데."

조금 전 고씨가 책방 앞을 기웃대던 괴물의 목을 벨 수 있었던 건 이 칼날 덕분이다. 사백 년을 지내온 고씨도 처음 느껴본 괴력이었다. 너무 쉽게 도깨비의 머리가 싹둑, 잘려 나갔다. 평범한 도깨비라면 이미 홀리고도 남았겠지만 고씨는 역한 기분을 꾸역꾸역 누르며 버텨냈다. 고씨는 칼날을 타고 흐르는 빗물을 가만히 내려다보았다.

"요망한 것. 얼마나 많은 사람의 피를 처먹은 게냐?"

이미 날의 반이 고씨의 손바닥을 뚫고 몸 안으로 들어와 있다.

"이거 정말 위험한 새끼네."

고씨는 헌책방의 유리창이 깨졌던 때를 떠올렸다. 느닷없이 나타난 도깨비가 책방으로 손을 집어넣었다. 유리창이 깨지든 말든 유리 조각이 제 팔에 꽂히든 말든 상관없이 책방으로 들어간 도깨비의 긴 팔이 진열대를 휘저었다. 마침 장난 거리를 찾느라 자리를 비웠던 고씨가 고양이 우는 소리를 듣고 서둘러 골목으로 달려왔다. 시시한 도깨비였다. 그래서 더 놀랐다. 그간 귀신 골목에서 고씨 손에 죽어 나간 도깨비가 몇이더라? 여느 도깨비라면 골목에 밴 죽은 도깨비들의 피 냄새를 맡고 삼십육계를 놓아야 정상이었다.

'그때는 칼날이 욕심 난 하찮은 도깨비가 객기를 부린 줄 알았지.'

고씨는 이제야 깨달았다. 그 반대였다. 이 음산한 날붙이가 도깨비를 제 칼집으로 쓰려고 불러 모은 것이었다.

"아무리 그래도 네깟 게 나를 잡아먹으려는 게냐?"

지금 뽑아버리지 않으면 파고드는 날에 고씨의 몸이 갈라져 나갈 것이다. 서둘러 남은 손으로 칼날의 반대편을 움켜쥐려는데.

"저건 또 뭐야?"

또 다른 도깨비가 헌책방 문을 힘껏 두드리고 있는 게 아닌가. 웬만한 도깨비라면 들어올 생각도 못 할 귀신 골목에 벌써 두 마리째 괴물 같은 도깨비가 흘러들었다.

'이거구나!'

고씨는 철수의 죽음을 예언한 큰무당의 이야기를 믿지 않았다. 도깨비 사냥을 거듭할수록 철수의 재주도 늘었다. 제대로 붙는다면 고씨도 못 이길 정도였다. 그러니 늙은 무당에게 다른 꿍꿍이가 있는 게라고 의심했을 뿐, 정말로 위험한 날이 될 줄은 예상하지 못했다.

'고년이 말한 액운은 숫자였구나.'

한 놈이라면 모를까 저런 괴물들을 한꺼번에 마주한다면, 철수라도 힘에 부쳤을 것이다. 운이 나쁘면 다치는 거로 끝나지 않았을 것이고.

'늙은 년이 제법이네. 그러니까 철수가 여기 오기 전에 치워버리자는 거지.'

고씨는 이미 철수의 포효를 들었다. 멀지 않은 곳, 어딘가에서 철수가 힘겨운 싸움을 한판 벌인 모양이다. 고씨는 철수가 흘린 피 냄새를 맡고 얼굴을 찌푸렸다.

'아이고, 이 자식 또 다쳤구먼.'

고통으로 가득 찬 철수의 숨소리를 느끼며 고씨는 이미 손에 박힌 칼날을 힘껏 움켜쥐었다.

'다칠라. 엔간히 날뛰어라, 이놈아.'

여기 귀신 골목으로 괴물을 불러 모은 것이 손에 쥔 칼날인지 철수의 피 냄새인지 고씨는 알 수 없었다. 큰무당의 예언처럼 오늘이 정말 철수의 제삿날이라 불운이 겹친 건지도 모른다. 뭐든 상관없다. 고씨는 철수가 골목에 도착하기 전에 싸움을 끝내기로 마음먹었다. 상처 난 몸으로 또 도깨비와 뒤엉키게 둘 수는 없었다.

'다 죽여 버리면 되는 거야.'

그렇게만 하면 철수를 살릴 수 있다. 책방 안의 홍사장도 문만 열지 않으면 된다. 원래는 문을 열어둔다 한들 도깨비가 들어설 수 없는 곳이었다. 헌책방은 고씨조차 발끝도 못 디딜 정도로 기운 센 공간이었다. 철수가 무당의 힘을 빌려 뭔가 해놓았던 모양인데 그날 유리가 깨지면서 그것이 뒤틀려 버렸다. 문만 열리면 고씨도 아무렇지 않게 드나들 수 있게 된 것이다.

"형님. 그 문 열지 말아요."

고씨를 발견한 도깨비가 으르렁댔다. 고씨가 책방을 향해 다리를 움직였다. 다급한 마음과 달리 몸이 삐걱대며 잘 움직이지 않았다. 칼날이 고씨를 제 마음대로 조종하려 드는 것 같았다. 기가 찬 고씨가 웃음을 터뜨렸다. 그 사이 홍사장이 문을 열려는 듯 책방 문에 다가서는 모습이 보였다.

"열지 말라면 좀 열지 말아요, 형님!"

고씨의 고함에 골목의 시멘트 바닥까지 부르르 흔들렸다. 놀란 도깨비가 갑자기 비명을 질러댔다.

'저 새낀 왜 저렇게 시끄럽게 지랄인 거야!'

고씨는 속이 타서 미칠 지경인데 천근 돌덩이를 매단 듯 무거워진 다리 때문에 여전히 속도를 낼 수 없었다. 그때였다. 책방 앞의 도깨비가 문을 부술 기세로 두 팔을 높이 들어 올리는 게 아닌가.

'네 놈이 아무리 용을 써봐라. 그 문이 부서지나!'

홍사장이 스스로 문을 열지 않으면 저 도깨비는 안으로 들어갈 수 없다.

"형님, 내 말 들어요. 절대로 문 열지 말아요!"

하지만 고씨의 당부에도 홍사장이 책방 문을 열고 말았다. 도깨비한테 물어뜯기면 연약한 홍사장은 그 자리에서 죽을 것이다. 마음은 당장 달려가 홍사장을 구하고 싶은데 고씨는 느릿느릿 걸어가는 제 다리 때문에 짜증이 솟구쳤다. 다행인 것은 홍사장이 던진 소뼈를 뜯어먹느라 도깨비가 아직 책방 안으로 들어가지 않고 있다는 것이 었다.

'아이고, 우리 형님! 마지막에 형님 노릇 제대로 해주시네.'

도깨비의 정신이 온통 소뼈를 향해 있었다. 홍사장이 시간을 벌어 준 셈이었다. 지금 고씨의 몸 상태로는 전면전은 승산이 없다.

'그래, 사백 년. 살 만큼 살았다.'

이제 고씨는 놈의 등 뒤에 서 있다. 고씨는 그날 밤 자신을 꾸짖던 큰무당의 목소리를 떠올렸다.

'미련한 것! 그럼 둘 다 죽일까?'

고씨는 그제야 알았다.

'재수 없는 늙은이. 결국, 둘 다 살리고 나더러 죽으란 소리였네?'

그날 큰무당은 일부러 헌책방까지 찾아와서 칼날 이야기를 흘렸 다. 고씨가 엿들을 줄 알고 수작을 부린 것이다. 그것도 모르고 방해 하겠다며 칼날을 꺼내 온 자신이 한심하면서도 다행스럽다. 요사스 러운 칼날은 더욱 단단히 고씨의 몸 안으로 파고들었다. 이제 무슨 수를 써도 이 칼날을 뽑아낼 수 없을 것이다.

게걸스레 소뼈를 물어뜯던 도깨비가 고개를 돌렸을 때는 이미 고 씨의 손에 박힌 칼날이 놈의 머리를 싹둑 베어낸 후였다. 이어 '쨍강'

하고 무언가가 박살 나는 섬뜩한 소리가 골목에 울려 퍼졌다.

그 소리는 골목을 향해 달리던 철수의 귀에도 들렸다. 뭔가 커다란 게 깨져나가는 소리였다. 철수가 숨을 헐떡이며 귀신 골목에 도착했을 때 골목 바닥에는 깨진 백자 조각이 곳곳에 널려 있었다. 바닥에서 하얀 사기 조각 하나를 주워 든 철수의 눈이 벌겋게 충혈됐다. 자신이 울고 있다는 사실도 모른 채 철수는 책방 안으로 뛰어들었다. 헌책방 바닥에는 홍사장이 의식을 잃고 쓰러져 있었다. 김철수는 더는 견디지 못하고 바닥에 주저앉았다.

그는 헌책방 바닥에 무릎을 꿇고 앉아 아이처럼 엉엉 소리를 내며 울었다. 비명에 가까운 울음소리에 겹겹이 연결된 슬레이트 지붕이 흔들렸다. 홍사장이 눈을 떴다. 부모를 잃은 아이처럼 울고 있는 철수를 보자 홍사장도 가슴이 뜨거워졌다.

'김선생, 나 괜찮아.'

목에서 소리가 나오지 않았다. 겨우 손가락을 움직여 철수의 옷자락을 붙들었다.

"…사장님?"

철수가 보고 놀란 눈을 했다. 홍사장이 힘겹게 고개를 끄덕였다. 잠시 울음을 멈췄던 그가 또 한 번 아이처럼 서러운 울음을 쏟아냈다.

'이 친구야, 왜 그리 우나. 꼭 누가 죽은 것처럼.'

그런 생각을 하며 홍사장은 다시 의식을 잃었다.

그
리
고

어
느
날

꿈을 꾸었다. 책방에 앉아 골목을 내다보는 꿈이었다. 나는 늙은 모습인데 골목을 지나는 시간은 사람이 복작이던 어릴 때 그대로였다.

교복을 입은 철수가 단발머리 소녀와 자전거를 타고 지나갔다. 머리칼을 깔끔히 빗어 넘긴 아버지의 농담에 이웃 어른들이 웃음을 터뜨렸다. 아버지 곁에 서 있는 하얀 원피스를 입은 어머니의 모습이 너무 곱다.

'이리 와, 수택아.'

어머니가 나를 향해 손을 흔들었다. 나도 가고 싶어요, 어머니. 어디선가 달큼한 술 냄새가 책방을 가득 채웠다. 침이 꼴깍 넘어갈 만큼 좋은 냄새였다. 아, 왜 이러지? 찌르르 가슴이 저렸다. 그리워 눈물이 날 것 같은데 무엇이 그리운지는 도통 모르겠다. 꿈에서 깨니 술 냄새는 간데없고 코끝에 알싸한 소독약 냄새만 남았다.

"홍수택 님, 벌써 월요일이네요."

담당 간호사의 목소리였다. 명랑하고 성급한 발소리를 내며 병실을 분주히 돌아다닌다. 간호사가 텔레비전 볼륨을 높였다. 그녀는 주로 뉴스 채널을 틀어 놓는다. 침대에 누워만 있으니 세상 돌아가는 일을 이렇게라도 알라는 것일까.

「…죄송합니다.」

텔레비전에서 어떤 남자의 목소리가 흘러나왔다. 어쩐지 귀에 익은 목소리다. 어디서 들었더라. 뉴스를 들어보니 남자는 사람을 셋이나 죽인 퍽치기범이었다. 사람을 죽인 것도 문제지만, 인터넷에 글을 올렸다나? 범죄 블로그를 만들어 스스로 사냥꾼이라 불렀단다. 정말 별의별 놈이 다 있다.

"저 사람, 형사인 척 명함까지 들고 다녔대요."

간호사가 말했다. 텔레비전이 계속 살인범 이야기를 늘어놓는다. 잡혔을 때 괴물을 봤다느니 빨간 눈이 어쨌다느니 이상한 소리를 했다는데 범죄 전문가의 말로는 심신 미약을 핑계로 처벌을 면하려는 수작이란다.

다시 깜박 잠이 들었다. 정신이 들었을 때는 텔레비전이 꺼져 있었다. 밤인지 낮인지 헷갈린다. 시간이 점점 무의미해졌다.

저벅저벅.

지금 복도를 울리는 저 정직한 발소리는 병원 사람들을 제외하고 나를 찾아주는 단 한 사람, 김선생의 것이다.

병실 문이 열린다. 뻑뻑한 미닫이문이 오늘도 말썽이다. 역시나 시원하게 열리지 못하고 덜컹, 소리를 낸다. 그는 불평하는 말 한마디 없이 문을 닫고 조용히 내 곁으로 왔다. 역시 김선생답다. 병원에서 지내며 깨닫게 된 것이 있다. 사람이 내는 모든 소리는 그 주인의 성품을 닮는다는 것이다. 믿어도 좋다. 종일 누워 있는 내가 하는 일이라고는 귀를 열어두는 것과 냄새를 맡는 것, 자는 것, 오직 그뿐이니까. 참으로 게으른, 호사스러운 나날이다.

김선생의 얼굴을 보고 싶은데 눈꺼풀이 무거워 눈을 뜰 수가 없다. 여전히 피곤한 얼굴이겠지. 그는 늘 해가 진 다음에야 나타났다. 늦은 밤이나 동트기 전 새벽에 도깨비처럼 다녀간다고 간호사들이 수군대는 소리를 들었다. 이래저래 도깨비와 연이 깊은 사람이다.

김선생이 의자를 끌어와 발치에 앉았다. 내가 잠든 줄 알겠지만 나는 그의 목소리에 온전히 집중하려고 무척이나 노력하고 있다. 오늘도 종일 그를 기다렸다. 어제도 그랬고 그제도 그랬다. 병원 침대에 누워 있는 처지라 그것 말고는 낙이 없다.

"잘 지내셨어요?"

그럼, 나야 잘 지냈지. 김선생은 어땠어? 별일 없었고?

"벌써 봄이에요."

그러게, 볕이 따끈하더구먼.

"헌책방은 또 한동안 손님이 없네요."

봄이잖아. 꽃 피는 봄에 누가 우중충한 헌책방에 들어오겠어?

"고씨네 가게에 검정고양이가 새끼를 낳았어요. 네 마리나요."

그러더니 한참 말이 없다. 조용한 병실에 울려 퍼지는 그의 숨소리를 들었다. 무슨 생각을 하기에 숨이 가빠졌을까. 고씨. 고씨가 누구더라? 누구기에 그 이름을 듣는 것만으로도 이렇게 가슴이 먹먹한 것인지.

"이번에는 조금 멀리 다녀왔어요."

그가 다시 입을 열었다. 김철수 이야기를 하려는 게다. 온종일 심심한 내가 그를 기다리는 이유다.

"…바닷가에 있는 어느 작은 마을이에요…."

낡고 검은 가방을 메고 버스에서 내리는 김철수의 모습을 상상했다. 병원에 누워 오도 가도 못하는 내게 김선생의 이야기는 유일한 세상살이였다.

"…미뤄두었던 일인데… 바닷가 마을에 자살 절벽이 있다는 얘기를…."

큰 키에 구부정한 어깨, 바싹 야윈 그 남자는 눈에 띄었겠지. 모두가 돌아봤을 거야.

"…멀쩡히 여행을 온 외지 사람이 뭐에 홀린 듯 자꾸만…."

나는 또 그렇게 그가 들려주는 사냥꾼 이야기 속으로 들어갔다.

작

가

의

말

2019년 12월에 출간한 '사냥꾼 이야기'가 대수선을 거쳐 다시 인사드리게 되었습니다. 표지도 새로 갈아입었지요. 기회를 주신 '더 픽션' 출판사에 감사드립니다. 두 번이나 기회가 오다니 김철수도 저도 운이 좋네요.

처음 작가의 말을 쓸 때는 한 시간 만에 줄줄 쏟아냈던 것 같은데 이번에는 열흘째 모니터만 들여다보고 있습니다. '작가의 말'이라는 공간의 무게를 알게 된 것 같아요. 작업을 마무리하는 심정을 끄적여야 할지, 다음 줄거리를 살짝 들려드려야 할지, 작가의 사적 공간인지, 대중 앞에 서는 공적 공간인지, 거창해야 할지, 소박해야 할지 무진장 헷갈립니다만, 책을 읽어주신 분과 두런두런 이야기 나누는 마음으로 적어보겠습니다.

기분 탓인지 모르겠는데 작업하는 동안 자주 비가 내렸어요. 책상에 앉아 있을 때 빗소리가 들리면 슬쩍 창가로 가 호로록 커피를 마셨지요. 도깨비 피 냄새에서 멀어질 기회였거든요. 철수에게는 미안하네요. 빗물 쏟아지는 골목에 그 애를 오도카니 세워두고 저만 그런 호사를 누리다니요.

저도 고씨만큼 빗소리를 좋아합니다. 비 오는 날 창밖을 보고 있으면요(거기에 커피도 한 잔 들고 있으면). 사람들이 "왜 그래?" 또는 "작업 안 해?" 또는 "다 썼어?"라고 묻지 않더라고요. 글 쓰는 노동자에게는 정말 은혜로운 시간이지요.

당신이 사냥꾼 이야기를 손에 들고 계실 때도 비가 왔으면 좋겠습니다. 너무 많이는 말고요. 자연이 필요로 하는 만큼만 토독토독, 빗방울이 떨어졌으면 좋겠습니다. 도깨비가 좋아하는 맛있는 빗소리가 낮게 깔리고 그 너머에서 그들의 이야기를 한 자 한 자 읽어가길, 자연의 도움으로 당신이 조금 더 즐겁게 이야기를 즐기길 바랍니다.

홀로 모니터를 들여다보는 시간은 외로웠지만, 빗소리를 들으며 이야기를 쓰던 날은 행복했어요. 그런 저와 빗줄기 아래서 고군분투했던 김철수와 빗소리를 배경 삼아 책장을 넘길 당신까지 우리 셋이 '비 오는 날'이라는 우연으로 연결된다면 꽤 멋질 것 같습니다.

이야기가 세상에 나오려면 작가 혼자의 의지만으론 힘들더군요. 너무 많은 빚을 졌습니다. 어떻게 갚으며 살아야 할지 아득합니다.

이미 어른이지만, 어떤 어른이 되어야 할지 모르겠을 때마다 멋진 어른의 교본이 되어주신 하늘에 계신 장병기 교수님께 출간 소식을 전합니다. 극 내향형 친구를 포기하지 않고 세상 밖으로 떠밀어 준 다정한 지인 성미, 진주, 은영에게도 고맙다는 말을 전합니다(덕분에 사람처럼 살아간다). 소설을 써보지 않겠느냐는 말로 제자의 인생을 바꿔주신 소설가 최옥정 선생님께도 감사의 말씀을 드립니다. 철수 와 제게 또 한 번의 기회를 주신 박광운 편집자님께도 인사를 전 합니다. 철수를 알아봐 주시고 아껴주셔서(어쩌면 저보다도) 고맙습 니다.

그리고 지난해 병원에서 생사의 고비를 이겨낸 어머니 김현숙 님 께도 마음을 전합니다. 씩씩하게 견뎌주셔서 고맙습니다. 되찾은 일 상을 하루하루 음미하며 열심히 살아냅시다.

사냥꾼 이야기 다음 권을 쓰던 중에 첫 번째 이야기를 수정하게 되 었습니다. 몇 년 만에 다시 읽으니 꽤 순한 맛이었네요. 이어지는 이 야기는 조금 더 진한 맛입니다. 고생할 김철수에게도 미리 사과를 전합니다(미안해 정말 정말 미안해). 새로운 이야기를 가지고 돌아올

때까지 모두 무탈하길 바랍니다. 일상의 소중함을 누리다가 멀지 않
은 계절에 우리, 다시 만나요!

2026년 봄 임정희 드림

사냥꾼 이야기

1판 1쇄 발행 2026년 4월 20일

—

지은이 임정희

—

발행인 김태웅
편집인 박광운 편집 이보민 일러스트 이명희 디자인 DESIGNPURE
마케팅 총괄 김철영 마케팅 서재욱 오승수 온라인 마케팅 이송인
제작 현대순 총무 윤선미 안서현 박혜림 관리 김훈희 이국희 김승훈 최국호
발행처 ㈜동양북스 임프린트 더픽션
등록 제2014-000055호
주소 서울시 마포구 동교로22길 14 (04030)
구입 문의 전화 (02)337-1737 팩스 (02)334-6624
내용 문의 전화 (02)337-1739 이메일 dymg98@naver.com

—

ISBN 979-11-7210-190-9 (03810)